Nieves Hidalgo, madrileña de nacimiento y lectora impenitente, escribe desde hace más de veinte años, por pura afición que compaginaba con su trabajo. En la actualidad se dedica por completo a la creación literaria. Comenzó escribiendo novelas románticas a principios de los años ochenta, para disfrute de sus amistades y compañeras de trabajo. En 2007, movida por la insistencia de su más querida amiga, envió a varias editoriales algunas de sus novelas, y pronto tuvo respuesta de uno de los más importantes sellos de novela romántica en nuestro país: Ediciones B.

Su primer título publicado, *Lo que dure la eternidad*, vio la luz en Vergara en marzo de 2008. A él siguieron *Amaneceres cautivos*, *Orgullo sajón*, *Hijos de otro barro*, *Luna de oriente*, *La página rasgada*, *Noches de Karnak*, *Lobo*, *Alma vikinga* y *Lady Ariana*, todos ellos en los distintos sellos de Ediciones B.

www.nieveshidalgo.blogspot.com.es

1.ª edición: septiembre, 2016

© Nieves Hidalgo, 2014
© Ediciones B, S. A., 2016
   para el sello B de Bolsillo
   Consell de Cent, 425-427 - 08009 Barcelona (España)
   www.edicionesb.com

Publicado originalmente por B de Books para Selección RNR

Printed in Spain
ISBN: 978-84-9070-283-3
DL B 11125-2016

Impreso por NOVOPRINT
Energía, 53
08740 Sant Andreu de la Barca - Barcelona

Brezo blanco

NIEVES HIDALGO

A las administradoras de RNR, por su trabajo.
A todas mis seguidoras de Internet, por su apoyo.
A las amantes de las aventuras, por soñar conmigo.

Prólogo

La masa espumosa que se deslizaba sobre las rocas formando una neblina a su alrededor, las ardillas, los halcones, las majestuosas águilas o los milanos; los ciervos rojos que, obviando su presencia, se alimentaban de hierba, líquenes y bayas.

El cielo, terriblemente azul.

Era un lugar paradisíaco para perderse. Y el mejor para morir si le había llegado su hora.

Al menos, eso era lo que pensaba el hombre que, arrastrándose sobre el musgo húmedo, ponía todo su empeño en permanecer consciente un minuto más, solo uno más para poder confesarse a Dios de sus pecados, para ir a su vera, o al infierno con el alma en paz. Aunque Él ya conocía todos sus defectos.

La herida del costado le provocaba un dolor insoportable, como si le estuviese mordiendo una jauría de lobos hambrientos, y estaba a punto de dejarse vencer y tender la mano a la Parca.

Sin embargo, Kyle McFeresson no era un hombre

que se rindiese con facilidad, era un guerrero y demasiado joven para morir ese día. Consiguió recostarse en el tronco de un árbol, apretó con más fuerza la tira que cortó de su propio tartán poniéndosela alrededor de la cintura, y recobró la calma mientras repasaba su vida. Había tenido una existencia corta pero intensa, sobre todo desde la muerte de su padre, debiendo hacerse cargo del bienestar de todo su clan, había engendrado un hijo y luchado por su país como el primero. Una vida inmejorable para un hombre como él, amante del honor. Pero poco o nada importaba ahora estando a las puertas de la muerte.

Frente a él, atravesando el claro, una pareja de perdices nival de denso plumaje, cuyas huellas podía confundir un inexperto cazador con las de una pequeña liebre, se paró a mirarle con sus vivarachos ojos marrones. Seguramente se estarían preguntando qué hacía allí ese humano de rostro cadavérico. Se esfumaron con la misma rapidez que habían aparecido, arrancando a Kyle una triste sonrisa. Qué curioso resultaba que ahora, cuando le parecía que todo estaba perdido, tomase conciencia de las cosas sencillas en las que antes no reparaba: los pequeños animalillos del bosque, el modo en que crecía la hierba, el sonido adormecedor del río cercano, el color de las nubes...

Aún iba a tener que agradecer a Wain McDurney que le hubiese atravesado el costado con su espada.

Recordar a su rival le hizo hervir la sangre y recuperar el brío.

Ambos clanes estaban enfrentados desde hacía mucho tiempo, pero ellos, cuando eran unos críos a quienes las rencillas de los adultos nada importaban, habían llegado a ser amigos. Recordaba con cierta añoranza esas tardes en que ambos se sentaban en las márgenes del río, sin apenas hablarse, para ver quién pescaba la mejor pieza.

¿Dónde había quedado esa camaradería infantil?

Se habían hecho adultos alimentados por el odio hacia el clan rival y, cuando volvieron a encontrarse, la ira les había dominado a ambos. Una estúpida discusión que había ido más allá de lo prudente acabó por hacer que sacaran sus espadas. No quería quitarse culpa de lo sucedido, pero había sido Wain quien, ebrio de cólera, le había echado a la cara los peores insultos asegurando que su bisabuelo había asesinado impunemente al suyo. Era un tema que habían discutido otras veces, cuando eran pequeños, cuando sus mentes no estaban podridas por la leyenda que se fue creando alrededor de sus ancestros, cuando estaban a solas. Ahora, ya hombres, con el apoyo de un par de compañeros pendientes de la discusión, ni uno ni otro quiso quedar por mentiroso: Wain le acusó y él respondió.

Posiblemente el McDurney no quiso herirle del modo en que lo hizo, había sido él mismo el que se arrojó contra el arma contraria al resbalar sobre el musgo mojado. Pero así y todo, Wain lo había ensartado con su espada y se estaba desangrando. Afortunadamente, ninguno de sus hombres salió herido.

Suspiró con cansancio y cerró los ojos solo para abrirlos un segundo después al escuchar a uno de los suyos decirle:

—Aguanta, mi laird. Hemos confeccionado una litera y te llevaremos a Stone Tower, no estamos lejos.

Kyle ahogó un grito de dolor cuando lo alzaron hasta el improvisado transporte. A punto de ofrecerse a la inconsciencia se juró que, si salía de aquella, se vengaría de los McDurney de un modo u otro.

1

La neblina cubría la vereda del río y hacía un frío espantoso para ponerse en camino, pero, a pesar de todo, Josleen McDurney desestimó permanecer por más tiempo en la aldea y prefirió que emprendieran el regreso a Durney Tower, de donde faltaban hacía semanas.

Observó con ojo crítico los preparativos de los hombres que la acompañaron en el viaje y, mentalmente, les agradeció la ayuda prestada. La aldea de Dorland se había visto atacada por una epidemia y Josleen, como creía que era su deber, no había dudado un instante en prestar su apoyo incondicional. Desde su llegada a la aldea había transcurrido casi un mes y, durante ese tiempo, todos habían tenido que luchar contra la calamidad de una enfermedad que, día a día, se llevaba a alguno de los habitantes de Dorland. Le dolía el alma después de haber visto morir a hombres, mujeres y niños, sin poder hacer otra cosa que cuidarlos, administrarles los brebajes que conocía y cederles un hombro en el que desahogar sus penas. Pero, afortunadamente, la epidemia había remitido y todo había vuelto a la normalidad.

Josleen no tenía la obligación de enfrentarse a ese tipo de penosos acontecimientos puesto que no era la esposa del jefe del clan McDurney. Pero era su hermana. Y su cuñada, Sheena, a quien hubiese correspondido el ingrato deber, había sido víctima de un fuerte resfriado cuando les llegó la noticia. Por tanto, fue ella quien tomó su puesto para socorrer a los campesinos, máxime cuando había pasado de pequeña la misma enfermedad que mermaba a los suyos, lo que impedía que pudiera contagiarse.

No lamentaba en absoluto el arduo trabajo de cuidar a los enfermos ni las noches en vela a la cabecera de sus camas. Amaba a cada uno de los miembros de su clan y, al igual que su hermano, veía como una responsabilidad procurarles alimentos, justicia y aliento en momentos difíciles. Incluso venganza, cuando era necesaria.

A pesar de haber puesto todo de su parte para ayudar, emprendía el camino de retorno a casa con el mal sabor de boca de no haber podido hacer más por los suyos. Una docena de muertos. Una docena de almas aniquiladas por las fiebres. Aún resonaban en sus oídos los gritos de dolor de una mujer ante el cadáver de su criatura.

—¿Te apetece un poco de vino?

Josleen se medio volvió atendiendo al sujeto que le hacía el ofrecimiento y aceptó la garrafa para beber con mesura.

—Deberías descansar, se te ve agotada.

Ella asintió. Sí, reconocía que estaba extenuada, aunque su cansancio era más mental que físico. Les quedaba un largo camino por recorrer y sus fuerzas flaqueaban después de tantos días y noches sin apenas dormir, pendiente en todo momento de los enfermos. Se envolvió en su capa, se tumbó sobre la manta extendida en el suelo, encogió las rodillas pegándolas al mentón para procurarse un poco más de calor, y permitió que él la arropase con otra manta de gruesa lana. Soplaba un viento helado que la hizo tiritar y maldijo en voz baja sintiendo que la bruma que les rodeaba se le metía hasta en los huesos.

—Daremos una batida para ver que todo está bien —le oyó que decía—. Aufert y Will se quedarán haciendo guardia, si necesitas algo habla con ellos.

Josleen apenas movió la cabeza para dar su consentimiento porque el cansancio cerraba ya sus ojos.

El guerrero la observó durante un momento y luego, con un gruñido disconforme, buscó otra manta más para echársela por encima. Inconscientemente, Josleen gimió agradeciendo el gratificante aumento de calor y se sumió en el sueño benefactor. Él se alejó, mantuvo una corta conversación en voz baja con dos de sus compañeros y luego montaron a caballo para llevar a cabo un reconocimiento de los alrededores. No podían confiarse llevando con ellos a la muchacha. No habían visto a nadie desde que salieran de Dorland, pero no podían obviar que era factible darse de bruces con enemigos, tan próximos como estaban a las tierras de los condenados McFeresson, sus rivales declarados desde hacía décadas. La hostilidad entre ambos clanes databa desde que Colman McFeresson acabó con la vida de Ian McDurney, el bisabuelo de la joven, según se decía, a traición. No era, por tanto, cuestión de relajarse en aquellos parajes y correr el riesgo de ir a caer en manos de sus adversarios mientras dormían. Porque, aunque estaban en sus tierras, no era la primera vez —ni sería la última— que los McFeresson atravesaban la línea divisoria para robarles ganado. Claro que ellos hacían otro tanto cuando la ocasión les era propicia.

Los dos hombres que se quedaron de guardia en el improvisado campamento se acomodaron cerca de la muchacha, dispuestos a protegerla con su vida si era necesario. Ella era la hermana bien amada de Wain McDurney, el jefe del clan, y sus cabezas podrían correr peligro si algo le sucedía.

2

Ajeno a la presencia de enemigos tan cerca de sus tierras, Kyle se apeó del caballo, un inmejorable semental negro de poderosas patas y buena alzada, permitiéndole descansar.

Se había alejado hacía días de todo y de todos dejando a su montura elegir la ruta, sin preocuparse de otra cosa que no fuera escapar de sus fantasmas personales.

Ahora, tras varias jornadas vagando sin rumbo fijo, se encontraba a cierta distancia de Stone Tower, su hogar. Sabía que no era prudente aventurarse por los caminos en solitario, sin una escolta adecuada, pero había necesitado aislarse, buscar una soledad que le procurase algún momento de paz interior. Tenía demasiadas preocupaciones, demasiadas responsabilidades que se ceñían a él como un grillete que, en ocasiones, lo ahogaba.

Desde que su padre muriera, viéndose él obligado a hacerse cargo del clan, habían llovido sobre sus espaldas un sinfín de problemas: la viudedad de su madre, cada vez más melancólica y reservada cediendo a la pena y olvidando sus deberes como señora; la educación de sus díscolos hermanos menores y las necesidades constantes de sus gentes. Por encima de todo ello, la responsabilidad hacia esa criatura de la que se sentía incapaz de hacerse cargo por mucho que lo intentara. Era su hijo, sí. Lo había engendrado y lo quería, aunque no amó en absoluto a la mujer que lo alumbró. Un sentimiento que había sido recíproco porque Muriel nunca le había querido tampoco, solamente se había sometido a un matrimonio obligado. Desde el primer momento en que se unieron, Kyle supo que ella lo detestaba profundamente, y solo las amenazas de su padre, deseoso de una alianza con el clan McFeresson, lograron que diera el sí a una boda que no deseaba bajo ningún concepto. Su repulsa hacia él, posiblemente, la hizo odiar también al hijo que puso en sus brazos apenas vio la luz.

Y ahora, ¿cómo podía él explicarle a un niño de cinco años los sentimientos de su madre? ¿Cómo decirle que ella había muerto profiriendo maldiciones contra su hijo y su esposo? ¿Cómo, por amor de Dios, hacerle entender ese profundo odio sin dañarlo?

Ese era el motivo por el que se encontraba ahora a leguas de Stone Tower, de donde había escapado como un cobarde cuando, una vez más, el pequeño Malcom le había preguntado por su madre. El recuerdo de Muriel hacía que se pusiera furioso. Así que allí estaba ahora, lejos de los suyos, lejos de su hijo, acompañado solo por su caballo y un pellejo de whisky que había ido reponiendo en sucesivas aldeas. La costumbre de huir y emborracharse hasta perder la conciencia se repetía con demasiada frecuencia en los últimos tiempos y, aunque acababa recobrando la cordura y regresando al lado de su familia, sentía que cada escapada le acercaba más al infierno.

Se dejó caer de rodillas junto a la corriente del río. La densa neblina envolvía el bosque y atravesaba las pocas ropas con las que se cubría, pero él no notaba el frío. Tenía la cabeza embotada por el whisky y hubo de gatear para hundir sus manos en el agua. Necesitaba despejarse, volver a ser él mismo y regresar para retomar sus obligaciones. No dejaba de recriminarse su flaqueza. ¡Valiente jefe del clan estaba hecho!

Se mojó la cara, el cuello y el pecho sin hacer caso a las punzadas heladas que lo hicieron tiritar, consiguiendo despejarse ligeramente. Luego se dejó caer sobre los codos, aún aturdido, y volvió a maldecir su estupidez porque, ebrio como había estado, fue presa fácil para los asaltantes que lo dejaron sin nada, llevándose incluso su capa de piel. Eso sí, como muestra de buena voluntad, los ladrones le habían dejado otra raída que se caía a pedazos de vieja. Afortunadamente, no le habían robado el caballo porque el animal se encontraba a cierta distancia cuando lo asaltaron. De otro modo, hubiera tenido que hacer el camino de regreso andando, viéndose obligado a tener que dar después mil y una explicaciones sobre lo sucedido.

Creyó escuchar una ramita troncharse a su espalda y, a pesar de la bruma que cubría aún su mente, se volvió. No lo suficientemente rápido como para evitar que la empuñadura de una espada le golpeara sobre la ceja haciendo que se derrumbara sin un quejido.

El hombre que lo había dejado fuera de combate se agachó a su lado y, con precaución, le dio la vuelta.

—¿Quién puede ser?

Barry Moretland se removió sobre su montura con un rictus de antipatía en los labios.

—Por su ropa, un pordiosero.

—O alguien que pertenece al grupo que nos robó varios caballos hace dos meses —opinó otro.

—No creo yo que sea un muerto de hambre —aventuró un tercero—, si hacemos caso a su complexión. Más parece un guerrero. Y el caballo que monta es un animal excelente.

Moretland echó otro largo vistazo al sujeto al que acababan de dejar inconsciente. Ciertamente, no parecía haber sufrido necesidades en toda su vida. Tenía los hombros anchos, sus brazos y piernas eran fuertes, y todo apuntaba a que era un hombre adiestrado para la guerra.

—Seguramente el caballo es robado —dijo—. Ya nos lo dirá cuando le interroguemos. Echad otra mirada por ahí y aseguraos de que está solo, debemos regresar al campamento.

Atendiendo a su mandato, dos hombres del grupo se alejaron para mirar por los alrededores y otros dos alzaron el cuerpo inerte del prisionero para ponerlo sobre su montura. Pocos minutos después, habiendo comprobado que viajaba en solitario, emprendieron la marcha hacia el bosque. Hacia los dominios de los Mc-Durney. Un lugar al que, de haber podido evitarlo, Kyle jamás se habría dejado arrastrar.

3

Josleen había conseguido dormitar a ratos. Se despertó aterida de frío, se envolvió completamente en su capa y, echándose también una de las mantas sobre los hombros, fue a sentarse junto a la hoguera, al lado de sus hombres. Rogó para que amaneciera cuanto antes y pudieran reemprender la marcha porque la humedad del bosque empezaba a pasarle factura, lamentando una vez más su terquedad al no aceptar quedarse a pasar la noche en Dorland.

Prestos a enfrentarse a cualquier eventualidad, los hombres de guardia se levantaron al escuchar el sonido de cascos de caballos que se acercaban. Se relajaron de inmediato al ver que se trataba de sus propios compañeros, aunque, al parecer, volvían con una carga adicional.

Descabalgaron y Josleen vio que apeaban sin miramiento alguno a un sujeto que parecía desmayado. Se levantó, aproximándose a ellos, pero la tajante orden de su medio primo, Barry, la detuvo en seco:

—Aléjate de él.

Ella le miró, reticente, molesta por su tono hosco y, sin hacer el menor caso a sus palabras, acabó por acercarse al hombre que yacía ahora inerte en el suelo.

—Parece muerto —le dijo—, así que difícilmente puede atacarme, ¿no crees?

Apenas la dejaron fijarse en el individuo cuyo rostro estaba bañado de sangre porque Barry, haciéndola a un lado, ordenó que lo atasen. Le tomaron entonces de los brazos, lo arrastraron sin miramientos y acabaron sujetando sus muñecas y sus tobillos con cuerdas. A ella le supo mal, por mucho que pudiera tratarse de un indeseable, ver el modo en que lo trataban.

—¿Está malherido? —preguntó.

—¡Tanto da! —repuso Moretland de pésimo humor—. Lo encontramos junto al río y seguramente es uno de los ladrones de ganado que se protegen bajo las faldas de los McFeresson.

El prisionero dejó escapar en ese momento un gemido y abrió los ojos.

Barry se le acercó, le agarró por el cabello y echó su cabeza salvajemente hacia atrás.

—¿A qué clan perteneces? —le interrogó.

Kyle, luchando contra el dolor y el mareo, solo pudo ver ante él una cara borrosa. La cabeza le martilleaba y la sangre que manaba de su ceja abierta le impedía una visión clara que, sumada a la oscuridad reinante, hacía que el hombre que tenía ante él se le antojase un fantasma. Se le desdibujaba su silueta y apenas distinguía los colores del tartán con el que se cubría, pero le pareció que era de un fondo negro atravesado por franjas amarillas. Respiró aliviado pensando que se encontraba ante hombres del clan Dayland.

—McDuy —dijo con voz pastosa.

—¿McDuy? ¿Los asquerosos McDuy? —exclamó alguien a espaldas del tipo que tiraba del cabello de Kyle con saña—. ¡Por los dientes del diablo! ¡Y aún se atreve a confesarlo!

Kyle parpadeó para despejarse y fijó su mirada de nuevo en los colores del tipo que lo torturaba, sin comprender lo que estaba sucediendo. ¿Acaso los Dayland no tenían una alianza con los McDuy desde hacía tiempo? Entonces ¿por qué...?

Josleen se sentía más que molesta por la actitud de su primo, y su enojo aumentaba según pasaban los segundos. A veces los hombres se comportaban peor que las bestias, pero poco podía hacer ella en casos como aquel. Se apartó de ellos, caminó hacia la fogata y se sentó en el suelo alargando las manos hacia las brasas. Aún era noche cerrada, de modo que se tumbó allí mismo y trató de volver a conciliar el sueño. Que resolvieran ellos el problema del prisionero como quisieran, no tenía ganas de discutir.

Kyle no pudo evitar clavar su mirada en la mujer cuando ella se quitó la manta para recolocársela sobre los hombros. La respiración se le detuvo. Porque a la luz de las llamas descubrió un tartán rojo sangre con líneas amarillas y negras. Apretó los dientes para no soltar una maldición en voz alta. Su estupidez acababa de ponerle en una situación harto peligrosa: quienes le habían capturado no pertenecían a los Dayland, sino a los condenados McDurney. ¡Que Satanás los llevara a todos a los infiernos! ¡Sus peores y más enconados rivales! Y él, como el idiota que era, se había precipitado y confesado pertenecer a un clan enemigo. En bonito lío acababa de meterse.

—Descansa si puedes, piojo —le dijo Barry alejándose de él—. Mañana necesitarás de todas tus fuerzas.

Nadie se percató del repentino brillo de furia que asomó a sus ojos y sus secuestradores se dispusieron a acostarse alrededor de la fogata, salvo el que quedó de guardia, desentendiéndose por completo de él, sin preocuparse siquiera en darle algo para protegerse del frío de la noche.

Josleen lo intentaba, pero no conseguía conciliar el sueño. Desde su posición, no dejaba de observar al prisionero preguntándose quién sería en verdad, y qué hacía en sus tierras.

—Barry —llamó muy bajito a su primo, que se había tumbado cerca de ella—. ¿Estás dormido?

—¿Hummm?

—No tiene aspecto de ladrón.

—No lo tiene.

—Parece un guerrero.

—Lo parece.

—Pero...

Barry acabó por darse la vuelta y fijar sus ojos en ella.

—Duérmete de una vez, muchacha.

4

La despertó un grito apagado haciendo que se sentara de golpe. Parpadeó, confusa, creyendo haber estado inmersa en una pesadilla, y un pálido sol que apenas calentaba le hizo guiños entre las nubes que cubrían un cielo plomizo que amenazaba tormenta. Se desperezó notando los músculos doloridos, y un nuevo grito acabó por despejarla completamente. Creyéndose en peligro se revolvió y buscó su daga, empuñándola con destreza. Lo que vio la hizo levantarse de un salto.

Uno de sus hombres golpeaba al prisionero, que, en pie, atado al tronco de un árbol, nada podía hacer por evitarlo. Los demás, solo miraban.

—¿Qué estáis haciendo? —Se aproximó casi a la carrera.

—Apártate de aquí —le dijo Barry.

La cabeza del cautivo caía sobre su pecho y ella se dio cuenta de que luchaba por inhalar aire.

—¡No podéis golpear a un hombre indefenso!

—Ve a refrescarte al río y no te metas en lo que no te llaman.

Un nuevo golpe en el estómago obligó al rehén a soltar el poco aire que le quedaba en los pulmones junto a otro lamento.

—¿Dónde están esos caballos? —preguntaba Barry.

El prisionero negó con la cabeza. O no quería decirlo o no lo sabía, pero su silencio le costó ganarse otro golpe en las costillas que a punto estuvo de hacerle perder nuevamente el conocimiento.

—¡Parad de una vez! —Josleen intentó abrirse paso entre sus hombres.

Barry la tomó del brazo con brusquedad para apartarla, ella resbaló sobre la hierba cubierta de rocío y estuvo a punto de caer de bruces. Entonces montó en cólera. No era una mujer paciente, su hermano, Wain, se hartaba de recriminárselo con frecuencia, y en ese momento demostró que, en efecto, así era. Se enfrentó a Barry con los brazos en jarras y un brillo turbulento en la mirada.

—Si no acabas con esto voy a contar a Wain, punto por punto, tu modo de actuar.

Tanto Barry como los demás lo entendieron como una clara amenaza. Wain tenía un genio de mil diablos, pero nunca se había rebajado a torturar a un sujeto vencido, fuese enemigo o no. Algunos de los hombres la miraron con la duda reflejada en el semblante, y en el rostro de Barry la cicatriz que lo afeaba se tornó pálida por la furia. Le hubiese gustado abofetear a la muchacha por oponérsele abiertamente delante de los otros, pero no le convenía discutir con ella porque aquella arpía nunca amenazaba en vano. Se guardó pues la rabia, hizo una seña al que golpeaba al prisionero para que lo dejara en paz y simuló haber perdido las ganas de continuar con el interrogatorio.

—Si así lo quieres, prima... De todos modos, acabará en la torre. Y no seré yo el que intente sacarle información sobre el robo, sino tu hermano en persona. Hasta puede que utilice el látigo en vez de los puños y acabe arrancando la piel a este cerdo. Entonces dirá dónde están las bestias.

—Wain nunca haría semejante salvajada.

—Tienes a tu hermano en muy alta estima, Josleen.

—En la que se merece —apuntilló ella.

Alterada por el enfrentamiento con su primo, Josleen decidió que lo mejor, de momento, era callarse, pero no dejó de echarle miradas irritadas mientras daba instrucciones de levantar el campamento.

Una vez que tuvieron todo dispuesto a lomos de los caballos de carga, soltaron al prisionero para subirlo a su propia montura, atándole las manos a la espalda.

Kyle luchaba por no perder la conciencia y por no caerse del caballo. Le dolía todo el cuerpo por los golpes recibidos y las cuerdas que le sujetaban las muñecas le provocaban otro añadido. Era impensable intentar escapar en las condiciones en que se encontraba, pero se juró hacer todo lo que estuviese en su mano y aprovechar la menor ocasión que el destino le brindara para poner distancia entre él y sus enemigos. Relampaguearon sus ojos reconociendo el camino por el que cabalgaban, siguiendo el curso del río, y se le formó un nudo en la boca del estómago. Se dirigían hacia tierras enemigas y, si Dios no lo remediaba, acabaría en una maz-morra de Durney Tower.

Podría incluso haber olvidado la sarta de golpes re-cibida, pero no estaba dispuesto a caer en manos de los McDurney porque su cautiverio, cuando le reconocie-ran, significaría un alto rescate que su clan no se podía permitir pagar. ¡Y maldito si estaba dispuesto a soltar una sola moneda a aquel atajo de hijos de perra!

Inspiró lentamente para intentar evitar las punza-das dolorosas que lo traspasaban cada vez que respira-ba, pensando que, seguramente, tenía alguna costilla fracturada. Pero no pudo silenciar un gemido cuando el caballo saltó sobre un tronco caído.

Josleen, que había estado muy pendiente de él desde que iniciaran la marcha, guio a su caballo para acercár-sele. De inmediato, la montura de su primo se interpu-so en su camino.

—No te acerques a él.

—¡Oh, déjame en paz de una vez, Barry! —se irri-tó—. Empiezas a resultar aburrido y pesado. Está atado, por todos los cielos, y más muerto que vivo después de vuestras caricias. ¿Acaso crees que se me puede echar encima y retorcerme el cuello?

—Te lo tendrías merecido, por porfiada —le dijo él antes de adelantarse de nuevo, dándose por vencido ante su terquedad.

Josleen, en un gesto infantil que lamentó acto se-guido, le sacó la lengua cuando él le dio la espalda. Apartó hacia atrás los cabellos que el viento le echaba una y otra vez sobre la cara y centró su atención en el prisionero.

Kyle no había podido desviar la mirada de ella durante la discusión. De hecho, le había sido imposible hacerlo desde que iniciaron el viaje, admirando a su pesar el porte altivo de la muchacha y el modo inmejorable con que cabalgaba. No sabía lo que le obligaba a estar pendiente de ella, pero lo estaba.

Había conocido algunas mujeres en su vida, algunas de ellas verdaderamente atractivas. Aquella joven no era especialmente hermosa, pero reconocía que tenía un cabello precioso, una mezcla de fuego y oro que le llamaba la atención, un rostro agraciado y unos ojos grandes y diáfanos como un cielo de primavera. Era bonita, sí, pero nada más. Sin embargo, había algo en ella que le atraía: su orgullo, la frescura de sus movimientos, el tono de su voz incluso cuando pleiteaba con el sujeto que le había apresado. Era pura seducción.

Josleen cabalgaba erguida, deseosa de volverse para mirar al rehén pero temiendo volver a hacerlo. Cada vez que sus miradas se habían cruzado había notado que el corazón se le desbocaba sin remedio. Sucio o no, apenas cubierto por un kilt embarrado y una andrajosa capa, con una ceja partida y el rostro manchado de sangre, le resultaba atractivo. Además, tenía una musculatura que la impresionaba. Fantaseó imaginándole con ese dorado y largo cabello limpio de lodo y sangre. Su nariz era recta, su mentón denotaba autoridad y todo él gritaba poder. Barry estaba loco si creía que un hombre así podía ser un triste ladrón de ganado. Lo que más le llamaba la atención, sin embargo, eran sus ojos. Unos ojos como no había visto nunca otros: dorados. Ámbar líquido. Grandes, vivaces, inteligentes y fieros, orlados de espesas pestañas ligeramente más oscuras que su pelo. Y su boca, de labios gruesos... Le recorrió un escalofrío dándose cuenta de que estaba siendo víctima de pensamientos erráticos. Se enderezó sobre la silla y taconeó ligeramente los flancos del animal para alejarse hacia la cabecera del grupo.

—Un ladrón de caballos. Ja.

Kyle se olvidó definitivamente de la muchacha cuando su montura pisó un desnivel del terreno y una punzada de dolor lo atravesó como una cuchillada. Maldijo entre dientes y prestó más atención al terreno que pisaban.

Josleen intentaba olvidar que él cabalgaba detrás, pero le era imposible porque tenía la extraña sensación de estar siendo observada en todo momento. No resistió la tentación de comprobarlo y se volvió de repente. La mirada, mitad desdeñosa mitad irónica del rehén, la hizo enrojecer y volver a darle la espalda, sintiéndose como una jovencita pillada en falta.

«¡Realmente tiene los ojos dorados!», se dijo. Unos ojos de hielo y fuego.

Kyle era plenamente consciente de cada movimiento de ella y el hecho en sí acabó por irritarlo. Una mujer del clan McDurney. ¡Por toda la corte del infierno! Solo le faltaba sentirse atraído por una arpía de un clan enemigo. Tenía que dejar de observarla y pensar en el modo de salir de la degradante situación en la que se encontraba. Pero, por milésima vez, sus ojos volvieron a ella.

5

Barry ordenó descabalgar algo más tarde para dar un descanso a caballos y jinetes.

Josleen saltó a tierra sin esperar ayuda, deseosa de unos momentos de intimidad.

Kyle, apeado de forma ruda, cayó de rodillas y soltó una nueva maldición.

Apenas ataron los caballos, la muchacha se alejó del grupo y desapareció tras unos arbustos. Los guerreros, sin ella a la vista, vaciaron sus vejigas allí mismo, haciendo después la concesión al prisionero de liberarle una de las manos para que atendiese a sus propias necesidades, volviendo a maniatarlo en cuanto hubo terminado.

Josleen regresó, tomó una marmita de uno de los caballos de carga y se acercó al río para llenarla de agua. Se lavó manos y cara y volvió sobre sus pasos para buscar entre sus bultos un paño limpio y un frasquito. Con todo ello, se acercó al prisionero. Aproximarse a él le hizo sentir mariposas en el estómago y cierto temor, pero no podía dilatar más acudir en su auxilio, era su obligación y debería haberlo hecho antes.

Barry, insistente y fastidioso, volvió a interponerse entre ambos, y ella estuvo a punto de estrellarle la marmita en la cabeza.

—Eres agobiante, Barry —le dijo liberando de un tirón su brazo—. Solo quiero limpiarle la herida de la ceja. ¿O acaso quieres hacerlo tú?

Moretland farfulló algo entre dientes escuchando la sofocada risa de sus compañeros y acabó por echarse a un lado.

Kyle estaba recostado contra un árbol. Seguía doliéndole todo el cuerpo y necesitaba un descanso. En otras circunstancias, hasta hubiera agradecido los cuidados femeninos, pero en ese momento, viéndola tan dispuesta a curarlo, deseó que la joven desapareciera.

A Josleen no se le pasó por alto su adusto semblante, capaz sin duda de atemorizar a cualquiera. Lo normal hubiera sido mandarle al cuerno y desentenderse de él, pero, contra todo pronóstico, sonrió haciendo aparecer dos hoyuelos en sus mejillas.

—Tranquilo —le dijo en tono de sorna—. Yo no soy tan bruta como ellos.

Kyle no dijo una palabra y la dejó hacer, aunque dio un respingo cuando la muchacha le pasó el paño por la herida de la ceja. Ella fue con más cuidado, limpió el corte y luego restañó la herida aplicando un poco del ungüento del frasco.

—Tienes un buen corte. No deberías haberte enfrentado a ellos.

—No lo hice, me atacaron por la espalda. Claro que,

así es como actúan siempre los McDurney, ¿no es verdad? —repuso Kyle con sarcasmo.

Josleen se irguió por la ofensa y por sus ojos azules pasó un relámpago de indignación.

—Eres muy poco agradecido. Otros, seguramente, te hubieran atravesado con una espada.

—Imagino que aún puede suceder.

—Imagino que sí. —El enojo le soltó la lengua—. Pero no te confundas. No somos como los McFeresson, que atacan sin previo aviso y asesinan.

Barry se acercó al escuchar que ella había subido el tono de voz. Su oscura mirada se clavó en el prisionero y este le devolvió otra desapasionada.

—¿Qué sucede?

—Nada, aparte de que tiene una nefasta opinión de nuestro clan.

—Empeorará cuando le tengamos atado a una argolla de la pared. De todas maneras, podemos alimentar un poco más su inquina. —Sonrió torcidamente.

Josleen no comprendió a qué se refería hasta que vio que le arrebataba la raída capa, única prenda que le protegía del frío invernal. ¿Qué demonios pretendía Barry? El aire cortaba la piel y bajo la capa él no tenía otra cosa que una camisa y el kilt. Le fue imposible apartar los ojos de su cuerpo musculoso, y un súbito deseo de alargar la mano y tocar su piel la turbó.

—Puede que antes de llegar a Durney Tower me digas lo que quiero saber —dijo Barry.

La muchacha miraba a uno y otro sin poder creer que su medio primo estuviera haciendo gala de tanta crueldad. ¿Acaso quería matarlo de frío? Al parecer, así era, porque se alejó con una sonrisa socarrona en los labios. Fue tras él con la intención de hacerle cambiar de idea y Kyle vio cómo discutían acaloradamente, pero al final ella pareció darse por vencida y, a grandes pasos, se alejó.

Durante el breve descanso nadie se ocupó de proporcionar al prisionero comida o bebida. La peor de las bazofias le hubiera servido a Kyle para recuperarse un poco. El viento había amainado, dándoles una tregua, pero comenzaba a caer una fina llovizna y, al cabo de unos minutos soportándola, se vio obligado a apretar los dientes para evitar que le castañearan por el frío. Cuando llegó el momento de continuar la ruta estaba tan aterido que no fue capaz de moverse y hubieron de ayudarle a montar.

6

Pararon mucho después, cuando uno de los hombres avisó de que un caballo había perdido una herradura. Dado que continuaba lloviendo, ahora de modo insistente, se alejaron del río y buscaron el abrigo de una cueva.

Para entonces, Kyle estaba a punto del desmayo. No sentía los brazos ni las piernas, su cuerpo era un témpano de hielo y estaba convencido de que no duraría mucho en esas circunstancias.

Desfallecido y entumecido por el frío, cayó de rodillas cuando uno de sus carceleros le obligó a desmontar. Allí se quedó, sin poder moverse, tiritando de forma incontrolada e incapaz de emitir ni el más leve lamento, dejándose arrastrar sin oponer resistencia cuando, tras hacer entrar a las bestias, fueron a buscarlo.

Josleen echó una mirada al prisionero y luego a sus hombres. Ninguno parecía interesado en él, pero a ella le mortificaba la voz de su conciencia, que no cesaba de gritarle lo mezquino de su comportamiento. Siempre había hecho caso a esa voz interior, así que tomó un par de mantas y se acercó al cautivo al tiempo que elevaba la voz para decir a Barry:

—Descansemos aquí, no podemos continuar con este tiempo.

—Nos quedan aún horas de luz y un largo camino por delante.

—¡Pues yo estoy agotada! Disponed una fogata.

—Pero...

—¡He dicho que encendáis fuego! ¿O acaso pretendes que todos pillemos una buena pulmonía, Barry?

Viendo que los hombres parecían estar de acuerdo con ella, a él no le quedó otra opción que hacer lo que le pedía; así pues empezaron a aligerar a los caballos de su carga, encendieron fuego y acamparon dentro de la cueva. Durante todo el proceso, Moretland no dejó de echar coléricas miradas a la muchacha que, como si fuera un invitado, arropaba al prisionero con sus mantas.

—Prepara algo de comer, Josleen —le dijo.

—Puedes hacerlo tú mismo —replicó ella.

—Vamos, muchacha, no pagues conmigo tu malhumor. Un poco de frío le ayudará a recordar el lugar en el que han escondido los caballos que nos robaron.

—¿Es que no ves que está helado? Si continúas con esta locura acabarás por matarlo.

—No es asunto tuyo, deja ya de inmiscuirte, te recuerdo que yo estoy al mando y sé muy bien lo que hago.

—¿De verdad? Y ¿esto es todo cuanto sabes hacer? —Observó que Kyle seguía tiritando bajo las mantas, con los ojos cerrados, y no pudo remediar sentir lástima por él—. Si no estás de acuerdo conmigo, puedes decírselo a mi hermano cuando le tengas delante, pero vamos a tratarlo como a un ser humano.

Moretland apretó los dientes para no replicar. Maldita pécora, amenazándolo constantemente con el recuerdo de Wain. Si hubieran estado a solas le habría apretado el cuello hasta que exhalara su último aliento. Deseaba a Josleen, pero la odiaba más aún. La odiaba, sí, lo mismo que odiaba a su hermano Wain y a todos los malditos McDurney. Solo llevaba una parte de su sangre. Su madre había sido una simple criada en la casa de Rob McDurney, el hermano menor del jefe del clan. Su aventura con él no pasó de ser eso, una aventura sin mayor importancia para Rob y que, sin embargo, le trajo al mundo. Nunca lo reconoció totalmente, salvo como a uno de sus muchos bastardos, sin preocuparse de darle su apellido. Wain era el legítimo heredero y él, aunque dos años mayor, nada más que un segundón, el hijo ilegítimo del hermano del laird, al que apenas miraban con aprecio y en quien no reparaban a menudo. La repentina muerte del hombre que lo engendró, víctima de una emboscada, no había supuesto para Barry más que la desaparición de un ser despreciable, y se había alegrado de perderlo definitivamente de vista. Había crecido y vivido siempre a la sombra de Wain. Le había costado mucho conseguir cierta posición dentro del clan, ser considerado, pero no era suficiente. Quería más. Quería lo que le correspondía.

Se alejó para buscar acomodo en un rincón de la cueva, lejos de la persistente lluvia que no cesaba, y se procuró un poco de pan, queso y whisky, rumiando mentalmente su venganza.

Los dientes de Kyle no dejaban de chocar entre sí y su rostro estaba blanco como la nieve.

Josleen deseaba poder hacer algo más por él, mitigar su sufrimiento, la hería profundamente el lamentable estado en el que él se encontraba. Tras arroparle con otra manta, fue a buscar algo de comida acercándose al bullicioso grupo que había comenzado a pasarse una garrafa de whisky de mano en mano. Tomó otra, una rebanada de pan oscuro y un trozo de queso, y regresó junto a Kyle retando con la mirada a quien tratara de impedírselo.

Kyle aceptó la fuerte bebida agradecido. El líquido cayó en su estómago vacío como una piedra, pero lo reconfortó. Tentado estuvo de despreciar la comida que le tendía la muchacha, pero no era cuestión de comportarse como un loco dejándose llevar por el orgullo, de modo que tomó lo que ella le iba poniendo en la boca; tampoco podía servirse de sus manos, atado como estaba. Comió sin dejar de mirarla. Ella, sin embargo, parecía remisa a cruzar sus ojos con los de él. Cuando acabó de alimentarle, Kyle estuvo a un paso de agradecerle a la muchacha sus atenciones. No lo hizo, por descontado, porque la furia por padecer tamaña ignominia era más fuerte que cualquier otro sentimiento. Sin embargo, cuando vio que ella estiraba una manta a su lado, se le olvidó que le debía agradecimiento.

¡No pensaría acostarse tan cerca de él! La joven desprendía un suave aroma a flor de brezo que lo desazonaba, llevaba demasiado tiempo sin estar con una mujer y aquella, no podía negarlo, le resultaba más y más atractiva a cada segundo que pasaba. Justamente por eso, porque sería una tortura tenerla a un paso de él, prefería que se alejara. El dorado de sus ojos se tornó glacial al clavarse en los de Josleen; tanto, que ella se apresuró a extender su manta un poco más allá.

—Solo trato de ser amable —le dijo un poco azorada.

—Puedes guardarte tu amabilidad, no la quiero.

—Eres demasiado terco para estar prisionero.

—Va con mi naturaleza.

—Pues más te valdría decir a mi primo lo que sabes de esos caballos y acabar con esta locura. Los ánimos están bastante alterados después del último robo y, por si no te has dado cuenta, Barry sería capaz de arrancarte la piel a latigazos.

—¿He de suponer que después de matarme de frío? —ironizó él, aunque no había sido su propósito—. No tengo nada que ver en ese asunto.

—Yo hasta podría creer que es cierto —asintió, mirándole ahora fijamente y apoyándose en un codo—. Pero ellos, no. Te han pillado en nuestras tierras.

Kyle maldijo mentalmente. ¡Qué demonios iban a haberle pescado en los dominios de los McDurney! Conocía perfectamente la delimitación de su territorio y el de sus jodidos enemigos y sabía que no había traspasado sus fronteras. ¿O sí lo había hecho? ¿Pudo haber estado tan ebrio que no se fijó dónde se encontraba? Difícilmente. Habían sido ellos los que cruzaron los límites atacándole por la espalda y se juró que, si conseguía escapar con vida, se vengaría de todos los McDurney de una forma u otra.

7

El silencio reinaba en el campamento, violado únicamente por el repiqueteo de la lluvia en el exterior.

Todos dormían a excepción de Will, al que le había tocado hacer la primera guardia. El guerrero, atento a cualquier cosa que se moviera fuera, se encontraba algo alejado del grupo, bajo unos riscos.

Josleen, sin embargo, no encontraba el descanso, consciente como era de la proximidad del prisionero que se había dejado vencer por un sueño inquieto y temblaba de vez en cuando. Acabó por sentarse, apoyó la espalda en la fría roca y lo observó con detenimiento.

No comprendía la extraña y perturbadora fascinación que le provocaba aquel hombre, del que estaba convencida ya que no podía ser un simple ladrón. Nadie con un cuerpo como el suyo podía ser un vulgar bandido o un pordiosero. Entonces, ¿quién era realmente? Y, sobre todo, ¿qué hacía en sus tierras cuando lo apresaron? Se le pasó por la cabeza que pudiera tratarse de un espía de los McFeresson, pero no acertaba a adivinar lo que podía estar buscando.

Echó una rápida mirada al grupo y aproximó su manta más a él cuando lo vio tiritar de nuevo, rezando para que ninguno de sus hombres se diera cuenta porque, de otro modo, podría hacerse merecedora después de una buena reprimenda por parte de su hermano. Barry no dudaría en irle con el cuento a Wain, tergiversando de paso su proceder.

Kyle se removió, acuciado por las pesadillas, y la manta que lo cubría se ladeó lo suficiente para permitir a Josleen ver su musculoso torso. Con la mirada fija en su pecho, sintió que le costaba respirar.

«Dios, cómo deseo tocarlo», se dijo. El pecaminoso pensamiento hizo que se le escapara una risita nerviosa. ¿Se estaría volviendo una desvergonzada? Su madre la había educado para que no reprimiera nunca sus sentimientos, le había hablado sin traba alguna de la magia que suponía dejarse acariciar por el esposo, e instruido debidamente sobre la diferencias entre el cuerpo de un hombre y el de una mujer. Había sido una educación directa, valiente y sabia, posiblemente adelantada a su tiempo, pero así era su madre: una mujer a la que nunca vio doblegarse, ni siquiera al dolor cuando murió su padre, que defendía sus ideas como se defiende la tierra, con garra y tesón. A su lado había aprendido cosas útiles: cocinar, curar las heridas, cuidar de los enfermos… Y a saber también, claro estaba, cómo podía ser la relación carnal con un hombre. Bueno, con el hombre que se convirtiera en su esposo, eso estaba fuera de toda duda.

Sin embargo, nunca le explicó cómo debía comportarse ella o qué debía hacer si se sentía atraída por un desconocido. Y era, justamente eso, lo que le estaba pasando ahora. Debería preguntárselo en cuanto pudiera abrazarla de nuevo. La echaba mucho en falta, ya que después de que volviera a contraer nupcias y se alejara de Durney Tower, se habían visto poco.

Dejó vagar su mirada por el rostro masculino, viril y atractivo. Todo en ese hombre era un canto al poder y, como una estúpida, se preguntó qué sentiría si lo besaba.

Kyle no paraba de moverse en sueños. La manta se ladeó aún más dejándole ver una de sus musculosas piernas. Se fijó entonces en la hebilla del ancho cinturón que sujetaba su kilt: bajo el barro que la cubría creyó adivinar una torre. Frunció el ceño porque le resultaba vagamente familiar, pero se olvidó de inmediato de ese detalle porque sus ojos regresaban insistentemente a su piel desnuda. Se humedeció los labios volviendo a sentir la imperiosa necesidad de tocarla.

Sin ser consciente de lo que hacía, alargó la mano hacia él.

Kyle se debatía en alucinaciones que desestabilizaban su descanso. Los ojos de Muriel, la muchacha con la que hubo de casarse apenas cumplir los veinte años, le observaban con ira. Ella le gritaba, le decía que le odiaba, y él trataba de alcanzar su fantasmal imagen sin conseguirlo. Volvía a intentarlo, pero ella se alejaba cada vez más sin dejar de demostrarle su inquina. Nunca había vuelto a yacer con Muriel después de la noche de bodas, humillado por un desprecio tan absoluto que se le hacía difícil de comprender. Pero ya había dejado su semilla en ella y, nueve meses después, le había dado un hijo: Malcom, al que odió también desde el instante en que lo vio, dejándoselo en los brazos, sin querer abrazarlo siquiera.

Pero Muriel le estaba tocando ahora y él vibraba bajo la delicada caricia.

No la amaba, nunca llegó a hacerlo, pero la necesitaba. Ahora la necesitaba. Ardía su piel al contacto con sus dedos, su bajo vientre cobraba vida... Gimió, encendido por la hoguera del deseo.

Josleen, abochornada por su descaro, se mordió los labios sintiendo la suavidad de esa piel morena; el corazón le latía con fuerza y contenía la respiración.

«Lo que estás haciendo es indecente», se reprochaba. Pero no podía dejar de tocarlo y su mano subió, trémula, desde el muslo a la cintura del prisionero.

Kyle, afiebrado por la necesidad, susurró un nombre:

—Muriel...

Josleen dio un respingo y solo entonces, sacada de golpe de su ensoñación, se percató de que él estaba ardiendo por la fiebre. Al retirar la mano, tocó sin querer la hebilla del cinturón y se fijó de nuevo en ella. Sí, era una torre. Recorrió la hebilla con un dedo y un repentino temblor la invadió de pies a cabeza haciendo que se le escapase una exclamación.

Kyle no se movió ni abrió los ojos, pero el tibio contacto le despertó. Tardó apenas un segundo en comprender que había estado inmerso en una desagradable pesadilla, y dos segundos más en darse cuenta de que la mujer que tenía su mano sobre su estómago era Josleen. Sus músculos se tensaron, el placer se mezcló con la irritación y apretó los puños. ¿Qué diablos estaba haciendo aquella muchacha? ¿Lo estaba tocando? Por amor de Dios, estaba excitado como un adolescente.

Apretó los párpados y ralentizó su respiración. Los dedos femeninos ya no se movían, varados ahora sobre su vientre. La escuchó suspirar antes de continuar con su inspección. Los insistentes y humillantes latidos bajo su kilt, que no podía controlar, acabaron por enfurecerlo. ¿Era una nueva clase de tortura para que hablara? ¿Lo estaba excitando adrede para dejarlo después deseoso de más, para rendirlo a ella, cuando no lo había conseguido el frío ni los golpes recibidos?

Soportando el deseo de abrir los ojos y enfrentarla, esperó hasta que ella dejó de acariciarlo. Cuando por fin se atrevió a mirarla, ella estaba recostada en el suelo y parecía haberse quedado dormida. Y la muy condenada tenía una sonrisa en la boca.

Era bonita. Su piel parecía de alabastro y su boca, de labios gruesos, se fruncía en un gesto casi infantil que despertó en él el deseo de probarlos. Si hubiese estado libre de las ligaduras...

De repente, Josleen abrió los ojos y se sentó, dando un respingo al ver que él la miraba fijamente, y el sofoco tiñó sus mejillas. Pero se tranquilizó pensando que no era posible que él se hubiera percatado de su atrevimiento. Además, si tenía que ser sincera, no le preocupaba en absoluto si él veía o no con buenos ojos su desfachatez. Lo que le preocupaba de verdad era lo que acababa de descubrir, lo que la había despertado con el corazón en la garganta. ¡La torre! Se acercó a él y volvió a pasar un dedo por la hebilla de su cinturón. Volaron sus ojos, llenos de estupor, hacia los masculinos.

—¿Quién eres? —balbuceó en un susurro.

—Un McDuy.

Josleen negó con la cabeza.

—No. No lo eres. Los McDuy son gente miserable. No son guerreros. Y tú eres un guerrero. ¿Por qué llevas este cinturón? ¿De dónde lo has sacado?

Kyle no respondió, pero a ella tampoco le hacía falta que lo hiciera, la verdad estaba allí, dejándola estupefacta. No podía ser. ¡Por todos los infiernos, no podía ser cierto lo que se estaba imaginando!

8

—Eres un McFeresson —afirmó cuando consiguió reponerse de la sorpresa.

Kyle tampoco respondió esa vez. La muchacha se empeñaba en disimular su temor, pero estaba asustada y un brillo diabólico le cruzó por los ojos. Bien, se dijo, si tanto la atemorizaba haber descubierto su verdadera procedencia, podría valerse de ello.

—¿Y qué si lo fuera, muchacha? —acabó al fin por preguntar.

—Pero... Pero...

—Esto puede acarrear una guerra. Si insistís en llevarme a Durney Tower vendrán a buscarme y el enfrentamiento acabará en una matanza.

Ella se irguió, los ojos abiertos como platos. Los McFeresson eran sus enemigos declarados, pero hacía años que existía algo así como un acuerdo tácito entre los dos clanes, aunque sí era cierto que se habían sucedido algunas escaramuzas donde algún hombre resultó herido, siempre peleas de poca importancia. Los robos de ganado existían desde siempre, desde que ella recordaba. Pero hacía mucho tiempo que los dos clanes no se habían enfrentado abiertamente. Sin embargo, si aquel hombre era realmente un McFeresson con cierto poder en su clan, mantenerlo como rehén sí que podría traer problemas. Enzarzarse en un conflicto armado solo acarrearía la muerte de muchos guerreros, la miseria para los campesinos y dolor, amén de las represalias del rey. Era consciente de que el jefe de los McFeresson no desaprovecharía la oportunidad que le brindaba que ellos hubieran apresado a uno de los suyos. Y no tenían excusa, por culpa del maldito Barry, para los agravios a los que había sido sometido.

—¿Eres de verdad uno de los guerreros McFeresson? —preguntó nuevamente, con el deseo imperioso de que él lo negara.

—Lo soy.

Josleen pensó con celeridad. Tenía en sus manos evitar un desastre, y su obligación era hacer todo cuanto estuviera en su mano. Inhaló aire, miró a los hombres que dormitaban más allá y se le enfrentó haciendo acopio de fortaleza para que él no viera que temblaba de puro miedo.

—¿Y si te dejara ir?

Kyle entornó los ojos y su voz sonó ronca al responder. Estaba resultando todo demasiado fácil.

—Si lo haces, librarás a los de tu clan de una muerte segura.

—Te dejaré libre si me prometes que olvidarás lo que ha pasado.

—Pides demasiado, muchacha.

—Es tu promesa como hombre de honor o seguir atado como un fardo y acabar en las mazmorras de Durney Tower —amenazó—. Piénsatelo bien, porque aunque después estallara una guerra tú ya podrías estar muerto y enterrado.

A Kyle no dejaba de asombrarle la valentía de la joven y su entereza. Regateaba con él de tú a tú. Y ella llevaba razón. Si no le dejaba escapar, acabaría en una mazmorra. Sabía que cuando descubriesen su verdadera identidad no lo matarían, pero no estaba dispuesto a que los suyos tuvieran que pagar el rescate. A fin de cuentas, ¿qué había sucedido? Una ceja partida, una tanda de golpes cuyas marcas desaparecerían en unos cuantos días y, eso sí, un buen resfriado. Nada lo suficientemente importante como para emprender belicosidades que a ninguno de los dos clanes beneficiaba, y que él había intentado evitar desde que tomara el mando de los suyos.

—Suéltame.

—No hasta que me des tu palabra de que no se tomarán represalias contra los míos.

—La tienes, muchacha.

—Y no les harás nada a ellos cuando corte tus ligaduras. —Señaló a su guardia.

—Estoy desarmado, por si no te has dado cuenta —repuso él sarcástico.

Josleen tragó saliva, algo más tranquila, aunque dudaba que el hecho de estar desarmado fuera garantía suficiente. Ese hombre podría ser un enemigo de su clan, pero sus ojos hablaban de honor y no dudó un segundo en que haría lo que le había prometido. Le indicó que se volviera de espaldas, sacó su daga y la acercó a las cuerdas. No llegó a cortarlas, dudando en el último instante, y Kyle giró la cabeza hacia ella.

—¿Te lo estás pensando mejor?

Ella dijo algo entre dientes que le sonó a insulto y, dejando la daga a un lado, comenzó a desatar los nudos en lugar de cortarlos.

—Mejor es que piensen que has conseguido desatarte por ti mismo.

Kyle contuvo un grito de alegría al sentirse libre. Se dio la vuelta y dio un respingo ante la amenaza de la daga que ella volvía a empuñar. Pero Josleen la guardó de inmediato, y a los labios del McFeresson asomó una sonrisa divertida que hizo detener el corazón de la muchacha. Se levantó despacio, sin hacer el menor ruido, sin dejar de echar miradas hacia los hombres que protegían a la joven. Se puso una de las mantas sobre los hombros y oteó la salida de la cueva. Llegar al exterior y burlar al que estaba de vigilancia suponía para él un juego de niños.

Tenía que marcharse cuanto antes, pero algo le retenía. ¿Y si la guardia de la muchacha no se creía que él hubiera podido soltarse solo? ¿Y si se daban cuenta de que había sido ella la que lo había liberado? Podría acarrear un castigo para ella y, aunque poco le importaba lo que le sucediese, le debía al menos el facilitarle las cosas ante los suyos.

—Deberías buscarte una coartada, muchacha —le dijo.

—No te comprendo.

—Es muy posible que acaben intuyendo que tú me has ayudado.

—No he cortado las cuerdas y...

Josleen enmudeció. Él estaba en lo cierto, Barry sospecharía. ¿Cómo iba a escabullirse si la acusaba abiertamente? Ella era bastante mala mintiendo, notaría su zozobra y acabaría sacando conclusiones. ¿Qué excusa podría dar más tarde a Wain sobre sus actos? Suspiró y se rindió a la evidencia.

—De acuerdo. Golpéame. Pero no lo hagas con demasiada fuerza, por favor.

Kyle sintió un mazazo en el pecho. ¿Golpearla? ¿Acaso estaba loca? Nunca hasta entonces había puesto la mano encima a una mujer. Verla así, completamente sumisa, mostrándole el mentón, hizo crecer en él el deseo irracional de protegerla de sus propios hombres. Era tan frágil y valerosa que lo desarmaba. Se ponía en sus manos sin temor alguno cuando él podía matarla allí mismo. Y todo por evitar una guerra. Nunca había conocido a una mujer con igual temple.

Se puso de hinojos ante ella y su mano derecha la atrapó por la nuca para acercarla a él. Le pareció ver un atisbo de pánico en sus ojos azules cuando le acarició la piel y sus dedos se enredaron luego en el fuego de su cabellera. No se confundía: ella estaba aterrada, pero no porque pudiera lastimarla, sino porque la sangre había comenzado una danza en sus venas bajo el contacto de sus largos dedos.

«Me estoy comportando como una demente», se decía. ¿Y si el McFeresson decidía matarla sin más y luego escapar? El lúgubre pensamiento hizo que se estremeciera porque, aun cuando estaba dispuesta a todo por evitar la lucha, el instinto de supervivencia era más fuerte.

—Confío en ti —musitó muy bajito, cerrando los ojos y entregándose definitivamente.

Sus palabras estremecieron a Kyle. Si por alguna locura pasajera hubiera deseado hacerle daño, la confianza que le mostraba la barría completamente. De pronto le asaltó la necesidad de estrecharla entre sus brazos, de saborearla, de hacerla suya. Todo cuanto hizo fue inclinarse y besarla ávidamente.

Al ardiente contacto de sus labios, Josleen se relajó, se olvidó del miedo y contestó a la caricia sin disimulo. Antes de poder evitarlo se encontró de pie, pegada a ese cuerpo musculoso y duro, respondiendo con fervor a los besos masculinos. No se atrevió, sin embargo, aunque lo quería, a envolverlo en sus brazos, limitándose a dejarse llevar por el vendaval de emociones que él despertaba en su cuerpo.

Ambos respiraban aceleradamente cuando se separaron. Kyle la miraba fascinado, preguntándose cómo era posible que se hubiera dejado llevar por sus instintos en un momento semejante. ¿Quién era en realidad aquella muchacha? Sin duda, una bruja que lo había hechizado haciéndole olvidar su peligrosa situación, para pensar solo en su boca y en su delgado cuerpo pegado al suyo.

Acalorado y sumamente excitado, Kyle recobró la cordura. No era momento ni lugar para un escarceo amoroso, aunque lo que más deseara en ese instante fuera tenderla sobre las mantas y saciarse de ella. Apretó los dientes para mantener atada la libido, le pidió mentalmente perdón a la muchacha por lo que se veía obligado a hacer y, mientras que ella se recuperaba de la fascinante sensación de la unión de sus bocas, estrelló su puño contra el mentón de la joven, tomándola en sus brazos antes de que cayera desvanecida.

Kyle la retuvo así, abrazada, maldiciéndose a sí mismo. Se maldecía, sí, por haber tenido que golpearla, aun a sabiendas de que era el único modo para evitarle después la repulsa de sus hombres. Un mal menor, por descontado, pero una actuación de la que no se sentía ni mucho menos orgulloso. Volvió a tomar esa boca que lo llamaba como un canto de sirenas y después, con mimo, la depositó sobre las mantas y la arropó.

—Perdóname, pequeña.

Dio un par de pasos y se volvió de nuevo hacia ella, con el alma encogida, sintiéndose como el ser más mezquino de la Tierra. Luego, como un hombre vencido, se escabulló sin hacer ruido. Ya fuera de la cueva, medio agachado, corrió hasta donde se encontraban las monturas, asió la suya de las riendas y se alejó susurrando al caballo para que se mantuviera en silencio hasta encontrarse a suficiente distancia. Saltó a lomos del animal cuando la prudencia le dijo que era adecuado, poniéndolo de inmediato al galope.

Cuando el vigía de los McDurney se percató de lo que pasaba y dio la voz de alarma, la preocupante inmovilidad de Josleen hizo que cesaran en su empeño de perseguir al prisionero, temerosos de que la muchacha hubiese sufrido un percance grave. Kyle aprovechó la ventaja que ella y el destino le habían dado y cabalgó hacia sus tierras sin poder alejar de su mente el rostro de Josleen.

9

Era el antiguo culto a los árboles.

En tiempos remotos, los celtas adoraron al roble y fundaron su religión en el culto a la naturaleza. Ahora, el rito pagano había cambiado y no era un roble, sino un poste adornado con multitud de cintas de colores, alrededor del cual la chiquillería danzaba hasta acabar hermoseando el sencillo palo de madera. Pero para el pueblo, aquel insípido poste seguía representando al árbol. Se decía de las mujeres nacidas bajo su signo, en el mes de agosto, como era el caso de Josleen, que eran sólidas aunque sensibles, que solo permitían ser amadas por aquel que les brindara un cariño sincero, intranquilas y apasionadas y capaces de demostrar su enojo más vivo.

Josleen sonrió observando el bullicio de los niños y apuró a los que iban a acompañarla en su viaje a la aldea de Mawbry, siguiendo luego camino hasta la casa de su madre. Le hubiera gustado quedarse hasta la noche disfrutando de la fiesta, pero tenía que partir, no podía dilatarlo más.

Seis guerreros armados hasta los dientes la rodearon y juntos se encaminaron hacia los caballos.

—Podrías esperar un poco, Josleen.

Josleen se volvió ante el inesperado ruego y aguardó al sujeto que se aproximaba a ella. Lo besó en la mejilla, se separó un poco y lo miró con afecto.

—Quiero estar a medio camino antes de que caiga la noche, Wain.

Él asintió. La estrechó entre sus brazos y ella rio gozosa.

—Mándame recado con un emisario tan pronto llegues. ¿De acuerdo? Y quiero tener buenas noticias.

—Ellos pueden regresar contigo, hermano. —Señaló al grupo.

—Prefiero que se queden a tu lado hasta tu vuelta, y con nuestra madre.

—Ella ya tiene un buen contingente de guerreros para defenderla.

—Aun así.

—Está bien. Pero luego no me eches en cara que los has necesitado.

Wain acompañó a su hermana hasta la montura, la tomó por la cintura y la colocó sobre la silla. Josleen le sonrió con dulzura y le acarició el rostro, aunque esas muestras de protección por parte de él la irritaban a veces. Era una mujer hecha y derecha y no necesitaba continuos cuidados, pero Wain seguía viéndola poco menos que como a una criatura. Y ella sabía que él siempre estaría allí, a su lado, procurando su bienestar como procuraba la prosperidad de todo el clan. Era el jefe. Todos confiaban en él, y ella más que nadie.

—Ten cuidado.

—Deja de preocuparte ya, es un viaje corto. No quiero separarme de ti y de Sheena, hermano, pero debo acudir, lo sabes.

No le había sido nada fácil convencerlo para que permitiera su salida, aún estaba enojado por su última discusión, y hasta hubo de claudicar en algunas cosas para que le diera su beneplácito. No le importaba ceder cuando la ocasión lo requería, y esa era una de ellas. Helen, la hija de Warren, el hombre que había desposado hacía tiempo a su madre en segundas nupcias, se lo había pedido como un favor personal, y para Josleen la amistad de la muchacha primaba frente a las dificultades del camino o las exigencias de su hermano. Helen la necesitaba, y ella era consciente de que su amiga pasaría más tranquila los dos últimos meses que faltaban hasta el parto teniendo a su lado a alguien de su misma edad. Además, estaba deseosa de volver a ver a su madre y le encantaba la idea de poder ayudar en el alumbramiento.

Wain acarició el lomo del caballo, remiso a dejarla marchar, aunque sabía que no podía negarle nada a su hermana. Tampoco podía negárselo a Alien, su madre, ahora una McCallister. Ambas habían sido siempre su debilidad.

—Espero que, en esta ocasión, no te encuentres con otro ladrón, hermanita.

El sonrojo cubrió las mejillas de la muchacha. Instintivamente, se pasó los nudillos por la barbilla. Aún recordaba los gritos de Wain cuando se presentaron ante él y tuvo noticias de lo que había sucedido. Por descontado, la culpó directamente a ella, no por haber liberado o no al prisionero —algo en lo que Barry hizo hincapié—, sino por haberse puesto en peligro si era así. El majadero de su primo había insistido hasta el aburrimiento en que, de no haber sido por ella, podrían haber contado con un rehén para negociar.

Si no le hubiera tocado, pensaba Josleen una y mil veces desde que regresara a Durney Tower. El recuerdo la mantenía tensa, irritable y hasta arisca. Había intentado olvidar al prisionero durante aquellos meses, pero recordaba tan vívidamente el tacto de su piel, la fortaleza de su cuerpo cuando la mantuvo abrazada, el sabor de su boca... Le recorrió la espalda un extraño cosquilleo de deseo. Su beso la había marcado a fuego y, a pesar del tiempo transcurrido, continuaba manteniéndola en vela muchas noches. Sin embargo, él había cumplido su promesa y ningún grupo en son de guerra había llegado a las puertas de Durney Tower.

Aceptó la chanza de su hermano y se inclinó para tirarle de una oreja.

—Te traeré uno a mi regreso —bromeó también.

—Y yo te calentaré el trasero si te metes en líos.

Josleen le lanzó un beso con los labios haciendo señas con la mano a la joven que se les aproximaba con prisas.

Era muy bonita. Wain la enlazó por la cintura de inmediato con aire posesivo.

—Te echaremos de menos, Josleen.

—Y yo a vosotros, Sheena. Regresaré tan pronto me sea posible.

—Dos meses al menos es mucho tiempo —se quejó la otra.

—Wain te mantendrá ocupada, no lo dudes. Ni siquiera te acordarás de mí.

Sheena se puso roja como la grana y agachó la cabeza para apoyarla en el pecho de su esposo.

—Eres terrible —se quejó a media voz.

Wain se unió a la risa divertida de su hermana y abrazó más fuerte a su esposa. Le encantaba el modo en que ella se sofocaba por nada. Hacía tres años que la había desposado, era el hombre más feliz del mundo y no imaginaba la vida sin ella. Sheena tenía un carácter apacible, todo lo contrario a Josleen, que pecaba de terca, irritable y sarcástica. Su esposa era una muchacha dulce y hasta sumisa; Josleen, bastante mandona. Una pelirroja, la otra con el cabello rubio mezclado con hebras rojizas como el fuego. La primera, vergonzosa; la segunda, descarada. Solo tenían en común unos hermosos y profundos ojos azules que quitaban el aliento a cualquier varón.

—Os enviaré noticias apenas llegue —prometió de nuevo Josleen.

—Si necesitas algo, házmelo saber. Besa a mamá de nuestra parte y transmite nuestro cariño a Helen, rezaremos por ella para que todo vaya bien. De paso, dale un buen puñetazo a McCallister —bromeó Wain, alzando la voz, cuando ya el grupo se alejaba hacia la salida de la fortificación.

Sheena se apretó contra él y alzó la cabeza para recibir un beso. Suspiró y le miró con los ojos velados.

—Te deseo —le confesó.

Wain McDurney estalló en carcajadas.

—Creo que Josleen te está enseñando a ser una frívola, mi amor.

—Me gustaría tener su carácter —suspiró ella—. Josleen no se acobarda ante nada, hace lo que quiere y...

—Y se gana una reprimenda cada cinco segundos.

—Hablando de eso, esposo. No me gusta que la regañes. Hasta ahora no te lo he dicho, pero me enojó bastante que la culparas de la huida de ese hombre cuando regresaron de Dorland.

—Mujer, ya ni recuerdo esa discusión. ¿A son de qué lo sacas ahora a colación?

—Más vale ahora que nunca.

—Está bien. De todos modos oíste como yo el testimonio de Barry.

—Barry es un tarugo propenso a la cólera. A veces pienso que nació ya colérico.

Wain guardó silencio y sus ojos se quedaron fijos en la porción de piel que asomaba por el escote del vestido de su esposa. ¡Al diablo con su medio primo, con la cabezonería de su hermana y hasta con el prisionero! Tenía cosas más importantes de las que ocuparse que pensar en asuntos pasados que no podían solucionarse. Por ejemplo, hacerle el amor a su mujer. Llevándola apretada contra su costado, se dirigieron hacia el poste adornado para la fiesta de May Day, que celebraba la llegada de la primavera.

Acodado en una de las murallas, la turbia mirada de Moretland les siguió.

—Algún día... —dijo entre dientes—. Algún día, Wain.

10

El joven agarró al vuelo un muslo de ave de una de las fuentes que los sirvientes retiraban ya y le dio un mordisco mientras intentaba, a la vez, ponerse la capa.

—¡Por todos los infiernos, James! —bramó una voz desde la entrada del salón.

—¡Ya voy, maldita sea! ¡Ya voy!

Salió a escape, refunfuñando sobre la estúpida necesidad de tener que salir justo ahora. A su hermano, el jefe del clan, se le había metido entre ceja y ceja «tomar prestado» parte del ganado que los McDurney tenían en los alrededores de la aldea de Mawbry, a demasiadas millas del territorio McFeresson. Mordisqueó de nuevo su ración y acabó tirando el hueso a un lado, faltando poco para que acertase a uno de los sirvientes que entraba en ese momento.

—¡Lo siento, Pet! —se disculpó echando a correr.

Afuera, diez hombres montados a caballo aguardaban impacientes y con cara de pocos amigos. Le importó un comino la mirada de reprobación de nueve de ellos. Pero la del último le provocó desazón. Montó de un salto para no hacerle esperar más.

Kyle dejó una imprecación a medias para advertir después:

—Es la última vez que te espero, James.

—Ni siquiera me has dado tiempo para acabar la comida.

—Si hubieras llegado a la mesa cuando todos lo hicimos, en lugar de estar detrás de las faldas de alguna muchacha, habrías tenido suficiente para llenar el estómago.

El joven se encogió de hombros, sonriendo como un diablo, y se apresuró a ponerse junto a su hermano, que ya encabezaba el grupo. Por mucho que le dijeran, a él le alimentaba más retozar con una buena moza que llenarse la tripa.

—¿Por qué estás siempre de tan mal humor, Kyle? La vida es hermosa.

Los ojos dorados relampaguearon un segundo, pero su malhumor desapareció casi al instante. Era imposible luchar contra la jovialidad de James. El chico apenas acababa de cumplir los veinte años, pero continuaba siendo un revoltoso, tanto o más que Duncan, quien aún no había cumplido los quince. Intentar ponerse severo con ellos lo agotaba y James, que lo sabía el muy tunante, acababa venciéndole siempre con una de aquellas sonrisas pícaras de las que hacía constante gala. De los tres, era sin duda el que tenía mejor talante. Por eso se ganaba con tanta facilidad a las mujeres.

—Cállate, James.

Casi a las puertas del castillo se vieron obligados a

detenerse. Montado en un caballo de color canela y fuertes patas, Duncan les cortaba el paso. Kyle suspiró, se apoyó en el cuello de su montura y miró a su hermano pequeño.

—Y ahora ¿qué pasa, chico?

—Voy con vosotros.

—Ya te dije que no, Duncan.

—Pues yo insisto.

Kyle bufó. ¡Por los cuernos de...! ¿Es que siempre habría de estar peleando con ellos? A su espalda, las risas del grupo acabaron por irritarlo. Hizo avanzar al caballo, se puso frente a Duncan y trató de que su voz no sonara lo suficientemente ruda.

—Muchacho, quita tu trasero de mi camino o juro por todo lo sagrado que te lo despellejo con una vara.

Duncan palideció y, sin una protesta, les dejó expedito el paso.

—¿De veras le zurrarías con una vara, Kyle? —preguntó James, divertido, cabalgando ya campo a través.

—Y a ti, si me incordias demasiado.

—¡Por Dios, qué genio! —Se alejó de él, pero no se reprimió en decirle a gritos—: ¡No eres buena compañía, Kyle! ¿Lo sabes? ¡Preferiría viajar con un marrano antes que hacerlo a tu lado!

De sus hombres se escapó alguna carcajada que otra que acabó por hacerle sonreír. Las bromas de James eran siempre bien recibidas por los guerreros, más si cabía cuando el centro de sus pullas era él.

11

Avistaron la pequeña aldea después de rebasar la colina.

De algunas chimeneas salía humo y el ganado pastaba al cuidado de dos hombres, un poco alejado de las casas. Existía una completa quietud que hacía pensar en la ausencia de problemas, aunque ni Kyle ni sus hombres se fiaban de las apariencias.

Atardecía ya, pero los montes no se resignaban a dejar de obsequiar a los viajeros con el malva de las flores de sus laderas. Era un momento propicio para atacar y hacerse con unas cuantas reses. Además, había luz suficiente para que supieran, sin llevar a engaño, quién les robaba. Siempre fue así entre ellos y los McDurney, desde los tiempos de sus bisabuelos. Cuando iban por ganado ajeno lo hacían sin esconderse, cara a cara, luciendo los colores de sus tartanes y lanzando al viento su grito de guerra. Llevaban robándose ganado mutuamente tanto tiempo que casi lo echaban de menos unos y otros cuando no sucedía.

Kyle estaba a punto de dar la orden de bajar la colina cuando avistaron al grupo que se aproximaba. De inmediato hizo replegarse a sus hombres tras unos arbustos, desde donde vigilaron a los que acababan de aparecer. Eran varios hombres y una mujer que, en el centro, iba claramente custodiada por ellos.

A Kyle le importaba poco de dónde venían, le importaba el ganado y su repentina presencia era un incordio.

Desde la distancia, por mucho que lo intentó, no pudo saber si eran peregrinos o soldados armados. Tampoco pudo distinguir el color de sus tartanes, aunque sin duda eran amigos de los habitantes del pueblo y de los McDurney, ya que de otro modo no andarían por esas tierras. Si se trataba de hombres de guerra, Kyle no deseaba arriesgar la integridad de ninguno de sus compañeros. Mucho menos la de su hermano James.

Vigilaron sus movimientos hasta que llegaron a la primera de las casas y empezaron a descabalgar. Le pareció entonces que alguno de ellos iba armado, pero no constituían un peligro, seguramente pedirían asilo por una noche y continuarían su camino al amanecer. Le fastidiaba tener que retrasar sus planes, pero el grueso del grupo, junto a los campesinos, significaba un número de hombres elevado que podría causarles problemas. Mejor era esperar a que se marchasen por la mañana. A fin de cuentas hacía un tiempo espléndido, y una noche durmiendo al raso, bajo las estrellas, nunca había matado a nadie. Así se lo comunicó a sus camaradas.

—Pero, Kyle —protestó James—, hasta podría ser

divertido. Hace mucho que no cruzamos armas con nadie. Supón que pertenecen al clan de los McDurney.

—Desde aquí no puedo asegurar que lo sean.

—Al menos, son aliados.

—Posiblemente. Pero hemos venido por el ganado, no a meternos en una pelea.

—Te estás volviendo blando, hermano.

—Posiblemente —repitió Kyle mientras ataba su caballo.

James no tuvo más opción que claudicar. Se sentó a su lado y comenzó a mordisquear una brizna de hierba.

—Me habría gustado un poco de jaleo —dijo al cabo de unos minutos.

—Si tan ansioso estás, cuando regresemos a casa mediremos nuestras espadas.

James se sobresaltó y se lo quedó mirando. No bromeaba.

—No estoy tan ansioso, gracias. Además, no puedo competir contigo. Siempre ganas —repuso con fastidio.

—Pero te desahogarás. ¿No es lo que quieres?

James no replicó. Los otros, escuchando el intercambio de frases, sonrieron porque en esa ocasión era Kyle el que se burlaba del menor.

12

Apenas clareó el día, Josleen y su escolta se pusieron en marcha tras agradecer el alojamiento y la comida al jerarca de la aldea, sin ser conscientes de que, desde la distancia, Kyle y sus hombres, cuerpo a tierra, no perdían detalle de cada uno de sus movimientos.

El humor de Kyle no era el mejor después de haber estado soportando las pullas de su hermano durante buena parte de la noche. Cuanto antes tomaran el ganado y regresaran a Stone Tower, antes se quitaría a aquel pesado de encima, así que, cuando vio que el grupo tomaba dirección norte, alejándose del poblado, ordenó montar.

Sin embargo, el destino les iba a jugar una mala pasada.

Los otros vadearon el riachuelo que corría a lo largo del valle, viraron y se dirigieron directamente hacia donde ellos se encontraban. Iban a darse de narices con ellos, aquel camino solo podía indicar que se dirigían hacia los dominios de los McCallister. Ahogó una imprecación porque eso le dejaba solamente dos salidas: o se les enfrentaban o huían como conejos. Y los McFeresson nunca habían hecho lo segundo.

James se frotó las manos, animado, anticipando lo que se avecinaba, deseoso de un poco de movimiento. Por fin tendrían un poco de jarana.

—Pido la dama —le susurró a Kyle.

No le prestó atención. Estaba ya dispuesto a atacar cuando una repentina ráfaga de viento hizo volar hacia atrás el velo que cubría la cabeza de la mujer, descubriendo su rostro. El sol naciente arrancó destellos dorados de sus cabellos y, aunque ella volvió a cubrirse de inmediato, a Kyle ya se le había cortado la respiración.

Creyendo haberse confundido, entornó los ojos y clavó la mirada en ella. Era joven, delgada, dominaba su montura con soltura. ¡Malditos fuesen todos los aliados de Lucifer! No podía existir otra mujer con ese pelo. Uno de los sujetos que la acompañaba le dijo algo y la muchacha se echó a reír. Según se les acercaban se hacían más visibles los colores de sus tartanes y a Kyle se le volvió a escapar una blasfemia entre dientes: McDurney. Y la chica no era otra que...

Un estremecimiento le recorrió la espalda. Le era imposible no reconocerla, no había pasado un solo día desde que la viera sin recordar su cara, sus ojos y el tacto de su pequeña mano sobre su cuerpo.

Observó la posición de sus guerreros, listos ya para el enfrentamiento.

—No quiero que la mujer sufra daño alguno —les advirtió—. Es mía. Si a ella le pasa algo, juro que no llegaréis vivos a Stone Tower. Los apresaremos, pero no quiero ni un herido. Y en silencio, no debemos alertar a los campesinos.

Sus hombres lo miraron con asombro, pero asintieron sin una palabra salvo James, que se acercó a él con el ceño fruncido.

—A la dama me la he pedido yo.

—¡Púdrete, James!

Aguardaron a que los otros se acercaran más para salirles al paso, rodeándolos de inmediato. La escolta de Josleen, pillada por sorpresa, apenas tuvo tiempo para nada porque antes de poder sacar sus armas ya tenían el filo de las espadas enemigas en sus cuellos. Los más cercanos a la muchacha intentaron protegerla sin mucha más suerte que sus compañeros.

Josleen hubo de hacer verdaderos esfuerzos para controlar su montura, que corcoveaba de un lado a otro inquieta, tan sorprendida como ella misma por el súbito asalto. Cuando casi se había hecho con ella, una mano le arrebató las bridas tranquilizando al animal. El individuo le indicó que descabalgara por señas, sin una palabra, pero ella se negó. Por el contrario, le regaló una mirada desdeñosa notando que el corazón le palpitaba como loco en el pecho. No desconocía el color de los tartanes que lucían sus asaltantes: fondo negro con cuadrículas en verde. El que sostenía aún las riendas de su caballo llevaba un broche que cerraba el suyo sobre un hombro: una torre alrededor de la cual rezaba «Honor o Muerte», el lema de los McFeresson.

Convencido su enemigo de que ella no descabalgaría por las buenas, hizo intento de tomarla por la cintura para bajarla del caballo. Josleen no solo consiguió zafarse de él, sino que levantó la pierna derecha para asestarle un fuerte golpe que le hizo tambalearse y a punto estuvo de dar con su cuerpo en tierra.

La muchacha apenas pudo saborear su pequeño triunfo porque el brazo de hierro de otro sujeto la atrapó finalmente por el talle arrancándola de la silla. Gritó, se revolvió contra su enemigo, pero se le cortaba el aliento. Loca de rabia, arañó con saña el brazo que la sujetaba, escuchó una apagada maldición y la soltaron. Cayó dolorosamente de rodillas, gateó para alejarse, pero volvieron a sujetarla un segundo después. Lejos de darse por vencida, se revolvió como una fiera acorralada, pateando para apartarlo, consiguiendo por fin ponerse en pie y volviéndose para enfrentar a su rival.

Se quedó paralizada, clavados sus ojos en otros dorados que la hicieron sentir un estremecimiento.

Hielo y oro.

13

Kyle se le acercó despacio sin apartar sus ojos de ella, cayendo de nuevo en la fantasía que había soñado tantas veces y que ahora volvía a tener ante él. Despeinada, aparentemente vencida, pero lista para atacar como una gata salvaje, la muchacha era más bonita de lo que recordaba. No salía de su asombro.

Josleen tampoco. Había rememorado infinidad de veces la imagen de ese guerrero llegando casi a idealizarlo. No había conseguido sacárselo de la cabeza durante aquellos meses, soñando una y otra vez con sus labios, con el beso compartido. A la luz del día, afeitado y limpio, vistiendo pantalones y luciendo los colores de su clan, era un regalo para los ojos de cualquier mujer.

No se negó el placer de observarle con el mismo detenimiento que él la miraba a ella: le pareció más alto, más poderoso, la anchura de sus hombros era impresionante, sus largos cabellos se veían más rubios. Se fijó en sus poderosos brazos, en sus musculosas y largas piernas que enfundaba en botas de fina piel. Volvieron a perturbarle sus ojos, inteligentes y sagaces, de un tono ámbar que sobrecogían.

Sí, aquel hombre era mucho más espléndido de lo que ella recordaba.

—Volvemos a vernos, muchacha. —Josleen parpadeó viendo que le ofrecía galantemente su mano.

—Eso parece —consiguió articular. La aceptó, sintiendo que un escalofrío placentero le recorría desde la punta de los dedos hasta la nuca.

—Aunque ahora, como ves, se han cambiado las tornas.

—Desafortunadamente para mí y para mi escolta.

Kyle sonrió y ella volvió a decirse que era guapísimo.

—No he olvidado que tengo una deuda contigo.

—Bonita forma de pagarla, asaltándonos —repuso ella reticente.

—Solamente os hemos detenido, pero no tenemos ánimo de robaros nada. Hay una pequeña diferencia, como ves. De habérmelo propuesto, ahora ni uno solo de tus hombres estaría con vida.

Josleen dio un rápido vistazo a los suyos y comprobó que, en efecto, ninguno había sufrido daño salvo en su orgullo, desarmados ahora ante hombres de un clan enemigo. Algo más sosegada por sus palabras, imaginó entonces que él debía haberla reconocido y solo deseaba intercambiar un saludo. Y entendía que, aunque no pareciese el mejor modo de interceptarla, de haberse dejado ver así, sin más, saliendo de la nada, los hombres de su escolta podrían haber iniciado una pelea.

Echó a andar y Kyle la siguió de cerca mientras sus guerreros aguardaban, sin saber muy bien lo que hacer, mirándose unos a otros confusos, sin entender en absoluto quién era la joven y qué relación la unía a su laird.

—Pensabas robar el ganado, ¿verdad? —le preguntó ella de repente, volviéndose.

—No teníamos otra cosa mejor que hacer hoy.

—Y has cambiado de idea al reconocerme.

—No exactamente, muchacha. Solo he priorizado las cosas. Me pareció buena idea saludarte, pero después nos llevaremos algunas cabezas de ganado.

Josleen contuvo las ganas de echarse a reír ante tamaña desfachatez.

—Creí que habías dicho que me debías un favor.

—Lo que no implica que olvide todo lo demás.

—No podemos impedírtelo, pero espero que no te enojes demasiado cuando los de mi clan se resarzan del abuso, tomando algunas de las vuestras.

Lo que estaba sucediendo resultaba inverosímil, completamente absurdo, pensaba Josleen. Allí se encontraba ella, charlando animadamente con un hombre que había sido su prisionero y que seguía siendo su enemigo, como si se conociesen desde siempre. Pero para su ánimo jovial y nada dado a las peleas, no dejaba de ser una divertida anécdota que contar a su madre cuando la viese. Otra cosa era Wain; a él sí que no le haría la menor gracia saber que habían sido detenidos en el camino. Poco o nada le importaba a ella su parecer, la extraña relación con ese hombre McFeresson podía limar asperezas. Debía de ser un sujeto importante para el clan, puesto que comandaba el grupo y, por tanto, debía gozar de la consideración del laird. Duraba ya demasiado aquella absurda desavenencia entre ambos clanes y ella estaba empecinada en que acabara de una vez.

Ideando ya el modo en que podría conseguir lo que se proponía, se entusiasmó. Hasta que le oyó decir:

—Vendrás conmigo.

14

Josleen retrocedió un paso. ¿De qué estaba hablando él? Posiblemente había escuchado mal porque no podía pretender...

—No lo dices en serio.

—Que viajes con escolta solo puede significar que eres alguien de cierta importancia para los McDurney, lo que se traduce en un buen rescate.

A ella se le fue el color de las mejillas. Retrocedió un paso más, miró a todos lados como una corza a punto de ser atacada. No podía echar a correr y no podía contar con sus hombres, amenazados por los de él.

—Yo te liberé cuando te apresaron para evitar un enfrentamiento ¿y tú pretendes ahora provocar a los míos?

James, que se había acercado a ellos sin que ninguno se diera cuenta, emitió un largo silbido prorrumpiendo acto seguido en carcajadas. ¿Así que su hermano se había callado el haber caído prisionero de los McDurney? Y, además, ¿había sido esa frágil muchachita la que lo había liberado? Aquello se estaba poniendo interesante.

—Y yo respeté la vida de tus hombres —oyó que replicaba Kyle—, cuando podía haberles rebanado el cuello mientras dormían. La respeté, como acabo de hacer ahora con los que te acompañan. Nuestra deuda ha quedado saldada, muchacha.

Josleen no podía dejar de mirarlo con el asombro pintado en la cara. Estaba loco. Si la retenía, nada en el mundo podría evitar una confrontación.

—Wain McDurney tomará represalias.

La mención de ese nombre hizo que él arqueara las cejas.

—Pagará el rescate.

—Ni lo sueñes —repuso ella con desdén—. Irá a buscarme.

—¿Tan importante eres para él? ¿Su amante, acaso?

En Josleen se activó un repentino deseo de cruzarle la cara. ¡Cómo se atrevía a insinuar tal cosa! Apretó los puños contra las caderas, elevó la barbilla con gesto regio y contestó:

—Es mi hermano.

Por los ojos dorados atravesó un relámpago de tormenta. Se fijó con más detenimiento en ella, sin acabar de creer lo que acababa de oír, buscando encontrar un parecido que refrendara lo que ella aseguraba. ¿Ella, la pecosa llorona a la que Wain hizo salir a escape tirándole de sus rubias trenzas cuando los descubrió pescando? No era posible. Solo la había visto dos veces, cuando ella no levantaba un palmo del suelo y él ya se creía, a sus diez años, todo un guerrero. Pero recordaba vagamente a esa chiquilla que le pareció un arcángel. Al maldito McDurney no había vuelto a verlo desde hacía años, cuando ambos acababan de cumplir los veintitrés, pero la muchacha no se le parecía en nada y él no olvidaría nunca la cara del hombre que a punto había estado de matarlo. Guardaba una cicatriz en el costado izquierdo como un recordatorio de lo sucedido. No, ella no se parecía a Wain, aunque era cierto que tenía unos ojos azul claro que se lo recordaban. Su cabello era del mismo tono, pero ¿dónde diablos habían ido a parar las graciosas pecas que tenía en su nariz cuando era una mocosa? Lo que sí era el vivo retrato de Wain era esa expresión tenaz, esa altivez, igual insolencia.

—Tu nombre —ordenó tajante.

—Para ti, guerrero, solo McDurney.

Kyle la agarró del brazo acercándola a él, sin darse cuenta de que su fuerza podía lastimarla, barrido por la misma furia que le había hecho jurar hacía años que, si volvía a encontrarse cara a cara con Wain McDurney, lo mataría. Wain lo había tachado de asesino, como al resto de su clan, por aquel antiguo enfrentamiento de antaño entre sus ancestros. Había herido y pisoteado su orgullo, arrasado sus tierras, robado su ganado... Y ahora, ¡loados fuesen los cielos!, tenía nada menos que a su hermana en su poder. ¿Qué mejor venganza podía pedirse? ¿Qué mejor modo de hacerle pagar?

Ella lo miraba de frente, con valentía, pero el temor se reflejaba en sus pupilas azules. Se maldijo por sentirse un estúpido, por desear que no hubiera miedo en esos ojos como un cielo de verano, por querer que ella lo mirara del mismo modo que lo había hecho en la cueva. La empujó hacia delante al tiempo que gritaba:

—Atadles a todos las manos a la espalda y que monten. James, pásame una cuerda.

A su hermano no le hizo demasiada gracia la orden recibida porque adivinaba el uso que iba a darle, pero se guardó su opinión; la mirada iracunda de su hermano le aconsejaba callar.

Kyle ató las muñecas de Josleen y, tomándola de la cuerda, la hizo caminar hasta donde ya estaban maniatando a los hombres de su escolta. No tenían posibilidad de escapar, pero dejó de todos modos a dos de los suyos vigilándolos y luego montó en su caballo, puso al resto en marcha y cabalgó colina abajo. Lo primero era hacerse con el ganado, después ya le bajaría los humos a la dama.

«La hermana de Wain McDurney», se repitió exultante.

15

El origen de los clanes escoceses provenía de los celtas y era su sistema de vida, el único conocido. El clan estaba formado por los miembros originarios, casi siempre relacionados con el jefe del mismo por vínculos de parentesco o de sangre. Eran los Native Men y, por consiguiente, los que ejercían mayor poder dentro de la comunidad. El resto, los Broken Men, no eran sino miembros de otros clanes menos poderosos o desarticulados que buscaban protección bajo el más fuerte. McFeresson y McDurney tenían muchos de ellos entre sus filas.

Según se adentraban en el territorio de sus rivales, fueron apareciendo grupos de campesinos que, a su paso, jaleaban los colores de los McFeresson.

El paisaje, como era habitual, variaba a cada paso: cubiertos por un manto neblinoso o luciendo verdes praderas bajo el sol, tan pronto eran golpeados por ráfagas de viento como podían ver el increíble azul de los lagos donde se reflejaba un cielo libre de nubes. Era igual en todas las estaciones del año: pasaban de la bruma a la claridad sin darse cuenta. El serbal, el roble y las coníferas les cortaban a veces el paso. En otras ocasiones, atravesaban áreas montañosas donde solamente reinaba el brezo y el musgo. En las cercanías, ciervos, conejos y algún gato montés escapaban al paso de la comitiva mientras, desde el aire, parecían querer saludarles los milanos y las águilas.

Josleen amaba cada rincón de esa tierra. Cada río, cada colina y cada depresión. Más de una vez, siendo niña, había disfrutado de aquellos paisajes sin igual junto a su padre, cuando le había permitido acompañarle en alguna de las salidas, desafortunadamente para ella muy pocas, que solía hacer con Wain. Sin embargo, en esos momentos, su humor no era tan bueno como para admirar el terreno que pisaba. El viaje se estaba convirtiendo para ella en un verdadero infierno porque, sentada delante de ese hombre del que aún no sabía ni el nombre, se veía obligada a batallar continuamente para no rozarse con su musculoso cuerpo.

El humor de Kyle no tenía nada que envidiar al de la muchacha. Había tomado una decisión e iba a seguir adelante con ella pero, y ahora se daba cuenta, la peor idea que había tenido en su vida había sido subir a la muchacha a su caballo. El continuo contacto a que les obligaba el movimiento del animal no dejaba de recordarle, una y otra vez, las trémulas y avergonzadas caricias que ella le había prodigado, pensando que estaba dormido. Se le estaba haciendo cuesta arriba mantenerse frío mientras el perfume del cabello de la muchacha le azotaba sin piedad, lo que ocasionaba que se removiera inquieto sobre la silla. ¿Por qué tenía que oler tan bien? A brezo.

Deseaba llegar a Stone Tower lo antes posible, dejarla a cargo de su madre y olvidarse de ella hasta que hubiera de devolverla a los suyos.

Debería sentirse ufano por haber apresado a una McDurney. La joven significaba acabar con los problemas surgidos durante un crudo invierno que había mermado su ganado, estropeado algunas cosechas y, durante una tormenta en la que los rayos les asaetearon sin cesar, destruido parte de una de las torres de la fortaleza. El rescate que sacaría por la hermana de Wain serviría para paliar el apuro de sus gentes. Pero no estaba contento, ni mucho menos. Presentía que el rehén que ahora cabalgaba entre sus piernas podría ser un problema mayor que la pérdida de cosechas o ganado.

Apenas pararon para dar un ligero descanso y agua a caballos y reses, aprovechando de paso para desentumecer los músculos y tomar un bocado.

Mientras sus hombres se encargaban de los de Josleen, atándolos en grupo, Kyle dio una breve vuelta por los alrededores para confirmar que estaban en lugar seguro; ni siquiera hallándose dentro de los límites de sus tierras se fiaba, siempre podían encontrarse con alguna partida de bandidos. Descabalgó después y la hizo desmontar a ella sin muchos miramientos.

James, que adoraba a las mujeres —a todas las mujeres fueran de la condición y clan que fuesen—, le lanzó una mirada de fastidio viendo el modo en que la trataba, increpándole a media voz. Mirada y palabras que no pasaron desapercibidas a Josleen. De inmediato pensó que tal vez, solo tal vez, podría poner a ese joven a su favor. Buscar un aliado para su causa era lo único que podía hacer si no quería acabar encerrada. Dedicó por tanto su mejor sonrisa al joven y él respondió con una reverencia sin hacer caso a la advertencia de su hermano conminándole a no acercarse a ella.

James le mandó mentalmente al infierno e hizo lo contrario de lo que le decía. Con toda la cortesía de la que era capaz, tomó a Josleen del codo y la condujo para que se acomodara a la sombra. Luego le procuró un trozo de pan, otro de carne seca y un pellejo de agua que ella le agradeció con una inclinación de cabeza.

Josleen estaba famélica, cansada, muy enfadada y hasta un poco temerosa, aunque el miedo se tornaba en rabia cada vez que miraba al energúmeno que los había apresado. Disimuló, sin embargo, su irritación para complacer a su bisoño adorador aceptando los alimentos, y agradeciendo a la Providencia que no le hubiesen atado las manos a la espalda como a sus hombres. Estaba dispuesta a atacar ya la carne cuando se dio cuenta de que a su guardia no se le había ofrecido otra cosa que agua. A pesar de poder incomodar a su admirador, dejó en el suelo las viandas y el agua, negando con la cabeza cuando él le acercó una garrafa de whisky. Se recostó en la corteza de un árbol y cerró los ojos.

—No me gusta desperdiciar la comida, muchacha. —La dura voz de su carcelero la hizo brincar y abrirlos de nuevo. Lo miró de arriba abajo como si tuviese delante a una alimaña.

—No pienso comer si ellos no lo hacen.

Kyle pasó el peso de su cuerpo de un pie a otro.

A ella le pareció adivinar un brillo divertido en su mirada. ¿O era cólera? Tanto le daba. Por muy temible que pareciese, a ella no iba a amedrentarla con sus bravuconadas. Pero lamentó profundamente la propia cuando él acabó por encogerse de hombros, dio una patada a la carne y recogió la garrafa de manos de James.

—Agua es más que lo que me ofrecieron a mí los tuyos.

Josleen se mordió la lengua para no contestarle airadamente, aunque no dejó de reconocer que tenía toda la razón. Su mirada le siguió mientras se alejaba para sentarse junto a sus guerreros. Echó una ojeada llena de lástima a la carne, ahora cubierta de tierra, diciéndose que el orgullo a veces para nada servía, y volvió a centrar su atención en el grupo rival.

El joven que la había tratado con cortesía volvía a estar discutiendo con ese gigante dorado. Se olvidó de los dos y procuró descansar porque estaba extenuada, sumiéndose poco después en un letargo benefactor del que la arrancaron de golpe tirando de la cuerda que ataba sus manos y haciéndola ponerse en pie.

Miró a su alrededor, un poco confundida, comprobando que todos los hombres estaban ya a caballo. Kyle volvió a rodear su cintura para ponerla sobre la bestia pero, en esa ocasión, no lo hizo en la suya, sino que la montó en la del muchacho. Sin una palabra, se pusieron en marcha.

Josleen se ladeó para mirar por encima del hombro a su nuevo compañero de viaje y él le sonrió de oreja a oreja.

—Él dijo que tenía que pensar, así que ahora cabalgarás conmigo.

—¡Ah! Pero... ¿piensa y todo?

La carcajada del joven le retumbó en el oído. James asió las riendas y la estrechó, tal vez demasiado, entre sus fuertes brazos, hundiendo luego la nariz en su cabello.

—Hueles bien. Como los brezos.

Ella no respondió, pero en su interior empezaba a abrirse una esperanza, convencida de que podría conseguir su ayuda. ¿Acaso no parecía estar en desacuerdo con el jefe de la partida? ¿No les había visto discutir? No era una experta en seducir a un hombre, en realidad nunca se había interesado por ninguno lo suficiente como para desplegar sus encantos femeninos, pero se le presentaba un momento óptimo para empezar a practicar.

16

—¿Es siempre igual de hosco? —preguntó al muchacho al cabo de un momento.

—A veces, más.

—Pues alguien debería enseñarle modales, quizá tú mismo.

—Dios me libre. —Se echó él a reír—. Lo cierto es que las mujeres no se quejan de que sea tan... bruto. Muchas hasta lo encuentran encantador.

—Serán las necias. Yo no estoy acostumbrada a tratar con un sujeto tan grosero.

—Seguramente todos los hombres te tratan con gentileza por ser la hermana de Wain McDurney.

—No, seguramente es porque las gentes de mi clan son menos ariscas. Aquí, todos parecen haberse tragado un puercoespín, sobre todo él. Bueno, todos menos tú. —Y al decirlo ladeó la cabeza y pestañeó coqueta—. Tú eres distinto.

—Gracias por lo que me parece un elogio.

—Lo es, sin duda. Eres educado, más... caballeroso que los demás. Y bastante guapo.

James enarcó una ceja. La voz de la chica se había vuelto pura miel, se había dejado recostar sobre su pecho y no dejaba de abanicar sus largas pestañas cuando lo miraba. Estaba encantado de que su hermano hubiera decidido que aquella beldad montara con él, la joven lo tenía fascinado. Pero no tanto como para no darse inmediata cuenta de sus intenciones.

—¿Cómo te llamas? —quiso saber ella.

—James.

—James... —Lo pronunció con un acento que lo embrujó—. Me gusta.

—¿Y tú?

—A ti sí puedo decírtelo: Josleen.

—Precioso.

Ella dejó transcurrir algunos minutos más antes de volver a la carga. Se sentía completamente ridícula coqueteando de ese modo con el muchacho, pero no veía otra manera de conseguir que le prestara su ayuda. Simulando un pequeño bostezo se dejó caer más contra el pecho masculino y, al instante, se sintió protegida por sus fuertes brazos.

James se lo estaba pasando en grande y le costaba un triunfo disimularlo porque, a cada poco, se le escapaba una sonrisa de complacencia. Disfrutaba del suave contacto del cuerpo de la muchacha contra el suyo, ella era un bocado apetitoso al que no le importaría hincar el diente, pero lo que más le divertía eran las toscas y airadas miradas que su hermano le lanzaba a cada momento, como si estuviera celoso.

—James... ¿qué haces, además de acatar las órdenes de ese... petulante?

—A veces, robo ganado —bromeó él.

—¿Tienes propiedades?

—Ninguna, pero disfruto de las de mi hermano.

—¿Y no te gustaría tener las propias? ¿Vivir en otro lugar, tal vez, sin tener que dedicarte al pillaje?

—¿Vivir en otro lugar? Nunca se me había ocurrido. Estas tierras son estupendas, hago lo que me gusta y tengo lo que necesito.

—Hay sitios mejores, por ejemplo las tierras de los McDurney.

—Eso es territorio rival, muchacha.

Josleen tragó saliva. Empezaban a sudarle las manos y no encontraba el modo de hacerle la oferta que tenía pensada, no le quedaba otro remedio que intentarlo, cada paso que daban la acercaba a un destino que no deseaba.

—Mi hermano puede regalarte tierras y ganado si yo se lo pido —ofreció—. Podrías ser tu propio dueño.

—¿A las órdenes de un McDurney?

Ella volvió a guardar silencio, irguiéndose ante ese tono que no escondía la burla.

James le hizo recostarse de nuevo contra él y ahogó una carcajada. De pronto, la muchacha parecía demasiado tensa.

—Tendrías que jurarle lealtad, claro está.

Él se tomó un tiempo para responder, encantado de que ella continuara intentado sobornarle.

—Podría pensármelo.

Josleen vio el cielo abierto. Se volvió para poder mirarle a los ojos y le dijo:

—Si nos ayudas a escapar tendrás todo eso y una buena bolsa de dinero.

James ahogó una risotada. La chica tenía agallas, de eso no le cupo duda, y estaba desesperada por escapar. Duncan se moriría de la risa cuando se lo contase. Pero ella estaba tan deseosa de que le diera una respuesta que se sintió mezquino y no quiso alargar más la burla ni darle falsas esperanzas. Suspiró, agachó la cabeza y la besó levemente en los labios antes de que pudiese impedirlo. Josleen apartó el rostro de inmediato, abochornada.

—Bueno... —le dijo—, existe un problema que me obliga a no poder aceptar tu magnífica proposición, chiquilla.

—¿Qué problema? Tendrías tierras, fortuna y mi hermano te protegería.

—Pero el mío me desollaría.

—Mi oferta incluye a tu hermano también. A toda tu familia. ¿Qué les debes a los McFeresson, sino vasallaje?

—Verás... Es que a mi hermano no le gustaría tener que vivir a las órdenes de un McDurney, y mucho menos jurarle lealtad.

Josleen empezaba a desesperarse. ¡Por todos los infiernos! No era la primera vez que los hombres cambiaban de bando o llevaban a cabo acuerdos. Le estaba ofreciendo una vida mejor y él la rechazaba por lo que pudiera pensar otra persona.

—¿Y quién es tu hermano, si puede saberse? ¿Un idiota que no ve una oportunidad cuando la tiene delante de sus narices? ¡Convéncelo!

—Imposible.

—¡No hay nada imposible!

—Con él sí —rio James entre dientes—. Porque ese que no deja de lanzarme dardos con los ojos es Kyle McFeresson. Ni más ni menos que el laird del clan.

A Josleen se le detuvo el corazón, abrió la boca para decir algo, pero fue incapaz de articular palabra y, antes de poder recuperarse de la noticia, Kyle se aproximó a ellos, rodeó su cintura y se encontró sentada sobre su silla de montar. Sin poder reaccionar, se dejó rodear por sus brazos llamándose tonta una y mil veces.

No estaba en las garras de un McFeresson cualquiera, sino en las de *El McFeresson*. A su cabeza acudieron, como saetas encendidas, todos los relatos sanguinarios que había escuchado acerca de él. Se decía que hasta los ingleses le temían, que había arrasado aldeas asesinando a mujeres y niños, que incluso se bebía a veces la sangre de sus enemigos. A Josleen le parecía que la leyenda iba demasiado lejos y, por supuesto, no se la creía. De ser realmente un criminal semejante, el rey Jacobo no lo tendría en tan alta estima como se decía. Aunque era verdad que había puesto precio a su cabeza un par de veces y aumentado la cantidad —rectificando luego y perdonándolo—, irritado por no ser obedecida su orden de pactar una alianza con algunos de los clanes. Todos sabían lo que perseguía el rey: una Escocia en paz. De todos modos, nadie se había atrevido a capturar a Kyle McFeresson; por mucho que una recompensa pudiera tentar a un inglés, difícilmente haría que un escocés vendiera a uno de sus mejores líderes. Los distintos clanes podían estar enfrentados durante años, desde que ella tenía uso de razón había sido así, pero también podían unirse haciendo frente a un común enemigo.

Trató de mantenerse erguida, aunque el cansancio la iba venciendo. Un par de veces se despertó sobresaltada notando el calor del cuerpo masculino a su espalda, pero acabó por ceder al agotamiento convencida ya de que no podría escapar de su enemigo.

La cabeza de Kyle era una olla en ebullición. No dejaba de preguntarse por qué diablos no había dejado a la muchacha con James, cuando cabalgar con ella entre sus brazos era un suplicio. Pero cuando les había visto charlar animadamente, algo muy cercano a un sentimiento de posesión lo atacó sin piedad obligándole a recuperarla. Había sido un error que ya empezaba a lamentar porque las suaves curvas de la muchacha lo excitaban. Recostada como estaba contra su pecho, él podía recrearse con el óvalo perfecto de su rostro, con sus largas y espesas pestañas, con la forma de corazón de su boca. Era preciosa.

Josleen suspiró y apoyó la mejilla en el hueco de su hombro, buscando mejor acomodo en sueños. Kyle aferró las riendas con más fuerza, maldiciendo a cierta parte de su anatomía por reaccionar ardientemente a su contacto. Clavó la mirada en el horizonte y se obligó a pensar en otra cosa que no fuese ella. Estaba perdiendo el control, lo que nunca hacía. Cuanto antes llegaran a Stone Tower, mucho mejor para todos, pensó.

17

Stone Tower resultaba una fortaleza impresionante: cuadrada, rodeada de un muro exterior, se distinguía en la distancia la torre principal, más alta que las otras cuatro que la flanqueaban.

El grupo y las reses atravesaron el poblado exterior y la muralla en completo silencio, despertando el interés de cuantos se cruzaban con ellos. No era para menos, puesto que los colores de los prisioneros que llegaban maniatados les delataban como enemigos.

Josleen erguía el mentón, evitando mostrarse intimidada. Pero una cosa era haber sido rehén en campo abierto y otra, muy distinta, encontrarse ahora en la guarida del McFeresson. Además, su orgullo ya había quedado bastante vapuleado al despertar recostada sobre el pecho de él.

Aun así, se fijó en cuanto veía. Fuera del recinto amurallado había visto grupos de cabañas que ocupaban el valle y parte de la pequeña loma que ascendía a la fortificación. En el interior existían más viviendas que conformaban una calle principal por la que ahora transitaban.

La curiosidad que levantaban les proporcionó una fisgona escolta de observadores hasta que llegaron a una amplia plaza de forma redonda, donde se encontraba la torre principal y donde algunos hombres practicaban con la espada y el arco. De inmediato olvidaron su entrenamiento para acercárseles, uniéndose al grupo de curiosos.

Kyle descabalgó. Apenas pisar el suelo gruñó:

—¡Encerradlos!

Enlazó el talle de Josleen para bajarla a tierra mientras escuchaba murmullos de sorpresa por el botín con el que regresaba.

Haciendo oídos sordos a los cuchicheos, ella le regaló una mirada furiosa y, dándole la espalda, caminó en pos de su escolta.

—¡Tú no!

Se quedó parada, con el corazón latiéndole en la garganta.

—No, gatita —susurró él, haciendo que se diera la vuelta y fijando su mirada ambarina en ella—. Tú no vas a las mazmorras.

—Entonces, ¿dónde se supone que vas a encerrarme, McFeresson? —dijo su nombre como un insulto.

—¿En mis dependencias...?

La clarísima alusión a ocupar su cuarto encendió la ira de la joven. ¡Por Dios que no podía consentir que la humillara delante de todos! Tomó aire, cerró los puños con fuerza y lanzó el golpe. Tener las muñecas atadas ayudó a potenciarlo y Kyle recibió un trallazo en el mentón sorprendiéndolo y haciendo que retrocediera.

Un estruendo de risotadas estalló alrededor de ambos. La mirada de McFeresson se convirtió en oro líquido, pero no dijo palabra. Se tocó la parte lastimada y ella lamentó haber actuado tan imprudentemente. Si era verdad la mitad de lo que se contaba de él, muy bien podría cortarle la cabeza ahora mismo. Lo miró con desconfianza, pero no cedió un palmo de terreno. Y se obligó a no salir corriendo cuando él volvió a acercarse. Aunque hubiera sido mejor haberlo hecho. Al menos, podría haber salvado parte de su orgullo porque, no supo si como escarmiento, él la agarró y se la echó sobre el hombro, caminando luego a largos pasos hacia la entrada de la torre principal.

Josleen profirió los peores insultos que conocía mientras rebotaba sobre su hombro, ahogándose a cada zancada.

Kyle la dejó desfogarse a placer. No hizo nada para acallar la sarta de improperios, aunque todos los que se cruzaban con ellos se paraban a mirarlos, entre divertidos y asombrados.

Atravesaron un salón amplio, se internaron en una galería, ascendieron por unas empinadas escaleras y llegaron a otro pasillo ancho. Kyle empujó una puerta con el hombro libre, entró y la dejó caer de golpe sobre una cama. Libre, Josleen trató de escabullirse, pero él la sujetó por el cabello echándola de nuevo al lecho.

—¡Maldito hijo del diablo! —le gritó.

—Quédate donde estás y te evitarás problemas, muchacha.

Le obedeció. Qué otra cosa podía hacer. Seguir resistiéndose era de idiotas, porque estaba desfallecida y él era mucho más fuerte. Además, ni siquiera sabía dónde estaba después del laberinto de pasillos por el que la había conducido cabeza abajo. Así que se acomodó en el cabecero y esperó, estremecida por la rabia.

Kyle buscaba en un baúl situado en la pared izquierda, bajo la ventana, y ella aprovechó para dar una mirada al cuarto. Era una habitación grande y espartana: la cama, un par de arcones, una mesa cuadrada y dos sillones frente a la chimenea; algunas alfombras en el suelo y los tapices que colgaban de los muros conseguían un efecto acogedor e íntimo.

Josleen frunció el ceño cuando lo vio acercarse con una cuerda en la mano. Antes de que pudiera protestar, él la pasó entre las que aún sujetaban sus muñecas y la dejó atada a los hierros del cabecero. Ella apretó los dientes, reprimiendo otra andanada de insultos, y guardó silencio mientras él hurgaba de nuevo en el arcón y regresaba con un trozo de tela. ¿Es que pensaba amordazarla?

Todo lo que hizo Kyle fue colocar el lienzo entre la piel y las sogas, para evitar que siguieran lastimándola. Luego fue hacia la puerta.

—¿Vas a dejarme aquí?

Kyle se volvió a mirarla. Y se maldijo por encontrarla preciosa. La claridad que se filtraba en la habitación por la ventana bañaba sus cabellos convirtiéndolos en fuego.

—Te quedarás aquí, sí.

—Prefiero ir con los míos a las mazmorras.

—Y yo prefiero que te quedes aquí, mujer. ¡Y aquí te quedarás!

—No puedes retenerme en tus habitaciones. Porque son las tuyas, ¿verdad? ¡Maldito seas, Kyle McFeresson! ¡Juro que si mi hermano no te arranca la cabeza con su espada, lo haré yo!

Se retaron en silencio unos instantes que a ella le parecieron horas. Cuando le vio acercarse temió haberse excedido en sus amenazas, pensó que la golpearía. Pero Kyle tomó su rostro entre sus grandes manos, bajó la cabeza y la besó.

El primer impulso de Josleen fue morderlo, pero algo estalló en su pecho, igual que sucedió la otra vez, cuando la había besado. La sangre se le volvió más espesa y le costaba trabajo respirar. La boca de ese hombre sabía tan bien que no podía más que responder a la caricia. Kyle se apartó de ella y a la muchacha se le escapó un suspiro.

—Si alguna vez vuelvo a enfrentarme con Wain McDurney, muchacha, será él quien acabe sin cabeza.

Lo dijo con tanta rabia que Josleen fue incapaz de replicar. Le odió como nunca había odiado a nadie. Y le deseó. Aquellos dos sentimientos tan opuestos la aturdieron y terminaron por levantarle un terrible dolor de cabeza después de que él se hubiera marchado. Acabó maldiciéndole hasta que, rendida por el cansancio y por el llanto, se quedó dormida.

18

—¿Quién es ella, Kyle?

El jefe del clan no tenía que dar explicaciones a nadie. Su posición social como líder no le obligaba más que a rendir cuentas cada determinado tiempo ante el Consejo de Ancianos. Era dueño y señor de hacer lo que le viniera en gana y, por lo tanto, la pregunta no venía al caso. Pero en esos momentos no se sentía como el jefe de nadie, era su madre la que preguntaba y a ella sí le debía deferencia. Sentado a la mesa, con sus hermanos, su madre y su hijo, amén de algunos de sus hombres de confianza, bien podía ser el momento de hacer algunas concesiones.

—Una McDurney.

Ella lo miró con mucha atención. Inició un trote con las rodillas para entretener al niño, y a sus ojos, tan dorados como los de Kyle, asomó la intranquilidad.

—Una McDurney —repitió.

—Estará aquí hasta que Wain pague un rescate.

—¿Es algún familiar suyo?

—Es su hermana, madre.

—Oh.

—Y una bruja —dijo Kyle, pasándose el dorso de la mano por el mentón que ella había golpeado con tanto acierto.

James se rio con ganas viendo su gesto.

—Pero no puedes negar que es muy bonita.

—Como todas las brujas.

—¿Qué ha pasado? ¿Cómo habéis conseguido hacerla prisionera? —preguntó el menor.

James asestó a Duncan una palmada en el hombro que casi le tiró de la banqueta.

—Nos dimos de frente con ellos por pura casualidad, chico. No hubo resistencia, la damita ya conocía a nuestro hermano. Al parecer, nuestro invencible laird cayó prisionero de los McDurney y ella lo liberó —explicó, ganándose una mirada biliosa por parte del mayor.

—¿De verdad? —Duncan estaba asombrado. No podía imaginar a su hermano siendo rescatado por una mujer—. ¡Vamos, Kyle, cuéntanos lo que pasó de una vez!

—No hay nada que contar —repuso—. James tiene una mente inmejorable para los cuentos.

—Pero si ella misma lo dijo —saltó el otro—. Hasta te lo echó en cara.

—¿Dónde fue, Kyle? —insistió Duncan—. ¿Y cuándo? ¿Fue hace unos meses, cuando regresaste con cardenales en todo el cuerpo, medio desnudo y con un resfriado de mil demonios?

McFeresson suspiró. Era imposible luchar contra

aquellos dos cuando decidían hacer un frente común. Tomó la copa que acababa de llenarle un sirviente y la vació de un trago.

—Sois tan pesados que me quitáis incluso las ganas de cenar.

Estallaron en carcajadas mientras él se levantaba y se alejaba. El niño, sentado en las rodillas de su abuela, le tiró de una manga.

—¿Mi papá estuvo prisionero?

James se lo quitó a su madre y lo sentó sobre él, revolvió su pelo dorado y le hizo cosquillas hasta que el crío se contorsionó entre risas.

—Lo estuvo, fierecilla. Pero creo que no va a confesarlo nunca.

En el exterior, Kyle se sentó junto al muro y, a solas, se permitió sonreír. En el fondo, le divertían las payasadas de sus hermanos, pero no podía bajar la guardia ante ellos.

Josleen estaba muerta de hambre y de sed. Hacía casi veinticuatro horas que no probaba bocado.

Como si sus pensamientos hubieran llamado a sus enemigos a la cordura, la puerta de la recámara en la que estaba confinada se abrió, y una mujer de unos cincuenta años, cuerpo regordete y rostro rubicundo entró llevando una bandeja que depositó sobre la mesa.

Josleen no dijo una palabra, ni siquiera cuando la otra la miró de arriba abajo y chascó la lengua antes de acercarse a ella.

—No va a serte cómodo comer con las manos atadas.

—Entonces, suéltame —le pidió la muchacha.

—No puedo hacerlo.

—¡Por todos los infiernos! —se enfureció Josleen dando tirones de la cuerda—. Necesito unos minutos de intimidad para... otras cosas —insinuó, con el rostro acalorado por la vergüenza.

—Tienes una bacinilla bajo la cama. Y la cuerda que te ata al cabecero es lo suficientemente larga, no te impedirá hacer lo que debas hacer.

—¡No quiero usar una bacinilla!

—A tu gusto. —La otra se encogió de hombros—. Yo me limito a traerte la comida. El resto, arréglalo con el laird, muchacha, no pienso entrometerme.

A Josleen se le estaba haciendo la boca agua. La comida desprendía un aroma delicioso y su estómago reclamaba algo de alimento. Pero era cierto que tenía otras necesidades más perentorias, no lo había dicho solo para que la soltara, y no estaba dispuesta a humillarse más usando el maldito vaso de noche. A terca, no iban a ganarle. Así que ladeó la cabeza cuando la mujer le señaló la bandeja.

—No voy a comer nada si no me dejan salir de este cuarto, díselo al maldito McFeresson.

La sirvienta la miró con dudas. Ella no era quién para poner en entredicho las órdenes del jefe del clan, pero entendía las razones de la muchacha. Viendo su gesto empecinado supo que les daría problemas, más incluso que Evelyna Megan cuando supiera que él retenía a una joven en sus aposentos. Recogió la bandeja y fue hacia la puerta.

—Tienes mucho genio, niña. Pero él tiene aún más y, yo que tú, no le irritaría demasiado.

—Todo cuanto pueda —prometió.

Debería haber hecho caso a la advertencia de la criada porque, poco después, Kyle entró en el cuarto con el gesto más agrio que ella hubiera visto nunca, portando la bandeja, que dejó de golpe. Ni siquiera la miró, pero su voz le hizo pegarse contra el cabecero de la cama.

—¿Por qué no quieres comer?

—Porque no estoy acostumbrada a hacerlo atada.

Él pareció pensárselo y tras mantenerla en vilo unos segundos acabó por acercarse.

—Está bien. Te soltaré mientras yo esté en la habitación.

—También necesito unos minutos de privacidad.

Kyle se irguió como si acabasen de abofetearlo, sintiendo que se sonrojaba. No había reparado en eso, en que ella necesitaría... Sacó una daga que llevaba en el cinturón y cortó las cuerdas. Luego, la tomó de la mano, la hizo levantarse y tiró de ella.

Josleen hubo de esforzarse para seguir sus largas zancadas sin tropezar. Cruzaron la galería, bajaron al salón, salieron a un pequeño y sombreado patio donde había un pequeño pilón en el que repiqueteaba el agua que caía, y se internaron por un pasillo estrecho que acababa en un cuarto de unos cinco metros cuadrados. La instó a entrar y ella le miró con reticencia. ¿Qué se proponía? Pero cuando echó un vistazo y vio que se encontraba en los evacuatorios, fue a ella a quien se le tiñó el rostro de vergüenza.

—Esperaré fuera. Si tardas más de la cuenta, entraré a buscarte.

A Josleen, el bochorno le provocó ronchones en las mejillas. Cerró los puños a los costados, evitó mirarlo y buscó calmarse. ¡Condenado majadero! ¿Cómo se atrevía a ofenderla de una forma tan soez? Acabaría por asesinarlo aunque con ello provocase una guerra. Lo odiaba. Nunca había conocido a un hombre tan desagradable.

Cerró la puerta de un golpe seco y buscó el modo de bloquearla, pero nada había en el interior con lo que pudiera hacerlo. Terminó lo antes posible, temerosa de que él cumpliese de verdad su amenaza. Ya era suficientemente insultante saber que estaba aguardando tras la puerta. Salió de allí con la mirada clavada en sus botas. Kyle la agarró del brazo y volvió a arrastrarla galería adelante. Al cruzar de nuevo el patio, Josleen dio un tirón liberándose de esa zarpa de acero, se acercó hasta el pilón, se lavó manos y cara y se secó con su propio tartán.

—Ahora sí comeré, McFeresson.

Tenía que ser una aparición, se dijo Kyle sin poder apartar los ojos de ella. O una hechicera. Aquella criatura frágil y delicada que le retaba con la mirada tenía el coraje suficiente como para hablarle abiertamente. Pero él se encargaría de bajarle los humos. Por mucho que la encontrase bonita y deseable, ella no dejaba de ser una simple prisionera y una enemiga. Volvió a tomarla del brazo y otra vez hubo Josleen de seguirle dando traspiés. Contrariamente a lo que ella pensaba, no la llevó de regreso al cuarto, sino que se dirigió hacia el salón.

La pieza era grande, como ya había comprobado cuando llegaron, apenas decorada, y en ese momento estaba vacía salvo por la presencia de unos sirvientes que se afanaban en recoger las mesas montadas sobre caballetes. Kyle hizo que se sentara al extremo de una de las que no habían sido aún desmanteladas, junto a la chimenea, pidiendo a uno de los criados que trajese algo de comida. Luego se alejó de ella hasta el otro extremo del inmenso salón, acomodándose en un taburete, como si quisiera darle unos momentos de tranquilidad.

Josleen intentó olvidarse de Kyle, aunque le era imposible, los ojos se le iban una y otra vez hacia él. Su sola presencia parecía llenar el salón. Le obvió definitivamente cuando pusieron ante ella una bandeja con cordero frío, un trozo de queso, pan y una jarra de vino.

Kyle la observaba de hito en hito. Cualquier persona, tras tantas horas sin probar bocado, hubiera atacado la comida. Ella no. Ella tomaba cada trozo de carne con exquisita delicadeza, sin prisas, casi picoteando del plato y bebiendo con prudencia. Reconocía que su prisionera tenía los modales de una verdadera dama, y eso, en lugar de agradarle, le fastidiaba.

Gruñó por lo bajo preguntándose en qué estaría pensando cuando decidió tomarla como rehén. Notaba que su cuerpo reaccionaba con solo mirarla. Iba a ser una complicación que ella estuviera viviendo bajo su mismo techo hasta conseguir un rescate.

19

A solas en el cuarto, Josleen se felicitó por haberse enfrentado a él con tesón porque, al menos, había conseguido que no volviera a atarla. Claro que esa sencilla concesión no la tranquilizaba en absoluto porque ¿acaso no estaba ocupando la habitación de McFeresson? ¿Qué pasaría cuando él regresara?

Con el alma en un puño paseó arriba y abajo retorciéndose las manos; miró por la ventana solo para comprobar que era imposible escapar por allí. Pateó una alfombra. Acabó por sentarse sobre uno de los arcones e intentó tranquilizarse, pero al cabo de unos minutos se levantó, atravesó la habitación y abrió la puerta. Encontró lo que se imaginaba: un sujeto alto como un roble montaba guardia. Por eso no había vuelto Kyle a usar las cuerdas, era un sueño pasar por encima de aquel mastodonte que vigilaba la salida.

Le cerró la puerta en las narices y volvió a pasearse por el cuarto, con los latidos del corazón retumbándole en los oídos y el miedo provocándole un dolor sordo en la boca del estómago. ¿Qué tenía pensado McFeresson para ella aparte de pedir un rescate a su hermano? No debería haberle dejado libre cuando Barry lo atrapó. De no haber cedido a un impulso estúpido, ahora no se encontraría en una situación tan penosa, y hasta podría ser él quien estuviese encerrado en Durney Tower. Había evitado tal vez un enfrentamiento entre los clanes dejando que se marchara, pero ¿acaso no podían estar a punto de una guerra ahora por haberla hecho cautiva? Wain no cesaría hasta encontrarla una vez que le llegaran noticias de su desaparición o la petición de rescate.

El tiempo transcurría y Kyle no daba señales de vida. Por un lado la tranquilizaba, por otro lo temía porque no acertaba a imaginar qué era lo que él estaba tramando. Alterada, sintiéndose culpable, aunque no lo era de una posible confrontación, se dijo que nada conseguía devanándose los sesos. Lo que hubiera de pasar, pasaría. Tomó una de las mantas de la cama, la estiró cerca de la chimenea, se tumbó y se arropó con ella. Algunas imperfecciones del suelo se le clavaron en las costillas y miró con lástima hacia el lecho. Se veía tan cómodo. Pero por nada del mundo se acostaría allí, lo último que quería era que él la encontrase en su cama cuando por fin hiciera acto de presencia.

Mientras, Kyle se afanaba en encontrar el modo de retener a la muchacha sin tener que lidiar con los guerreros de Wain McDurney. Tenía que interrogar a los hombres de la escolta de Josleen, averiguar hacia dónde iban cuando les interceptaron y ganar tiempo. Decidido, bajó a las mazmorras.

Al clarear el nuevo día, sabía lo suficiente como para poner en marcha su plan. Mandó llamar a uno de sus hombres y este, tras escuchar sus instrucciones, partió de inmediato hacia Durney Tower... ataviado con los colores del clan McCallister.

El amanecer encontró a Josleen aterida de frío y con un insoportable dolor de espalda. En un primer momento, cuando abrió los ojos y vio el tapiz que tenía enfrente, no supo en qué lugar se encontraba. Luego, recordó. Se levantó, se masajeó los riñones y se acercó a la ventana. Hombres y mujeres iban y venían en sus quehaceres diarios acarreando cestos de víveres o agua, algunos guerreros entrenaban y unos cuantos chiquillos correteaban de un lado al otro del patio central. Por unos momentos le pareció encontrarse en Durney Tower.

Se sentó en el borde de la cama, se pasó los dedos por el cabello y apoyó la barbilla en las palmas de las manos suspirando ante el lamentable estado en que se encontraban sus ropas después de haber dormido con ellas puestas. Debía presentar el aspecto de una vagabunda. Tenía apetito y necesitaba un baño. De haber estado en su casa, ya habrían atendido sus necesidades, pero allí... Se sintió ruin preocupándose de su apariencia y sus necesidades cuando sus hombres debían encontrarse en una situación mucho más penosa que ella. ¿Qué habría sido de ellos? ¿Estarían apiñados en una mugrienta mazmorra? ¿Qué podía hacer ella en su favor cuando no era más que otra prisionera vigilada?

Se animó pensando que su desaparición causaría un gran revuelo en Durney Tower. Wain tomaría represalias de inmediato cuando supiera que no había llegado al territorio de los McCallister.

No acababa de comprender a McFeresson; retenerla a ella era tanto como arrojar el guante a su hermano, como conminarle a una guerra abierta que solo podía causar desgracias a ambos bandos.

La puerta se abrió y Josleen se puso en pie como si hubiera tenido un puercoespín bajo el trasero. Kyle la miró unos segundos y su atención voló hacia la manta que había en el suelo. Arrugó el ceño y se acercó a recogerla.

—¿Por qué quieres que tu estancia aquí sea desagradable?

Josleen abrió la boca. ¿Que ella quería...?

—¿Pretendías acaso que durmiera en tu cama?

Una ráfaga de deseo invadió a Kyle al imaginársela, justamente, haciendo lo que decía.

—¿Por qué no?

—Qué pregunta tan estúpida.

—No has sido molestada en toda la noche, ¿verdad?

—Ciertamente, señor mío. Pero si crees que voy a agradecer tu condescendencia, puedes sentarte a esperar para no cansarte. Ten por seguro que si hubieras entrado en este cuarto no me habrías encontrado en tu lecho.

Kyle suspiró, cansado de batallar con ella. Se sentó en la cama y se quitó las botas dejándolas caer con un ruido sordo. Luego se levantó y la emprendió con la chaqueta.

Josleen abrió los ojos como platos. ¿Qué diantres estaba haciendo él? No intentaría desnudarse allí, ¿verdad? ¡Era indecente estando ella delante aunque se tratara de su habitación! Pero cuando Kyle se quitó la camisa, descubriendo su pecho, una extraña sensación de agobio se alojó en la boca de su estómago y fue incapaz de darse la vuelta, como mandaba el recato. Evocó el modo impúdico en que le había acariciado cuando él estaba dormido, el tacto aterciopelado de su piel, el poder de sus músculos bajo las yemas de sus dedos... Se le atascó el aire en la garganta, sintió un calor que le subía desde los riñones al rostro y acabó por darse la vuelta para no seguir mirándolo.

Le escuchó moverse por el cuarto, tensa como una cuerda, pendiente de cada uno de los ruidos que producía un arcón al abrirse y cerrarse. Cerró los ojos fuertemente y se abrazó a sí misma, acercándose hasta el ventanal para que el aire le refrescara el rostro. Anhelando volverse y disfrutar de la visión de ese cuerpo granítico, lo imaginaba solamente cubierto con sus pantalones y se le secaba la garganta. Dio un brinco cuando él volvió a hablar.

—Aquí todos hacen algo productivo, muchacha. Tú cooperarás, como los demás.

Ella no se atrevió a moverse de donde estaba y la voz le salió algo aflautada al responder.

—Nunca he sido una persona ociosa.

—Eso habla en tu favor.

—Haré lo que sea menester, siempre que sea lejos de esta habitación.

—Lástima, porque es aquí donde quiero tenerte.

Ella se volvió con una exclamación en los labios y Kyle, adivinando su enojo, dejó escapar una carcajada.

—Puedes ir olvidándolo, McFeresson.

—Harás lo que yo diga.

—Tu idea es mezquina. Ni sueñes que voy a rebajarme a lo que estás pensando.

—Y ¿qué crees que estoy pensando?

—No hagas que te lo diga, canalla.

—¿Para qué otra cosa puedes servir, sino para lo que te imaginas? Alguien como tú, acostumbrada a que le sirvan...

—Tengo dos manos que saben trabajar. He dirigido la casa de mi hermano hasta que se casó.

—Ya tengo ese puesto ocupado, además por nada del mundo te dejaría gobernar Stone Tower, muchacha, tengo mi casa en muy alta estima, de modo que te quedan pocas opciones para ganarte el sustento hasta que te libere.

—¡Desde luego, una de ellas no es convertirme en tu concubina!

—Ya veremos —dijo muy serio, porque a cada segundo que pasaba la idea se le metía más y más en la sangre.

—¡Mi hermano te matará si te atreves a tocarme! —gritó apretando los puños contra los muslos, con la desesperación en los ojos.

—Pudiera ser —dijo, y se echó a reír.

—Lo mejor que podrías hacer sería dejarme marchar junto con mis hombres. De otro modo, Stone Tower acabará siendo poco más que un montón de escombros. En cuanto Wain se entere de lo sucedido lo tendrás aquí con el grueso de sus guerreros. ¡Veremos entonces si persiste tu buen humor!

Kyle se puso una camisa limpia y una chaquetilla corta, se calzó otras botas y se echó sobre el hombro el tartán sujetándolo con destreza. Cruzó el cuarto sin responder y abrió la puerta.

—¿Me has oído, maldito rufián? —le increpó Josleen viendo que iba a marcharse sin darle explicación alguna.

—Tu hermano no va a venir a por ti, cariño, porque ni siquiera sabe que estás bajo mi protección.

—Lo descubrirá. Cuando no le lleguen noticias mías como le prometí rastreará los caminos, sabrá del robo de las reses en la aldea y... —Se calló viendo que él negaba con una sonrisa.

—Josleen McDurney, las cosas están así: esta madrugada uno de mis hombres ha salido hacia vuestras tierras. Tu querido hermano recibirá el mensaje de que llegaste sana y salva a casa de Ian McCallister. Le envías abrazos de tu madre y saludos de su esposo y de su hija Helen.

Josleen sintió que se mareaba y hubo de buscar apoyo en el muro.

—¿Cómo sabes que...?

—Uno de tus hombres, el llamado Verter, me lo ha dicho todo. Ese sujeto es un pozo de información.

—¡Mientes! —Se abalanzó hacia él con la intención de golpearlo, pero Kyle la retuvo por las muñecas hasta que ella, desalentada, dejó de pelear—. No te creo —dijo entre sollozos—. Verter no es un traidor y jamás te diría nada que...

—Y no lo es, Josleen. Yo no he dicho que sea un traidor. ¿O sí? —Ella le miró con los ojos convertidos en dos lagos azules cuajados de lágrimas, y él estuvo a punto de ceder al impulso de pegarla a su cuerpo y besarla.

—Entonces, lo has torturado.

—Tienes un mal concepto de mí, pequeña.

—He oído cosas sobre ti.

—Muchas de ellas, seguramente ciertas. Pero no soy un carnicero, prefiero conseguir lo que quiero sin tener que llegar a torturar a nadie. A tu hombre solo le hizo falta una pequeña amenaza para que soltara la lengua dándome todos los detalles.

—Verter no se achantaría ante una simple amenaza, ni siquiera aunque le hubieras dicho que ibas a colgarlo.

—No. —Kyle chascó la lengua—. Es un tipo duro, lo reconozco, y aguanta bien. Lamento que le hayan dejado algunos cardenales. —A ella se le escapó un gemido imaginando que lo habían golpeado—. Pero no te preocupes, no es nada importante, en un par de días estará como nuevo. No ha recibido más de lo que yo soporté cuando me apresasteis. Puse fin al interrogatorio cuando me di cuenta de que no le sacaría nada por ese método. Cantó cuando te amenacé a ti.

Confundida, dio un tirón para soltarse poniendo distancia entre ellos.

—¿Qué quieres decir? ¿De qué amenaza hablas? ¿Qué le dijiste para que hablara?

Kyle no quería continuar con aquella conversación, las cosas entre ambos no habían empezado bien y no deseaba echar más leña al fuego. Debería haberse callado, no contarle nada, dejarla en la ignorancia y a la espera de que, en cualquier momento, apareciera la figura salvadora de su hermano, pero que ella lo hubiese amenazado abiertamente con la destrucción de Stone Tower, que lo mirara con horror y odio, le picó el orgullo.

—Le dije que si no me decía lo que quería saber te bajaría a las mazmorras, te desnudaría y te azotaría.

Se quedó atónita.

El tiempo suficiente para que Kyle saliera y cerrara la puerta. Un segundo después Josleen se lanzaba contra la madera gritando improperios que retumbaron en toda la torre.

20

Agotada mental y físicamente tras su ataque de furia, durante el cual arremetió contra todo aquel que se apellidase McFeresson, contra los que le apoyaban e incluso contra los enseres del cuarto, Josleen se dio por vencida.

Tenía las mejillas tirantes por las lágrimas derramadas, el odio hacia Kyle le traspasaba el pecho, pero acabó dándose cuenta de que nada conseguiría desgañitándose o destrozándose las manos contra los muebles. Se le habían agotado los insultos conocidos, le molestaba la garganta de tanto gritar y tenía los puños doloridos de aporrear la puerta. Se estaba comportando de un modo infantil, cuando él ni siquiera estaba allí para escuchar sus «alabanzas» y el tipejo que estaba de guardia no había dado muestras de vida tampoco, como si no la hubiera estado escuchando o fuera sordo.

—El guardia... —dijo de repente, con una luz esperanzada en los ojos.

Pediría a aquel energúmeno que la vigilaba que la

llevara a presencia de James McFeresson. James no era como su hermano, lo único que podía intentar era que el joven intercediera por ella. Si fracasaba, aquella locura podía acabar en un baño de sangre.

Abrió la puerta de golpe y se quedó sorprendida: no había ningún vigilante. Retrocedió un paso, indecisa. Esperó por ver si aparecía alguien pero, viendo que no era así, se hizo con el atizador de la chimenea y, más segura al estar armada, se atrevió a asomarse a la galería. No había un alma.

Anonadada, sin entender a qué estaba jugando Kyle, volvió a cerrar y se sentó en la cama. ¿La había dejado sin vigilancia? Así, por las buenas. ¿Por qué? ¿Qué era lo que pretendía? Tal vez, ponerla a prueba. Y si trataba de escapar, ¿qué haría aquel demonio, matar a su escolta?

—¡Puerco! Cuando vuelva a tenerte frente a mí juro que te mato.

En ese momento abrieron la puerta y ella, creyendo que se trataba de Kyle, no se lo pensó dos veces: esgrimió con ambas manos el atizador dispuesta a todo.

La carita de un niño rubio como el oro asomó tras la madera, y unos ojos grandes de color ámbar y recelosos recorrieron el cuarto hasta descubrirla.

Josleen dejó de inmediato el atizador a un lado.

Malcom se fijó en la muchacha sin disimular la zozobra que lo consumía. El miedo hacía que notase algo así como ranas saltando en su estómago, pero una apuesta era una apuesta y él estaba decidido a demostrar a sus amigos que no temía a nadie. Ni siquiera a una bruja. Si su padre había podido capturarla no debía ser tan poderosa como decían sus compañeros. Haciendo acopio de valor acabó por entrar en la habitación y cerró a sus espaldas, pero sin osar apartarse de la madera por si la ocasión requería salir a escape. Le temblaban ligeramente las rodillas y las manos. No se atrevía a avanzar más dentro del cuarto, ya estaba demostrando su valor entrando en él, tampoco era cuestión de arriesgarse más.

A Josleen le hizo gracia que el chiquillo intentara no demostrar un miedo que estaba claro sentía. Parecía un ángel.

El chico ladeó un poco la cabeza observándola. Estaba confuso porque ella no se parecía en nada a las brujas de las historias que le contaban James, Duncan o su abuela. Era joven. Y muy bonita. Tenía un cabello largo y sedoso que le caía por la espalda, rubio con reflejos rojizos, y sus ojos azules no manifestaban maldad alguna. A pesar de lo que le habían advertido sus amigos, no pudo apartar sus ojos de esos otros, aunque martilleaba en su cerebro que las brujas ejercían poder sobre los mortales por medio de la mirada. Pero no se convirtió en sapo, así que la cosa no iba mal.

—Y tú ¿quién eres?

La pregunta hizo dar un salto al pequeño, que retrocedió de inmediato chocando contra la puerta.

—¿Cómo te llamas? —insistió Josleen.

—No pienso decírtelo —contestó muy bajito.

Por descontado que no iba a decirle su nombre. ¿Pensaba aquella hechicera que era tonto? Si sabía cómo se llamaba podría lanzarle un conjuro.

Pero de pronto, Josleen se echó a reír y el niño sonrió sin proponérselo.

—¿Por qué no quieres decirme cómo te llamas? Yo me llamo Josleen.

Malcom avanzó un paso, renuente, sin tenerlas todas consigo. Era agradable oír reír a esa muchacha, parecía estar escuchando el sonido de una cascada.

—Vamos, ven aquí. No voy a comerte, jovencito. —Malcom dudaba, seguramente iba a meterse en un buen lío—. ¿Te han prohibido entrar en este cuarto? Porque estoy segura de que lo que veo en tus ojos no es miedo, ¿verdad? Un McFeresson no puede ser un cobarde.

Dio en el clavo. Malcom irguió el mentón y se acercó un poco.

—No lo soy. Un cobarde, quiero decir.

—Eso imaginaba.

—¿Eres una bruja?

Josleen arqueó las cejas y miró al chiquillo con más atención.

—¿Por qué me preguntas algo así? ¿Te han dicho acaso que lo soy?

—James lo aseguró.

—¿James?

—Bueno... —Malcom decidió que no se acercaría más—. En realidad, fue papá, aunque no nos contó qué poderes tienes. James no lo negó, pero sí dijo que eras muy bonita. Luego creo que papá murmuró algo así como que era cierto, pero que eras una bruja a fin de cuentas. No sé —se encogió graciosamente de hombros—, a veces no entiendo las conversaciones de los mayores. ¿Lo eres o no?

Josleen se mordió el labio inferior para no echarse a reír. El crío era despierto, atrevido y le agradaba tenerlo allí después de tantas horas de encierro.

—No, cariño. No soy ninguna bruja. Solo pertenezco a otro clan.

—¿Amigo o enemigo?

—Digamos que los tuyos y los míos tienen sus diferencias.

—Eso quiere decir enemigo —concluyó el crío muy serio.

—Lo que me gustaría remediar.

Malcom no estaba muy interesado en esas diferencias de las que ella hablaba, su principal preocupación era saber si estaba ante una mujer con poder para hacer sortilegios.

—¿De verdad no puedes volar o convertir a los niños en ranas? ¿No puedes hacer que un hombre desaparezca o que un perro...?

—No, de veras. ¡Vaya! Nunca pensé que las brujas pudieran hacer tantas cosas.

El niño chascó la lengua y frunció el ceño. Parecía ligeramente desencantado de que ella no poseyera terribles poderes maléficos.

—Había pensado demostrar a mis amigos, y a mi padre, que era valiente.

—¿Por visitar a una supuesta bruja?

—Claro. Ninguno de mis compañeros se atrevía a hacerlo.

—No he conocido a nadie tan valiente como tú —le dijo para ganarse su confianza—. Al fin y al cabo estás hablando con alguien a quien los tuyos tienen por enemiga. Una enemiga que te ha dicho su nombre y que sigue ignorando el tuyo.

El chiquillo acabó por ceder.

—Malcom.

—El nombre de un gran guerrero.

—Lo seré algún día. Eso dice papá.

—El que dijo que yo era una bruja.

—Normalmente no se confunde —repuso él sin estar del todo convencido.

Josleen palmeó el colchón invitándole a sentarse y el niño acabó por hacerlo, aunque manteniendo las distancias.

—Y dime, Malcom... ¿no temes que puedan regañarte por subir aquí?

—No lo sé. Pero me regañen o no, he ganado la apuesta con mis amigos. ¿Todos los enemigos de mi papá son como tú?

—No todos, pequeño. —Aquel crío era un verdadero encanto.

—Tú no me harías daño, ¿verdad?

—Por supuesto que no.

—Entonces, no lo entiendo. Se supone que un enemigo es alguien que está dispuesto a hacerte daño. Explícamelo.

—Malcom... Hay cosas que debería explicarte tu padre.

—No tiene tiempo. Papá sale a veces a hacer incursiones, pero a mí no me llevan porque soy aún pequeño. —Se atrevió a alargar la mano y rozar el cabello de Josleen—. Es suave. He oído cosas, pero no las entiendo. ¿Por qué hay guerras?

Ella se recostó sobre un codo y estuvo a punto de soltar la risa viendo que el niño hacía otro tanto, imitándola.

—Los adultos hacen a veces cosas estúpidas, como pelear entre ellos por asuntos que se podrían arreglar hablando. Tu papá es un guerrero, pero seguro que tu madre piensa como yo, las mujeres solemos tener otro punto de vista.

Por la mirada dorada de Malcom atravesó una nube de tristeza.

—Mi mamá se marchó.

—¿Se marchó?

—Murió poco después de nacer yo.

—¡Oh, cariño, lo siento! —Se acercó a él y lo abrazó. Malcom no se resistió, sino que se recostó contra ella. Olía muy bien—. No lo sabía.

—No podías saberlo, no vives aquí. ¿Tú tienes mamá?

—Sí.

—¿Es tan bonita como tú?

—Más bonita, Malcom. —Le sonrió acariciando su rubio cabello.

—¿No te maldice nunca?

A Josleen se le detuvo el corazón.

—Ninguna madre...

—Mi mamá lo hizo. Se lo oí decir a papá un día, cuando hablaba con James —le confesó pesaroso—. No sabía que yo les estaba escuchando. Papá no suele beber, ¿sabes?, pero a veces, cuando se acuerda de mamá, se marcha y no deja que sus hombres lo acompañen. Tío James y tío Duncan dicen que es peligroso salir sin escolta y emborracharse, pero lo hace. Y cuando yo le pregunto algo sobre ella... —hizo un puchero— me mira de modo extraño y nunca me responde. En esos momentos, le temo.

—Santo Dios... —gimió Josleen. Le abrazó más fuerte, notando que se le formaba un nudo en la garganta.

—Yo creo que papá me quiere, menos cuando pregunto por ella.

—¡Pues claro que tu padre te quiere! —aventuró, proyectando su rabia contra aquel sujeto sin sentimientos—. Y tu madre también te quería, estoy segura.

Malcom la miró con una chispa de esperanza en los ojos y en el pecho de Josleen se abrió paso un sentimiento infinito de ternura hacia él.

—Verás, Malcom —dijo, poniendo cuidado en sus palabras—. A veces, el dolor hace que las personas digan cosas que no sienten en realidad. Traer un niño al mundo es doloroso y tu madre seguramente no sabía lo que decía. No se lo tengas en cuenta y no hagas caso de lo que escuches. Ella te dio la vida y, de seguir a tu lado, te amaría por encima de todo. Ahora, sigue cuidándote desde el cielo. Mi padre murió hace tiempo, pero sigue protegiéndome.

—Entonces, ¿por qué eres prisionera del mío?

La lógica de un niño es a veces aplastante y Josleen se encontró sin saber muy bien qué contestarle.

—Hay cosas que nadie puede remediar y... —Enmudeció de pronto y fijó sus ojos en Malcom—. ¿Tu padre? ¿Tu padre es el que me ha traído a Stone Tower?

—Pues claro. Papá y el tío James.

—¡Oh, Dios!

Josleen se levantó y paseó nerviosamente por el cuarto. ¿Cómo no se había dado cuenta antes? ¡Por todos los cielos, el niño era la viva imagen de Kyle McFeresson en miniatura! El mismo color de cabello, los mismos ojos...

—Malcom, creo que debes marcharte.

—Creí que nos estábamos haciendo amigos.

Su vocecita, descorazonada, la hizo sentirse culpable.

—Y ya lo somos, Malcom, pero tu papá se disgustará si te encuentra aquí y no quiero que tengas problemas.

—Casi nunca entro en este cuarto. Él siempre está muy ocupado para atenderme. Es el jefe del clan y tiene muchas obligaciones. Eso dicen tío James y tío Duncan. Con ellos sí juego a veces, pero no con papá.

A ella se le rompía el corazón en mil pedazos porque la urgente necesidad de cariño paternal se hacía presente en cada frase del pequeño.

—Él debe velar por la seguridad y el bienestar de mucha gente.

—Lo sé. Pero a mí me gustaría pasar más tiempo a su lado y apenas lo veo. Otros niños salen de caza con sus padres.

—Estoy segura de que a tu padre le encantaría hacer lo mismo. —Le besó en la mejilla—. Debes darle un voto de confianza.

—¿Qué es eso?

—Un poco más de tiempo. Y cuando veas el momento, habla con él y dile lo que piensas.

—Eso no es fácil. Es el jefe y no debo estorbarlo, mi abuela me lo repite a menudo. Bueno, ahora debo irme —dijo levantándose—. Me ha gustado conversar contigo, Josleen. Y he ganado la apuesta, aunque no seas de verdad una bruja. Espero que mis amigos me crean.

—Si no lo hacen, diles que vengan a verme, si se atreven.

Malcom se marchó y ella se quedó de nuevo a solas, preguntándose cómo era posible que Kyle McFeresson pudiera excluir a ese niño de su vida.

21

Pasó otro largo día y Josleen solo había recibido la visita de la criada que le traía la comida. A pesar de saber ya que no había ningún carcelero en la puerta de la habitación, no se había atrevido a aventurarse fuera del cuarto. Necesitaba urgentemente un baño, lavarse el cabello y cambiarse de ropa, pero, al parecer, el condenado McFeresson tenía cosas mejores que hacer que preocuparse de sus necesidades más básicas. Para tratarla así, mejor hubiera estado confinada con sus hombres en una celda, al menos sabría a qué atenerse. Su humor acabó de avinagrarse recordando el modo tan sibilino con que él había arrancado una confesión a Verter. Jugueteó con el atizador de la chimenea imaginando que, si pudiera tenerlo delante de ella, le arrancaría los ojos.

Y en eso estaba cuando apareció Kyle. Sin pensarlo, le tiró el atizador a la cabeza y él evitó que le golpeara de puro milagro haciéndose a un lado. La improvisada arma rebotó en la barandilla de piedra de la galería cayendo abajo. Alguien protestó airadamente y a ella se le encogió el estómago. Pasó al lado de Kyle, empujándolo y haciendo que chocara contra el dintel de la puerta, asomándose de inmediato y rezando para no haber herido a nadie.

James miraba hacia arriba con el atizador en la mano.

—¿Es que pretendes asesinarme?

Josleen respiró aliviada, pero enrojeció de vergüenza.

—Lo siento.

—Me imagino que el regalo no era para mí.

—Imaginas bien. Lamento haber errado el lanzamiento.

Kyle la sujetó del brazo y la hizo entrar en la habitación mientras escuchaba la risa divertida de su hermano. Josleen se revolvió de inmediato apartándose de él.

—Pensé que los McDurney tenían más sesos.

—Es una lástima que me haya fallado la puntería, porque me hubiera gustado abrirte la cabeza.

«Seguro», pensó Kyle. La miró con tanta atención que a Josleen le sobrevino un sofoco. Le odiase o no, aquellos ojos clavados en ella le provocaban desazón.

McFeresson pareció olvidarse de su forzada invitada y empezó a buscar ropa limpia. Cuando comenzó a cambiarse de camisa, a Josleen se la llevaron los demonios. Él no tenía decencia alguna y no estaba dispuesta a que la humillara constantemente con un comportamiento indigno. No se calló lo que pensaba y le dijo:

—No estoy dispuesta a soportar tus constantes idas

y venidas a este cuarto. O te llevas tus cosas o me proporcionas otra habitación.

La miró de reojo mientras se anudaba los cordones de la camisa. ¿De qué diablos hablaba ella? Otro cuarto, decía. ¿Qué tenía de malo aquel cuando era el mejor de todos? ¿Y dónde diablos quería que se cambiara de ropa? No estaba en su ánimo cambiar sus cosas de lugar. Aún se estaba preguntando qué locura le había enfermado para haberle cedido su cuarto, mientras él compartía cama con James, teniendo de paso que soportar sus pesadas bromas.

Llamaron a la puerta y Kyle dio permiso. Entró un hombre arrastrando un pequeño baúl que depositó a un lado del cuarto, y Josleen dejó escapar una exclamación al reconocerlo. El desconcierto la hizo enmudecer cuando ya estaba dispuesta a volver a increpar a su carcelero. El sujeto se marchó sin una palabra y solo entonces se atrevió ella a acercarse, abrirlo y empezar a registrarlo.

—No falta nada —oyó que le decía Kyle con tono huraño.

Se volvió, un tanto intimidada y hasta abochornada.

—Solo buscaba algo para cambiarme... aunque primero necesitaría un baño.

Él pareció no haberla escuchado y ella se sintió incómoda. Reconoció que había metido la pata, porque que él hubiese mandado traer sus cosas significaba un acto de buena voluntad por su parte. Lamentó haberle tirado el atizador en un momento de ira. No solía actuar así y reconocía cuándo había cometido una falta. Le fastidiaba hacerlo, pero susurró un «gracias».

Kyle enarcó una ceja, como si no acabase de creer que esa palabra hubiera salido de sus labios.

Se enfundó de nuevo la espada a la cadera y le dijo:

—Haré que te suban agua para bañarte. Eres libre de ir y venir por Stone Tower a tu placer, ya habrás comprobado que no hay guardia en la puerta, pero espero de tu buen seso que no pongas en riesgo la vida de tus hombres con un intento de fuga.

La clarísima amenaza no cayó en saco roto y Josleen asintió conciliadora, aunque no por ello desapareció la indignación en sus ojos.

—No pienso hacer nada que les ponga en peligro, McFeresson.

—¿Tengo tu palabra?

—La tienes. Pero no te confundas, porque lo que prometo es solamente un paréntesis en una batalla que solo a los dos nos compete. Aguardaré a que te pongas en contacto con mi hermano y pidas el rescate, e intercederé incluso para que tu locura al tenernos prisioneros no nos arrastre a todos a una confrontación, pero tú y yo tenemos una cuenta pendiente que no arreglará mi liberación ¿Cuándo mandarás recado a Durney Tower?

—Cuando lo crea conveniente.

—Cuanto antes, McFeresson —le exigió, altiva.

A él le atravesó una punzada de irritación.

—Dije... cuando lo crea conveniente, muchacha.

Su tono no dejaba lugar a discusión y Josleen prefirió guardar silencio. No podía hacer otra cosa más que esperar, aunque la desestabilizaba no saber a qué atenerse ni cuánto tiempo debería estar allí. La argucia de

Kyle enviando un mensajero y haciendo creer a Wain que había llegado sana y salva a tierras de Ian McCallister no podía durar demasiado, tarde o temprano sabrían que no se hallaba junto a su madre. Que pasara el tiempo solo podía significar que intentaba desesperar a su hermano para sacar más concesiones por liberarla. La encolerizaba pensarlo, pero reconocía que era una jugada maestra y que Wain hubiera hecho otro tanto en una situación similar. De hecho, esa había sido su táctica cuando secuestró a Sheena, decidido a sacar un buen rescate por ella a los Gowan. Eso sí, Wain no contaba con que la que fuese su prisionera durante semanas acabaría por robarle el corazón, y en lugar de pedir un rescate había pedido su mano, acabando con la enemistad entre ambos clanes.

Nuevamente a solas, Josleen buscó en el baúl y eligió un vestido azul claro, una enagua y un par de peinetas para el cabello, regalo de Sheena. Poco después aparecieron dos individuos portando una pequeña bañera de madera, cubos de agua y paños. Atrancó la puerta en cuanto hubieron salido arrastrando con esfuerzo uno de los arcones de Kyle. Se desnudó, se bañó, se lavó el cabello y lo secó lo mejor que pudo. Su humor mejoró bastante una vez que estuvo aseada. Tras vestirse, se recogió el cabello en dos largas trenzas que sujetó a su coronilla con las peinetas y observó su imagen en el cristal de la ventana. Al menos, estaba presentable.

Luego, recordando que podía deambular sin reparos, se dijo que aprovecharía la buena disposición de su carcelero para conocer el terreno que pisaba y salió del cuarto.

Lo primero que pensaba hacer era saber en qué maloliente agujero tenían encerrados a los hombres de su escolta, jurándose que si veía un solo rasguño en uno de ellos, Kyle iba a saber lo que era el mal carácter de una McDurney.

22

No le resultó complicado averiguar el lugar en el que se encontraban los prisioneros, ya que la primera mujer a la que preguntó, tras mirarla de arriba abajo como si ella tuviera la tiña, le indicó la parte derecha de la torre principal. Atravesó el patio y empujó una puerta que daba acceso a una galería oscura, alumbrada por un par de antorchas sujetas al muro, al final de la cual había una escalera descendente.

No encontró persona alguna que le impidiera el paso, así que bajó con aire decidido notando, según se adentraba en el pasadizo, que este se hacía más ancho y más húmedo. Llegó a una sala abovedada y allí sí, allí se dio de bruces con dos tipos malencarados. Uno estaba sentado tras una mesa y el otro tenía en sus brazos una pila de fuentes con restos de comida que depositó de inmediato para prestarle atención. Pero ninguno de ellos pareció sorprendido de su presencia.

—¿Qué podemos hacer por vos, señora?

—Quiero ver a los prisioneros McDurney.

Por un momento, creyó que no la habían entendido, porque se la quedaron mirando sin decir palabra. A punto estaba de repetir lo que quería cuando escuchó la voz de McFeresson tras ella.

—Donald, abre la puerta.

—Creí haber entendido que era libre para ir y venir a mi antojo, McFeresson. —Se volvió para encararse a él—. ¿Me estás siguiendo?

—Donald, abre esa puerta —volvió a ordenar él—. Ya has oído a la dama.

El tipo asintió, sacó una llave y dejó libre el paso a la galería de las celdas. Sin pérdida de tiempo se internó por ella, pero no había recorrido ni la mitad cuando el brazo de Kyle la atrapó de la cintura pegándola a su costado al mismo tiempo que una sonora blasfemia la hizo encogerse y la mano de un hombre, asomando por una reja, casi consigue agarrarla del brazo.

—Aquí no solo están tus hombres, Josleen —dijo Kyle, conduciéndola hacia delante y haciendo que caminara lejos de los ventanucos de las mazmorras—. También hay unos cuantos sujetos que no dudarían en retorcer tu bonito cuello si te les acercas demasiado.

Josleen no respondió porque, súbitamente, estaba atenazada por el miedo. Y porque estar tan cerca de él la ponía muy nerviosa. Disimuló el malestar que le provocaban los burlones y sucios saludos que los prisioneros les regalaban y el olor a orines y humedad, una mezcla que le revolvió el estómago.

Atravesaron una sala pequeña de bajo techo y Kyle empujó una nueva verja que daba a otra galería. El cambio que se experimentaba allí asombró a la muchacha:

en el techo se abrían claraboyas por las que entraba la luz exterior y había desaparecido el nauseabundo olor a desperdicios de los pasadizos anteriores. Kyle la soltó y le indicó una puerta.

Josleen se acercó al ventano enrejado y, atisbando a través de él, no pudo remediar que se le saltaran las lágrimas al descubrir a sus hombres.

—¡Verter! —llamó, agarrándose a los barrotes.

Dentro, se despertaron expresiones de sorpresa, alguna maldición, un repentino revuelo y varios hombres se agolparon de pronto junto a las rejas.

—¡Verter! ¡Norman! ¡Dillion! ¿Estáis bien? —preguntaba ella tomando a través de los barrotes las manos que le tendían. Todos le hablaban a la vez y ella intentaba ver sus rostros bajo la escasa luz de las antorchas.

Kyle la hizo a un lado.

—¡No! —se resistió ella revolviéndose entre sus brazos—. ¡Suéltame!

Las voces airadas de los prisioneros se alzaron como una sola destacando sobre todas ellas la de Verter.

—¡Si le tocas un solo cabello, McFeresson, te arrancaré el corazón y las tripas y los dejaré secándose al sol!

Josleen seguía debatiéndose para quedar libre, pero cesó en su intento cuando vio que Kyle tomaba la llave que colgaba a cierta distancia de la puerta, la introducía en la cerradura y la hacía girar.

—Un solo paso en falso y ella no saldrá viva de aquí —advirtió con voz cavernosa a los que estaban dentro. Luego miró severamente a Josleen—. Tienes solo un momento.

Los hombres de Wain protestaron airadamente, pero retrocedieron con prudencia.

Josleen no acababa de comprender a qué se debía aquella nueva merced por parte de su raptor, pero poco le importaban los motivos, solo quería ver a sus hombres de cerca, comprobar que no habían sido maltratados. Lo miró con los ojos arrasados por lágrimas de agradecimiento.

—Pensaba que era lo que querías —dijo él un tanto incómodo por esa muestra silenciosa de gratitud.

La sonrisa que recibió le quitó el aliento, hizo que se le disparasen las pulsaciones y fue suficiente recompensa por acceder a darle a Josleen ese capricho. ¡Dios, cómo anhelaba una de sus sonrisas en lugar de escuchar sus pullas!

Josleen se secó las lágrimas de un manotazo. Luego abrió la puerta, entró en la celda y un instante después se encontraba rodeada de los suyos y aturdida a preguntas.

Verter la encerró en un abrazo de oso haciéndola casi desaparecer bajo el volumen de su corpachón. Cuando la soltó, Josleen fue saludando a cada uno de sus hombres, se interesó por cómo estaban, si tenían heridas, si les habían maltratado. Buscó señales de golpes en Verter...

Cerrando de nuevo la puerta y vigilándoles a través de los barrotes, Kyle no perdía detalle de lo que pasaba en la celda. No estaba seguro de haber obrado con inteligencia dejándola entrar en ella, pero la imperiosa necesidad de que ella no lo viera como un desalmado había ganado a la lógica.

Después de calmar a sus hombres, Josleen se entretuvo en echar un vistazo a la celda. Era bastante amplia, lo suficiente como para que no estuvieran hacinados. Dos ventanas enrejadas situadas a buena altura dejaban entrar la luz y el calor del sol; había catres medianamente limpios y una larga mesa montada sobre caballetes encima de la cual quedaban aún restos de comida. Uno de los hombres le acercó un taburete para que se sentara y ella lo hizo gustosa, mientras seguía respondiendo a las preguntas de todos, dejando que Verter la abrazara por los hombros. Aquel guerrero alto y fuerte era para ella mucho más que un soldado de su guardia, lo conocía desde que era una niña y le tenía un cariño especial, tanto que le confiaría su vida sin dudarlo un momento.

A Kyle le irritó la familiaridad con la que el prisionero trataba a la muchacha y el modo en que ella le sonreía. ¿Qué era para Josleen ese guerrero? ¿Un familiar? ¿Un amante? Un repentino sentimiento de celos lo atravesó como una cuchillada. La vio acariciar con cariño el rostro de ese hombre y apretó los dientes.

—¿Te duele? —oyó que preguntaba ella interesándose por un cardenal en el mentón del otro.

—Una caricia, no te preocupes. Siento haber contado nuestros planes a ese hijo de perra...

—Está bien, Verter, no podías hacer otra cosa, sé el modo en que te sacó la información.

—Le creí muy capaz de hacer lo que nos dijo, muchacha. —Alzó el puño cerrado hacia la puerta—. ¡Que el demonio te lleve, McFeresson!

—Deja de preocuparte, yo hubiera hecho lo mismo si uno de vosotros hubiera estado en apuros —le tranquilizó ella, dirigiéndose luego a todos en tono bajo, para evitar que Kyle les escuchase—. Me está tratando con consideración. Me ha devuelto mis vestidos y tengo libertad para deambular por la fortaleza. Hasta ha quitado el guardia que había en la puerta de su habitación para vigilarme.

La mirada de Verter se volvió tumultuosa y ella se mordió los labios dándose cuenta de su indiscreción porque él, y los demás, podían muy bien confundir sus palabras.

—¿Dónde dices que estás, muchacha?

Josleen enrojeció hasta la raíz del cabello y trató de aclarar el malentendido.

—Solo me ha cedido su cuarto, él no lo ocupa —mintió. Bueno, no era una flagrante mentira puesto que era cierto que, salvo para cambiarse de ropa, Kyle no había estado en la habitación y ella había dormido sola.

—¡Más le vale seguir alejado de ti! ¿Me oyes, maldito McFeresson? —gritó a pleno pulmón Verter sobresaltando a la muchacha—. ¡Si te atreves a mancillarla te mataré con mis propias manos!

—Verter, por amor de Dios...

—¿Te ha tocado?

—Ya te he dicho que no —repuso irritada, sumamente incómoda de que pensara que Kyle había intentado propasarse.

—¡Lo mataré de todos modos! —vociferó de nuevo dirigiéndose a los barrotes.

—Él tiene un oído excelente, no hace falta que me dejes sorda, Verter. Estoy segura de que ha entendido claramente tus... insinuaciones.

—Si se le ocurre tocarte, niña...

—Lo matarás, vale —suspiró ella—. Pero llegarías tarde porque ya le habría matado yo, amigo mío.

Kyle permitió que la visita de Josleen se alargase un poco más del tiempo que había previsto, pero tenía cosas más importantes de las que ocuparse que dar cumplimiento a los deseos de aquella díscola muchacha, así que, dando por finalizado el encuentro, golpeó el ventanuco.

—Ya es suficiente, muchacha. Sal de ahí.

A ella le hubiese gustado pasar más tiempo departiendo con sus camaradas, pero entendió que debía marcharse. Ya era suficiente regalo que le hubiera permitido verlos y estar con ellos. Le costaba dejar a sus hombres allí, pero al menos se iba con la tranquilidad de que estaban siendo bien tratados. Algo, por cierto, que no parecía encajar del todo con la cantidad de barbaridades que había escuchado sobre Kyle. Se puso en pie, pero no dio dos pasos antes de que Verter la tomara por el brazo y la hiciera a un lado.

—¿Por qué no entras tú a llevártela si te atreves, McFeresson?

Josleen miró a su amigo como si estuviera loco, a la vez que escuchaba la apagada maldición de Kyle. Al segundo siguiente chirrió la cerradura al ser abierta y la puerta golpeó en el muro. Los del clan McDurney se movieron como uno solo haciéndole contener un grito, y Josleen se encontró en verdaderas dificultades para ponerse delante de ellos e intentar frenar su avance.

—¡No lo hagáis!

La tensión podía cortarse con un cuchillo. A un lado, sus hombres; al otro, Kyle. ¿Es que todos habían perdido el juicio?, se preguntó la muchacha, espantada ante lo que parecía un conato de evasión del que, lo tenía meridianamente claro, sus hombres podrían acabar muertos. Porque por mucho que consiguiesen acabar con McFeresson y salir de allí, no lograrían nunca escapar de la fortaleza sin pelear, y eran una minoría en franca desventaja. Y en cuanto a Kyle... Kyle estaba más loco aún que sus hombres. ¿Acaso no veía que se ponía en peligro enfrentándose a todo el grupo? Se le encogió el corazón de solo pensar que podían herirlo, porque ella no quería eso. Era su rival, sí, pero no quería que le pasara nada. Lo miró en silencio, con una súplica muda.

Kyle, parado en la puerta de la celda, no movía un solo músculo, pero parecía dispuesto a entrar a buscarla si ella no salía. Los suyos avanzaron un paso y ella volvió a interponerse entre ellos y McFeresson. Se liberó del brazo de Verter, que intentaba retenerla, y alzó la voz:

—¡Voy a salir, y no quiero que deis un paso para impedírmelo!

Sin darles tiempo a reaccionar echó a correr hacia la puerta. Kyle la atrapó tan pronto estuvo a su lado y cerró, echando la llave y retrocediendo. Verter le maldijo a gritos asomando el puño entre los barrotes.

—¡¡Tócala, hijo de perra, y te juro que...!!

Sin hacer caso a sus baladronadas, Kyle desanduvo el camino con Josleen pegada a él y la llevó al exterior. Entonces la tomó de los hombros y la miró a los ojos.

—¿Satisfecha?

Ella le vio a través de sus espesas pestañas. Era un hombre magnífico, se dijo. Un dios dorado. Pero al recordar su arrogancia poniéndose en peligro, sintió deseos de atizarle un buen sopapo. Fue incapaz de reaccionar antes de que él la pegase a su cuerpo, bajara la cabeza y castigara su boca con un beso ardiente.

Una ola de calor la envolvió. Luchó entre la cordura y la inesperada necesidad de abandonarse en sus brazos, se sentía flotar, sin fuerzas para oponérsele. La boca de Kyle sabía maravillosamente, su lengua batallaba con la suya despertando sensaciones desconocidas. Hubiera deseado que él siguiera besándola durante horas, pero se apartó de ella de pronto dejándola con ganas de más. Incapaz de pronunciar palabra, aturdida por los sentimientos encontrados que tenía hacia él, se dejó conducir hacia la torre.

Al llegar a la habitación, Kyle la hizo pasar y cerró la puerta. Josleen seguía confusa, preguntándose qué era lo que pasaba entre ellos. Por un lado, le odiaba y, por otro, lo deseaba de un modo irracional.

—¿Por qué me has besado? —le preguntó al fin, pasándose las yemas de los dedos por los labios.

—Digamos que es mi recompensa por haberte dejado ver a tus amigos.

Ella enrojeció. Así que se trataba solo de una recompensa, se dijo un tanto desencantada.

—Lo siento.

—¿Qué cosa?

Sin coraje para mirarlo a la cara, le dio la espalda, pero Kyle la tomó del brazo haciendo que se diera la vuelta. A Josleen se le encogió el estómago teniéndole enfrente, tan cerca de ella que podría rodear su cuello, apretarse contra él y volver a besarlo. ¡Dios, cómo deseaba hacerlo! ¿Qué extraño poder tenía ese hombre sobre ella? Había sido incapaz de no acariciarlo cuando le retenían prisionero y ahora quería disfrutar de sus labios. Sin duda se estaba volviendo loca. Él esperaba una respuesta de todos modos, y se la dio:

—Siento que te hayas puesto en peligro.

Kyle parpadeó, completamente descolocado. ¿Ella lo lamentaba? ¿Estaba afligida porque él se había arriesgado entrando en la mazmorra? ¿Cómo debía tomarse su repentina preocupación? Pero no le faltaba razón a Josleen, había actuado como un demente, como un completo estúpido exponiéndose a que los hombres de su guardia, cuando menos, lo moliesen a palos, aunque después hubieran tomado represalias contra ellos. El energúmeno de Verter hubiera podido despedazarlo antes de conseguir la ayuda de los suyos. Lo cierto era que no había pensado en otra cosa que en sacarla de la celda, en recuperarla, cuando posiblemente ella hubiera preferido quedarse allí y lejos de él. Suspiró ruidosamente, se apartó de ella y se sentó en el borde de la cama.

Ella seguía plantada en medio del cuarto, con la mirada baja y el rostro acalorado, sin saber dónde poner las manos. Una actitud modosa que, ya había comprobado antes, no iba con su forma de ser. Mirándola, le entraron ganas de echarse a reír. Esperaba todo de aquella mujer salvo que se mostrara sumisa. Ahora parecía una muchachita asustada. Le sorprendió la repentina necesidad de protegerla, de abrazarla y calmar sus temores. Nunca había sentido algo semejante por una mujer. Él no era dado a consolar a las féminas y odiaba las lágrimas en las que ellas se escudaban frecuentemente para conseguir sus propósitos.

—Ven aquí.

Josleen alzó los ojos y se le dilataron las pupilas al ver que él comenzaba a desnudarse. No pudo dejar de fijarse en el triángulo de piel dorada que asomaba por el cuello de su camisa. Una piel que deseaba tocar más que nada en el mundo. Apretó los puños ahogando el repentino deseo que la embargaba e irguió el mentón con aire regio. Pero no pudo disimular el mensaje que llevaban sus ojos.

Kyle había visto otras veces esa mirada en algunas mujeres con las que había compartido sexo. Pero nunca, hasta ese momento, adivinar el deseo reflejado en unos ojos femeninos le había excitado de forma tan demoledora. Josleen McDurney no era otra cosa que la hermana de su rival, una prisionera que más pronto o más tarde volvería con los suyos y saldría de su vida. Una mujer que le había prometido que, aunque la liberara, tendrían que afrontar la cuenta pendiente de haberla raptado. Entonces, ¿por qué demonios no podía pensar en otra cosa que en disfrutar de sus encantos? Recordaba vívidamente sus manos sobre él y quería volver a probarlas. Quería olerla, saciarse de ella y comérsela a besos.

—Ven aquí, Josleen —le pidió de nuevo.

Ella lo miró con creciente temor. ¿Qué venía ahora? Le parecía que el aire del cuarto se había vuelto muy denso, apenas podía respirar y los latidos del corazón la ensordecían. No pudo dar un paso y fue Kyle el que se levantó para acercarse. Tomó sus manos y las apoyó en su pecho. A Josleen le recorrió un estremecimiento y él ahogo un gemido.

—Tócame, muchacha —le pidió muy bajito.

23

Josleen retrocedió con tanta precipitación que tropezó con el ruedo de sus faldas y acabó sentada en el suelo. Le quemaban las palmas de las manos. Deseaba hacer justamente eso, pero no se atrevía. La sangre era un torrente en sus venas, se le nublaba el sentido y, aun así, no estaba tan desequilibrada para acceder a tocarlo... aunque soñaba con ello.

Medio levantándose medio cayendo, casi a gatas, se alejó hacia la puerta. El maldito McFeresson no sabía lo que acababa de pedirle. ¿Tocarle? ¿Volver a sentir su piel bajo sus dedos? Si lo hacía, si dejaba que se resquebrajase el escudo protector tras el que se escudaba para no dejarse arrastrar por la pasión que despertaba en ella, estaría irremisiblemente perdida. Demasiadas noches había estado luchando contra las ensoñaciones inaceptables que despertaba en ella el recuerdo de su encuentro en el bosque. Hasta conocerlo a él, ningún varón había acaparado tantas horas de sus pensamientos, ninguno había hecho que permaneciera en vigilia rememorando cada caricia, el beso con el que se habían despedido. No había conocido el amor, pero temía que, si se dejaba envolver por el influjo de Kyle McFeresson, podría acabar enamorándose de él. ¡Y aquello era impensable!

Tenía que alejarse, odiarlo. ¡Era su enemigo y la había raptado, la mantenía como rehén alejada de los suyos, por el amor de Dios! ¿Cómo podía sucumbir a él por un simple beso?

Kyle impidió que llegara a la puerta y ella emitió un gemido cuando se encontró nuevamente entre sus brazos. Se enfrentaron sus miradas y a Josleen se le detuvieron los latidos del corazón porque en sus ojos dorados descubrió el mismo deseo que la enfebrecía a ella.

—Tócame, Josleen. —Y aquella vez, fue una orden.

—Estás loco...

—Loco por tenerte, sí. Y tú, por acariciarme como hiciste hace tiempo. ¿Por qué quieres engañarte, muchacha?

Josleen dejó un suspiro en el aire y sintió que la sangre se le subía a la cabeza. Le palpitaban las sienes dolorosamente y el corazón le brincaba descontrolado.

—No sé de qué me hablas, McFeresson.

—Eres una consumada embustera —rio apretándola contra él.

Josleen sentía la boca seca. Kyle olía divinamente, a heno y a cuero, una fragancia que le había sido imposible olvidar durante esos meses. Sus ojos se quedaron prendados en su pecho granítico y sus piernas perdieron fuerza para sostenerla. Se sentía tan pequeña entre esos brazos musculosos, tan liviana, como si no pesase nada, como si pudiese echar a volar al instante siguiente. Notaba un hormigueo en el bajo vientre y en su cabeza retumbaban tambores de peligro. Sí, Kyle McFeresson era un peligro, un volcán en el que ella deseaba perderse, donde quería abrasarse. Casi con miedo, sus dedos se pasearon por el pecho masculino, escapándosele una media sonrisa cuando notó que Kyle tensaba los músculos y contenía la respiración.

Fue como si a ambos les hubieran aplicado brasas ardientes y a Josleen le urgió la necesidad de tocarlo sin el impedimento de la camisa. Sin saber muy bien lo que estaba haciendo, tiró de ella. Kyle le facilitó la labor quitándosela y dejando que cayera al suelo, y los dedos de ella se abrieron sobre su pecho recorriendo cada pequeña cicatriz recuerdo de batallas pasadas, subieron hasta los hombros, bajaron luego por sus brazos.

Kyle contenía el aliento, enloquecido por el tacto de sus manos, suaves como la seda. Eran caricias temerosas y sin experiencia que le decían que ella nunca había hecho aquello. Suspiró junto a su boca cuando una de las manos de la muchacha abandonó su pecho para bajar hasta su estómago, frenándose allí.

Josleen respiraba a bocanadas, ansiosa de seguir con esa inspección, fascinada por completo por esos músculos, por la piel ardiente de Kyle. Ya no se preguntaba si estaba bien o mal lo que hacía, solo deseaba seguir acariciándolo y dejarse llevar por las sensaciones que la embargaban. Posó los labios sobre la piel de Kyle y un segundo después los brazos de él la abrazaban con fuerza, su boca descendía hasta la de ella arrebatándole un beso embriagador al que ella respondió sin pensárselo. Estaba hambrienta de él.

Un escalofrío recorrió la columna vertebral de McFe-resson, porque no estaba preparado para lo que estaba sintiendo. Era como si la sangre de sus venas se hubiera convertido en lava, se imponía la necesidad de poseerla de un modo tan feroz que lo aturdía. Los labios de Josleen respondían a los suyos candorosos, plenos de inge-nuidad, su lengua se enredaba a la suya con una inexpe-riencia que lo excitaba y ya no pudo contenerse. Aquella mujer lo desarmaba, lo obnubilaba, hacía que se olvidara de todo lo que no fuese tenerla bajo su cuerpo. Comen-zó a quitarle el vestido y ella, presta a entregársele, per-mitió que la tela le resbalara por los hombros, estreme-ciéndose cuando los labios de Kyle besaron su clavícula desnuda.

«Es un sueño, un sueño maravilloso», se repetía Jos-leen mareada, consciente de las manos de él que parecían no tener prisa, que la adoraban en silencio mientras el vestido caía a sus pies. Kyle parecía no saber dónde to-car, lo quería todo. Rodeó su cintura con uno de sus brazos para pegarla a él y el contacto de sus pechos con ese tórax duro hizo que gimiera y dejara caer la cabeza hacia atrás. Las manos del guerrero se acoplaron enton-ces a la cima de sus pechos.

Kyle había sido siempre capaz de controlar cada uno de sus actos, ya fuese en el campo de batalla o en el sexo, pero ahora se sentía como un títere al que la pasión empujaba a un abismo sin fin. No podía esperar más para tenerla, su cuerpo ardía y le latía el miembro dolorosamente. La tomó en brazos y fue hacia la cama.

Ella le dejó hacer, mirándole a través sus párpados entornados. «¿Qué está pasando?», se preguntaba sin encontrar respuesta. Vio que Kyle se quedaba parado observándola y temió que él retrocediese, que la dejara. No estaba tan confundida, porque McFeresson lucha- ba por recuperar el dominio de sí mismo diciéndose que estaba actuando como un desalmado. Debería abando- nar el cuarto antes de que fuera demasiado tarde, atar en corto el deseo que se había desatado en él y obrar con rectitud. Pero el suspiro de Josleen acabó con la poca cordura que le quedaba, saqueó su cuerpo y ani- quiló todas sus defensas. Con manos temblorosas le fue quitando la camisilla que la cubría y al verla completa- mente desnuda ante él, supo que estaba irremisiblemen- te perdido.

Josleen tenía una piel blanca, casi traslúcida, que contrastaba con la oscura ropa que cubría el lecho ha- ciéndola parecer nácar. Sus ojos recorrieron con lentitud ese cuerpo, admirado de lo que veía: pechos perfectos y pequeños, cintura estrecha, caderas ligeramente redon- deadas, piernas largas y esbeltas. Era un regalo para la vista. Y el triángulo de vello rojizo entre sus muslos acabó por lanzarle de cabeza al vacío. De dos zarpazos se deshizo de la única prenda que le cubría, tiró las bo- tas hacia un lado y se acostó a su lado.

Ella se debatía entre el temor y el deseo. Su mirada se había quedado fija por un instante en ese apéndice que se exhibía orgulloso entre las piernas de Kyle. En- tonces se dio cuenta de lo que estaba a punto de suceder entre ellos, pero, lejos de avergonzarse, lo abrazó. Ne- cesitaba seguir acariciándolo, sentirlo más cerca, tanto que luego nada ni nadie pudiera separarlos. Pero rece- laba. Porque ella era virgen, nunca había estado con ningún hombre y no sabía cómo actuar. ¿Debería mostrarse apasionada o dejarle la iniciativa? Una vocecita interior le avisaba de estar a punto de perder lo más preciado para una mujer y ella la silenció buscando la boca de Kyle.

—Josleen —oyó que gemía en sus labios.

Se apretó contra él, devolvió sus besos mientras sus manos resbalaban por la piel satinada de su espalda notando su inflamada masculinidad pegada a su cadera como un tizón encendido. Él atrapó un pezón entre sus dientes y succionó hasta hacerla sollozar, obligándola a alzar las caderas. Navegaba en aguas turbulentas, en un mundo lejano en el que solo existían ellos dos, donde sus cuerpos se entrelazaban deseando poseerse el uno al otro. Saborearon, mordieron y besaron como si hubieran nacido únicamente para darse mutuo placer.

Josleen retuvo el aliento sintiendo la mano de Kyle entre sus muslos, y hasta se contrajo. Pero el fuego estaba encendido y era imposible apagarlo ya; elevó la pelvis hacia esos dedos que la estaban llevando a la locura.

Conmovido por la total entrega de la muchacha, Kyle se situó entre sus piernas instándole a abrirlas, mimando a la vez la carne trémula, sintiendo la humedad en sus dedos. Ella mantenía las manos sobre sus nalgas presionando, apremiándole, hostigándole a poseerla. Cuando profanó la intimidad de Josleen, ella dejó escapar una exclamación y se aferró a él con más fuerza.

McFeresson se obligó a quedar quieto, se aupó sobre las palmas de las manos y la miró a los ojos. Dos gruesas lágrimas resbalaban por las mejillas femeninas, tenía los párpados fuertemente cerrados y se mordía los labios. A pesar de la euforia por estar dentro de ella, se sintió el más desgraciado de los hombres por haberla lastimado.

—Lo lamento, cariño...

Ella abrió los ojos, de un azul brillante y limpio, más hermosos que nunca. Se le escapó un puchero y Kyle la besó en los párpados, en la nariz, en la boca... Luego, cuando consiguió que ella se relajara admitiendo la intrusión de su miembro, comenzó a moverse lentamente con extremo cuidado, llevándola poco a poco hasta la cumbre. Josleen se retorció contra él y gritó su nombre cuando los espasmos del placer la hicieron elevarse hacia las nubes, ciñó sus piernas como grilletes alrededor de las caderas de Kyle, atrapándolo. Y él, incapaz ya de pensar, se abandonó a su propia necesidad impulsado por las convulsiones femeninas.

Pasaron algunos minutos antes de que Josleen pudiera pensar de nuevo con claridad. Se ladeó un poco para mirarle, maravillada por lo que le había hecho sentir, y se le cortó la respiración. Kyle, apoyado en un codo, a su lado, la miraba con el ceño fruncido y una frialdad en los ojos que la hizo estremecer. Mil y un pensamientos, ninguno agradable, le vinieron a la cabeza. ¿Qué podía pensar ahora Kyle de ella? ¿Qué, cuando se le había entregado como lo hubiera hecho cualquier mujerzuela? Roja de vergüenza, le dio la espalda.

Kyle, preso de sus propios demonios, no pudo articular palabra. Quería calmarla, decirle que todo estaba bien, pero ¿cómo hacerlo si estaba tan confundido que no era capaz de explicarse a sí mismo lo que sentía? Empezó a martillearle la cabeza dándose cuenta de lo que acababa de hacer. Ni más ni menos que deshonrarla. No entendía cómo era posible que se hubiera atrevido. ¿Qué era Josleen sino una hechicera que lo había llevado a la perdición?

Ahogando un sollozo, Josleen saltó del lecho y empezó a recuperar sus ropas. Se puso la camisola y el vestido y, sin preocuparse de los zapatos, escapó del cuarto a la carrera.

Kyle se dejó caer sobre la revuelta cama y se pasó las manos por el rostro. Como si la estuviese viendo, rememoró la imagen de Muriel y un rictus de hastío anidó en sus labios. Sus rasgos se desdibujaban, no era capaz de verlos con claridad como tampoco podía ver los de otras mujeres que habían pasado por su vida. Había tenido sus escarceos amorosos antes y después de casarse con aquella pécora sin corazón que fue Muriel, pero todos se emborronaban, solo podía ver el rostro de Josleen.

24

Era incapaz de tragar nada. Kyle había mandado a uno de sus hombres a buscarla por toda la fortaleza cuando ella no se personó para la cena y al fin la encontró en el patio del pilón haciendo que le acompañara hasta el comedor. Pero Josleen no quería volver a ver a McFeresson. No podía enfrentarse a él después de lo que había pasado. Sin duda había sido atacada por una fiebre desconocida, porque ¿cómo era posible que se hubiese entregado a su enemigo cuando, además, apenas se habían tratado? Se encontraba en una situación embarazosa y la culpa era solo suya.

Al entrar en el comedor, Kyle le hizo un gesto para que se acercara y le señaló un lugar en la mesa, como si se tratara de una invitada. Ella no se movió, desvió la mirada y él creyó que lo más prudente era no insistir. Se acomodó por tanto la muchacha junto a la chimenea, sentándose en un taburete bajo, al lado de algunos de los criados. Que estos no parecían dispuestos a comer al lado de una enemiga y se retiraran hacia el otro extremo de la sala, supuso para Josleen una humillación que tiñó de carmín sus mejillas.

Josleen encajó aparentemente bien el desplante, aunque por dentro se sentía enferma y desolada como solo podía sentirse una persona repudiada. Aceptó la bandeja que el mismo hombre que había ido a buscarla le puso sobre las rodillas, y procuró no mirar a nada que no fuese la comida. Pero notaba la escrutadora mirada de Kyle sobre ella, y la de quienes le acompañaban a la mesa. Le hubiera gustado desaparecer, hacerse humo, pero su orgullo no dejó que supieran lo afectada que estaba. En un par de ocasiones se atrevió a mirar hacia la mesa y volvió a bajar los ojos turbada. Todos los presentes la observaban, amos y criados, como si se tratara de un animal de feria.

Después de unos minutos empezó a dolerle la espalda por tan erguida como la mantenía, y no había sido capaz de tragar dos bocados aunque estaba famélica. La envolvió una rabia sorda: si esos desgraciados pensaban amedrentarla, iban listos. Una McDurney no se dejaba nunca acobardar.

Kyle se recostó en su asiento. No podía dejar de mirarla y la comida perdió para él todo interés. Estaba furioso consigo mismo y sacudido por el convencimiento de que Josleen debía odiarle ahora. Tanto, que ni se había avenido a compartir su mesa.

—Es realmente bonita.

Se volvió hacia James, que, como el resto, no quitaba un ojo a la muchacha.

—Come y calla —gruñó.

James le miró con gesto irónico, dio un mordisco al trozo de venado y luego estalló en carcajadas.

Josleen se tensó más. Segura de ser el centro de la conversación, la carne le sabía a paja mientras la masticaba.

—Y muy orgullosa, diría yo —opinó Duncan.

—Eso también —asintió James.

—A nadie le agrada ser una prisionera, hijos —intervino Elaine, su madre—. Deberíais dejarla en paz.

—Vamos, madre, solamente alabamos su belleza. Y analizamos la cabezonería de Kyle. —Sonrió al ver el gesto ofuscado del mayor.

Josleen picoteó un trozo de pan y volvió a observar a los otros con disimulo. Le pareció detestable el modo en que James y el otro muchacho, más joven que él, se comportaban en la mesa. Parecían carecer de toda educación, se manchaban las manos con la comida limpiándolas después en cualquier lado sin ser reprendidos. Los únicos que mantenían las normas mínimas de la educación eran la dama que se sentaba junto a Kyle y él mismo, que, fuese dicho de paso, no parecía muy interesado en instruir a los otros dos para que enmendaran sus malas costumbres. Tampoco le gustó ver que el pequeño Malcom imitaba las formas de su tío James. Se olvidó de ellos y centró su atención en la mujer. Tenía un aire digno y triste y se preguntó si sería la abuela de Malcom.

—¿Cuándo vas a enviar un mensajero al maldito McDurney? —preguntó James de pronto.

Kyle no le contestó. En su cabeza flotaban aún los gemidos de Josleen mientras hacían el amor y no era capaz de pensar en nada más. Al no obtener respuesta, James se desentendió de su hermano, agarró una jarra de cerveza y bebió de ella, empapándose la túnica. Duncan dijo algo por lo bajo que le hizo reír y atizarle un palmetazo en la espalda que dio con el muchacho sobre una de las fuentes. Duncan se limpió la cara y luego, tomando un trozo de pastel de carne, lo estampó contra la cabeza de su hermano.

Josleen siguió la escena horrorizada. Y su asombro alcanzó el cenit cuando James, lejos de enfadarse, dio rienda suelta al buen humor y adornó la cabeza del otro volcándole una jarra de cerveza por encima. Bajó la mirada irritada por verse obligada a ser testigo de tanta desconsideración. A aquellos dos les hacía falta una buena zurra. Estaba a punto de levantarse y solicitar permiso para marcharse cuando alguien le tiró de la falda.

Malcom estaba a su lado y le ofrecía un trozo de pastel.

—Apenas has comido nada —le dijo el pequeño—. El dulce está muy bueno y tú muy flaca.

A su pesar, Josleen le sonrió, aceptó la comida dejándola sobre su bandeja y el crío, como si hubiera sido una invitación por su parte, cogió un taburete y se sentó a su lado.

En ese momento, una muchacha joven y bastante guapa, de rizada cabellera azabache y ojos claros, hizo su aparición en el salón. Josleen apenas le prestó atención hasta que vio que se acercaba a Kyle, se inclinaba sobre su hombro y le robaba un beso.

—Creí que estarías fuera más tiempo, amor —escuchó que le decía la muchacha con voz melosa, mientras su mano derecha le acariciaba el brazo.

Kyle respondió algo en voz baja que Josleen no llegó a escuchar. La morena hizo un mohín coqueto y dejó escapar una risita. Duncan le cedió el sitio y ella ocupó el banco junto a Kyle entreteniéndose en picotear de algunas fuentes. No era comida lo que buscaba, pensó Josleen, salvo que la comida fuese el propio McFeresson.

—No me importa si me regañan —dijo la vocecita de Malcom, haciendo que le prestara nuevamente atención.

—¿Regañarte? ¿Por qué iban a regañarte?

—Porque tú eres nuestra enemiga.

—Y no deberías estar aquí conmigo.

—No, puesto que has rechazado sentarte a la mesa con los demás.

—Entonces vuelve a tu sitio. Además, acaba de llegar una invitada.

El niño echó un vistazo a la otra y a ella no le pasó por alto su rictus de fastidio. Malcom cruzó los brazos sobre el pecho, en un gesto idéntico al de su padre.

—No me cae bien ella —confesó—. Y no quiero volver a la mesa; cuando el tío James y el tío Duncan empiezan a tirarse cosas, siempre acaban manchándome a mí y luego la abuela se enfada.

—¿La dama de pelo oscuro no te cae bien?

—No es una dama.

—Pero ¿qué...?

—Duncan dice... —bajó la voz—, pero no se lo digas a nadie, ¿vale? Dice que es una ramera. —Arrugó la frente—. ¿Qué es una ramera, Josleen?

Ella se atragantó, pillada por la sorpresa. Desde luego aquel chiquillo no tenía los mejores maestros en sus tíos.

—No es algo que debas saber ahora, Malcom. Tal vez más adelante, cuando crezcas un poco. Anda, vuelve a la mesa, no me gustaría que tuvieras problemas por mi culpa.

—¡Pero es que James y Duncan siguen tirándose la comida! —protestó el pequeño.

Así era, esos dos truhanes seguían con su batalla particular sin tener en cuenta que había damas delante. Las risas de ambos atronaban en el salón y los criados parecían remisos a acercarse a la mesa sobre la que volaban ahora trozos de pan. Su mirada buscó a Kyle y tuvo un sobresalto viendo que él la observaba. Elevó el mentón y se volvió hacia el niño. Ninguno de ellos merecía su atención y los encontraba despreciables: James y Duncan por su modo de comportarse, la abuela de Malcom por no ser capaz de llamar al orden a esos dos asnos, y Kyle... Él era el peor de todos.

—¿Quieres sentarte a mi lado en la mesa?

Josleen le acarició el cabello. El niño era un verdadero cielo, lo único bueno que parecía existir en aquella fortaleza. Y tan parecido a su padre que era difícil no mirarlo. Elevó bastante la voz al responderle, lo suficiente como para que la escucharan todos.

—Gracias, Malcom, pero estoy acostumbrada a comer con personas educadas, y no parece haberlas aquí. De hecho, algunos estarían mejor comiendo en las porquerizas.

Malcom abrió los ojos como platos y se acallaron

las risas. Se hizo un silencio denso y desagradable en el salón, Duncan se atragantó con el trozo de carne que masticaba y James escupió el trago de cerveza que acababa de echarse al coleto.

Josleen notaba calor en las mejillas, pero no bajó la mirada y se tragó el nudo que se le había formado en la garganta. Había sido un impulso irrefrenable insultarles como se merecían, pero se daba cuenta de su falta de tacto. ¿Cómo, maldita sea, se había atrevido a llamar cerdos a los hermanos de McFeresson? Debería haberse olvidado de ellos, hacer oídos sordos a sus risotadas y chiquilladas, haberse tragado la lengua. Pero ya era tarde para rectificar. Todos la miraban fijamente, como si no acabaran de creer lo que habían escuchado. Los criados lo hacían horrorizados; quienes ocupaban la larga mesa, atónitos. Solamente en la abuela de Malcom percibió el atisbo de una sonrisa divertida un segundo antes de escuchar la chirriante voz de la recién llegada.

—¿Quién es ella, Kyle?

Fue James el que dijo su apellido y la otra se irguió como si la hubieran abofeteado.

—¿Una McDurney? ¿Qué hace aquí, en el salón? ¿Por qué no está en una mazmorra?

—Cállate, Evelyna —le dijo Kyle.

Así que la arpía que no cesaba de llamar la atención de él se llamaba Evelyna, pensó Josleen.

—Esto es increíble —seguía cizañando la otra—. Una McDurney que se atreve a llamaros cerdos y que...

La repentina carcajada de Kyle la hizo enmudecer y asombró al resto. Recostado en su asiento y con una jarra en la mano, él parecía estar pasándolo de pronto en grande.

—No es mala idea lo que ha dicho la muchacha —les dijo a sus hermanos—. Vamos, chicos, largaos a las pocilgas.

—¿Qué?

—¿Cómo?

—Ya me habéis oído. Salid ahora mismo de aquí.

—Kyle, ¿te has vuelto loco? —exclamó James.

—No lo estarás diciendo en serio —dudó Duncan.

Kyle se levantó de golpe. La diversión de hacía un momento se había esfumado de sus ojos cuando clavó su mirada en ellos.

—La dama está cargada de razón. Coméis como los cerdos y allí es donde debéis estar. Por mi parte, prefiero tenerla a ella en la mesa. Hasta Malcom parece más sensato que vosotros buscando su compañía.

—Pero Kyle...

—No puedes obligarnos a...

—¡¡Fuera!!

Josleen no podía moverse. Buena la había montado por no mantener la boca cerrada. Por un instante pensó que aquellos dos se enfrentarían a Kyle, pero los más jóvenes, un tanto abochornados, se levantaron y salieron con la cabeza gacha.

—Kyle, cariño —intercedió por ellos Evelyna—, no puedes echarlos sin más. Ellos son...

—Mujer, cierra la boca de una maldita vez —ordenó él con voz potente—. Que hayas ocupado mi cama de vez en cuando no te da derecho a cuestionar mis órdenes.

Josleen casi metió la cabeza en su plato, abochornada por los problemas que había causado su insensata actitud, pero gratamente satisfecha de que Kyle hubiera puesto a esa mujer en su sitio.

—¿Acaso has encontrado en esa zorra mejor compañía?

Josleen alzó la cabeza. Desde su posición vio los ojos de Kyle convertirse en dos rendijas. Él no pronunció una palabra, no fue necesario para que Evelyna Megan comprendiera que se había extralimitado, se alejara de él y fuera a sentarse al otro extremo de la mesa, eso sí, dejando escapar un sollozo de lo más convincente.

Josleen supo que acababa de ganarse otra enemiga.

Kyle volvió a tomar asiento y llamó a su hijo con un gesto. El niño, con una mueca de disgusto, regresó junto a su abuela.

—Ahora, muchacha... —escuchó decir a Kyle en voz alta—, ¿compartirás la comida con nosotros?

Josleen ni se movió.

—No se han marchado todos los cerdos, laird.

Kyle fijó en ella su mirada, notando la tensión que entre los presentes levantaba el clarísimo insulto. Procuró mostrarse sereno, vaya si lo procuró. Acababa de ser vilipendiado por dos veces por aquella cosita menuda de frágil apariencia, delante de su familia y de sus hombres. Pero le resultó imposible: el semblante altanero de Josleen, su decisión, su valentía, eran algo a lo que no estaba acostumbrado. Y reconocía que ya iba siendo hora de que James y Duncan recibieran una buena reprimenda. Dejó caer la cabeza hacia atrás y rompió a reír.

—Siento haberme confundido con vos, señora —le dijo luego, devorándola con los ojos—. Hubiera jurado que os agradaba la carne de porcino, por cómo la laméis.

Josleen fue la única que entendió la pulla. Por descontado que la entendió. El muy maldito le estaba recordando el modo vergonzoso en que había besado su piel. Roja completamente se incorporó de golpe y se le acercó con paso decidido, los ojos llameantes como ascuas. Kyle seguía riendo entre dientes viendo que ella parecía a punto de agredirle, pero su irritación solo hacía que la deseara más, que quisiera besarla y volver a escuchar sus gemidos de entrega.

Ella apoyó las palmas de las manos en la madera, inclinándose hacia delante.

—Vos, laird, no sois un cerdo. —Cuidó las palabras, sabiendo que la madre y el hijo de Kyle no les quitaban ojo—. Únicamente un disoluto sin moral para controlar a los suyos, al que aborrezco profundamente.

La diversión de Kyle desapareció por arte de magia. Se incorporó, su mano la atrapó del cabello y tiró de él obligándola a inclinarse más sobre la mesa. Así, tan cerca de él que volvió a azotarle el deseo de besarla, le dijo:

—Un disoluto que hará que os sentéis a su lado y ocupéis su cama, señora mía.

Josleen dio un tirón para liberarse, aunque se le llenaron los ojos de lágrimas por el dolor. Alzó la mano para abofetearle, pero él fue más rápido, atrapó su muñeca, estiró el otro brazo y la hizo pasar por encima de la mesa volcando jarras, fuentes y escudillas. Y se encontró pegada a él sin poder hacer otra cosa que mirarlo a los ojos.

Ante el asombro de todos los presentes, Kyle se la cargó al costado como si fuera un fardo y salió del salón dejando tras de sí el asombro por los insultos que su prisionera iba desgranando.

James y Duncan, que se habían apostado en la puerta por ver si su hermano cambiaba de parecer, se miraron y después prorrumpieron en risas, regresando acto seguido a sus lugares.

—Me parece que nuestro hermano ha encontrado la horma de su zapato.

—Yo diría que sí —asintió Duncan—. Aunque es un poco regañona, ¿no te parece?

—No me importaría nada tener a una muchacha tan quejosa en mi cama, si fuera tan bonita como esa condenada McDurney.

—¡Y ella no es una bruja! —les gritó Malcom, sintiendo que debía hacer algo por defender a la joven.

El niño no entendió la risotada al unísono de sus tíos.

25

Se revolvió como una serpiente cuando él la dejó caer sobre la cama.

—Josleen —le dijo Kyle—, acabarás con mi paciencia si continúas dejándome en evidencia delante de los míos.

—No hace falta mucho para eso, laird —lo aguijoneó saltando del lecho, al otro lado de donde él se encontraba.

Kyle intentó atraparla, pero ella, pasando por encima de la cama, volvió a ponerse a prudente distancia.

—Te está haciendo falta un escarmiento, muchacha.

A Josleen se le encabritó el corazón. Echó un vistazo al cuarto como una fiera acorralada porque la sentencia de McFeresson no dejaba dudas a la intención de dárselo, y ella no estaba dispuesta a ceder humildemente sin pelear. Pero la puerta quedaba lejos y él estaba en medio, ni siquiera se planteó sortearlo sabiendo lo hábil que era. Como si hubiera adivinado sus intenciones, él la avisó:

—No saldrás de este cuarto, así que olvídalo, pequeña.

Era muy posible que no consiguiera escapar de él, pensó Josleen, pero no iba a ponérselo fácil. Buscó algo con lo que defenderse, cualquier cosa... y sus ojos se quedaron fijos en la enorme espada apoyada sobre uno de los arcones. Sin pensárselo dos veces se lanzó hacia ella.

Kyle, adivinando sus intenciones, saltó como un felino por encima del tálamo para impedir que se hiciera con el arma, pero no fue lo bastante rápido ante la agilidad que la desesperación daba a la muchacha, y ella se hizo con la espada, giró en redondo, retrocedió sujetándola con ambas manos y le hizo mantenerse alejado.

Kyle se irguió en toda su estatura. La mirada de Josleen era puro fuego, tenía la decisión pintada en la cara y él pensó que era más prudente no irritarla más. No temía un ataque directo por parte de ella puesto que, y lo notaba, apenas era capaz de sujetar la pesada espada, pero en su nerviosismo podía muy bien acabar con su propio acero entre las costillas. Pesara o no el arma, aquella pécora parecía bastante capaz de usarla contra él.

—Josleen, deja eso.

—¡Y un cuerno!

—Josleen... —Dio un paso hacia ella haciéndola retroceder—. Deja de portarte como una criatura, ni siquiera tienes fuerza para sostenerla.

—No te atrevas a acercarte más, McFeresson.

—¿Qué piensas hacer si lo hago? ¿Matarme?

—No quieras comprobar si soy capaz de hacerlo.

Kyle dio otro paso y ella mantuvo la distancia echando rápidas miradas de reojo hacia la puerta. Maldijo en su fuero interno que la condenada espada pesara tanto, porque empezaban a dolerle los brazos. No era ajena al manejo de un arma, Wain le había enseñado a hacerlo e incluso había permitido que se entrenara con él unas cuantas veces cuando estaba de humor, pero nunca había tenido entre las manos un arma como aquella y sabía que no podría sujetarla por mucho tiempo.

McFeresson se lo pensó un momento y después, haciendo que a ella se le fuera el color de la cara, avanzó con los brazos abiertos y una sonrisa en los labios. Ella no se llamó a engaño, estaba ante un depredador listo para atacar. Se replegó, por tanto, intentando ganar terreno hacia la salida de la habitación pero, en su huida, se le liaron las faldas a las piernas desestabilizándola. Dejó escapar un grito de alarma, no pudo mantener el equilibrio y acabó yéndose de cabeza. Kyle aprovechó la ocasión que se le brindaba para acortar la distancia que los separaba sin imaginar siquiera que ella, haciendo contrapeso para no caer, pudiera alzar con un último esfuerzo la espada, cuyo filo rasgó la tela de su camisa y su piel.

El quejido de Josleen viendo que caía y la maldición de Kyle sonaron al mismo tiempo. Obviando el tajo que acababa de recibir se precipitó hacia ella consiguiendo tomarla del talle un segundo antes de que se desnucase contra el borde del arcón, haciéndose de inmediato con el arma y lanzándola a distancia.

Josleen, lejos de capitular en su porfía, lo empujó con todas sus fuerzas tan pronto recuperó la estabilidad. Y se quedó atónita cuando vio que tenía las manos

ensangrentadas. Se le olvidó la contienda de un plumazo, sus ojos solo eran capaces de ver el corte que Kyle
presentaba en el pecho y su camisa rasgada cubierta de
sangre.

—¡Dios mío! —exclamó, presa de un mareo.

Kyle apenas le echó un vistazo a la herida, la fulmi-
nó con la mirada y luego recogió la espada para devolverla a su lugar.

Josleen era incapaz de reaccionar, parecía una esta-
tua y tragaba convulsivamente sin acabar de creerse
que, de verdad, lo hubiera herido.

—Kyle, yo no quería...

—Sí querías, Josleen —cortó él, arisco—, pero ol-
videmos el incidente y busca algo con lo que remen-
darme.

Ella se subió la falda y rasgó su enagua con manos
temblorosas. Preocupada como estaba, víctima de la
angustia, ni se fijó en que la mirada lobuna de Kyle se
quedó prendada en sus piernas. Se acercó a él no sin
cierta precaución, dobló la tela, puso el precario apósi-
to sobre la herida y le pidió que lo sujetara. Luego, salió
a escape del cuarto en busca de ayuda.

Kyle se sentó en una butaca maldiciendo el estropicio. El corte no revestía demasiada importancia, pero
ella había echado a perder una de sus mejores camisas.
Se la quitó, echándola a un lado mientras soltaba obscenidades. Aquella fierecilla tenía agallas, acorralada
era más peligrosa que un jabalí herido. Debía tener cuidado con ella o tal vez habría un McFeresson menos
antes de entregarla a su condenado hermano.

Pensar en eso, en que tarde o temprano debería dejar

que se fuera, lo laceró más que el filo de la espada. ¿Cómo dejarla marchar cuando se le había metido debajo de la piel, cuando se abría paso hacia su corazón sin que él pudiese remediarlo? Era de locos. Apenas se conocían, poco sabía de ella salvo que tenía un genio vivo y no se dejaba amedrentar, batallaban en bandos distintos... Pero saber que debería dejarla ir lo abrumaba. Además, existía otra cuestión: la había deshonrado. Hubiera ella participado o no, ya no era doncella. El problema podría quedar resuelto si hubieran podido llevar a cabo un inmediato matrimonio de prueba, algo impensable porque Wain McDurney lo tomaría como una humillación. Y tampoco él estaba dispuesto a algo así, nunca le habían gustado ese tipo de acuerdos.

La única solución viable era desposarla.

Por mucho que Wain se opusiera, si encontraba a Josleen casada legalmente no tendría otro remedio que claudicar. Montaría en cólera, por descontado, pero se evitaría una guerra abierta que, sin duda, echaría sobre él toda la furia del rey. Casarse con Josleen. El pensamiento no acababa de convencerle, ya había pasado por un matrimonio y había resultado un completo desastre. No albergaba hacia Josleen los mismos sentimientos que le impulsaron a desposar a Muriel, eso era verdad, porque a Josleen la había deseado desde el momento en que sus destinos se cruzaron. No podía negar que lo tenía fascinado, que ardía cuando la tenía cerca, que un simple aleteo de sus largas pestañas lo dejaba desarmado y duro como una piedra, que se había sentido transportado a la gloria cuando habían hecho el amor. Pero... ¿casarse?

Dejó a un lado sus elucubraciones cuando se abrió la puerta. Ella regresaba llevando casi a rastras a una de las criadas. Ahogó una blasfemia viendo que, tras ellas, llegaba su madre.

«Perfecto, ya estamos todos», se dijo.

Josleen, pálida como un muerto y sumamente nerviosa, se quedó en un segundo lugar para permitir maniobrar a las otras dos.

—¿Qué ha pasado? —preguntó Elaine.

—Fue por mi culpa —confesó Josleen retorciéndose las manos.

Sin mirarla, la dama examinó críticamente la herida.

—No es más que un rasguño.

Con manos hábiles desinfectó el corte, puso un emplasto sobre él y lo vendó. Despidió a la criada que salió de allí sin una palabra, echando una airada mirada a Josleen.

—¿Duele?

—No es una caricia precisamente, madre.

El tono con que Kyle respondió le hizo arquear las cejas. Su hijo no era propenso a lamentarse por una herida sin importancia, ni siquiera cuando estuvo debatiéndose entre la vida y la muerte en aquella ocasión en que se enfrentó a Wain McDurney. No le había escuchado quejarse salvo por el hecho de tener que guardar cama. Así que analizó lo que veía y se dijo que la causa de su malhumor era otra.

—¿Puedo saber qué ha pasado o es secreto de confesión? —insistió.

—Ha sido un accidente.

Observó a ambos y acabó por encogerse de hombros. La muchacha no paraba de retorcerse las manos, el color no le regresaba a la cara y Kyle seguía con el ceño fruncido. No iba a sacar nada en claro de aquellos dos.

—De acuerdo —acabó por decir—. No me han dado vela en este entierro, hijo, así que regresaré a mis quehaceres.

Cuando la puerta se cerró, Josleen se apoyó en ella y se mordió los labios.

—Kyle, de veras, solo intentaba...

—Ya lo sé, olvídalo.

Dio un paso hacia él, pero se detuvo. Le debía una disculpa. O no. A fin de cuentas había sido el culpable de que ella acabara hiriéndolo por su afán de atraparla. Sin embargo, le remordía la conciencia y tragándose el orgullo dijo:

—Lo lamento. Es la primera vez que hago algo así.

—Pues para ser la primera has demostrado saber cómo ensartar a un hombre —gruñó Kyle. Parada ante él, sin saber dónde poner las manos, con los ojos a punto de estallar en mil pedazos y claramente abrumada, la vio tan inocente e indefensa que... ¿Qué demonios estaba pensando? Ella acababa de rajarle con su propia espada, por todos los infiernos, y aún la encontraba deseable. Se le debía de estar licuando el cerebro porque su cuerpo empezaba a responder a su proximidad—. Márchate, Josleen, o acabaré por retorcerte el cuello.

A ella no le hizo falta que volviera a repetírselo, abrió la puerta y escapó como un conejo asustado.

Kyle se dejó caer sobre la cama. ¡Maldita fuera la lascivia que lo consumía con solo mirarla! Tenerla cerca le hacía olvidarse de todo, lo volvía idiota. ¿Por qué no podía verla como lo que era, una prisionera por la que sacaría un buen rescate? Le fastidiaban sus aires de reina destronada, su terquedad, pero a cada segundo que pasaba la deseaba con más fuerza.

—¡Mierda!

Sí, ahí residía el verdadero problema: la imperiosa necesidad de abrazarla, de besarla, de poseerla lo golpeaba una y otra vez haciéndole olvidar que ella no era sino la hermana de su peor enemigo, del hombre al que había jurado matar si volvían a enfrentarse en campo abierto, del desgraciado que casi lo había mandado al infierno. Un infierno en el que ahora ardía por culpa de Josleen.

26

Sin ánimo para encararse a nadie tras el penoso episodio, Josleen se mantuvo apartada de todos. Pasaban monótonos los días, pero no se atrevió a dejarse ver demasiado y tampoco solicitó poder bajar de nuevo a las mazmorras. Sin embargo, una de las criadas, tal vez por lástima, la mantenía al tanto de cómo se encontraban sus hombres y hasta supo que Kyle había dado orden de que pudiesen dar paseos al aire libre, por el patio, de vez en cuando. Pero ella languidecía en su obligado encierro, desayunando, comiendo y cenando a solas sin otra compañía que los escasos minutos en que la sirvienta le llevaba las bandejas con alimento o le proporcionaba lo necesario para tomar un baño.

No había vuelvo a ver a Kyle.

Hasta Malcom parecía haberla abandonado a su suerte. Claro que, ¿qué podía esperar después de herir a su padre? La noticia tenía por fuerza que haber corrido por la fortaleza.

Suspiró, miró hacia la ventana y dejó escapar una

palabrota cuando, en su despiste, se clavó la aguja en un dedo. Tiró de mala gana el bastidor con el que había matado sus ratos de aburrimiento, y se chupó la gotita de sangre. Odiaba coser y, además, no tenía cualidades para ese tipo de trabajos, siempre había preferido ejercer habilidades bien distintas, algunas poco adecuadas a su sexo, como montar a caballo, tirar con el arco o entrenar con Wain. Según su madre, lo único que la hacía más femenina era su cualidad para enseñar a los pequeños.

Desde la ventana, el día prometía ser maravilloso. Se armó de valor, se cambió de ropa y decidió que ya estaba bien de penar por algo en lo que solo había tenido la mitad de la culpa. Si era objeto de miradas airadas por parte de los McFeresson, las obviaría, porque no podía pudrirse allí dentro como una monja. Salió de la torre sin que nadie le dedicara un saludo o el menor caso, y caminó hasta el borde del río que transcurría a poca distancia. Tampoco se lo impidieron, puesto que había hombres de guardia observándola y era imposible que escapase, de haberlo pensado. Se sentó, apoyó la espalda en una roca, apartada de las mujeres que, a la sombra, charlaban animadamente en corrillos mientras la chiquillería jugaba a escasos metros de ellas.

Le llamó la atención una pequeña que podía haber sido un querubín. Apenas debía de haber cumplido los dos años, tenía el cabello cobrizo largo y rizado y sus ojos, grandes y vivaces, eran de un verde intenso. Caminaba a pasitos cortos y a saltitos y Josleen no pudo remediar sonreír.

Adoraba a los niños. Soñaba con tener cuatro o cinco cuando su hermano encontrara para ella el esposo adecuado y... La imagen de Kyle haciéndole el amor la fustigó y un dolor profundo se instaló en su pecho. ¿Por qué recordaba ahora su momento de debilidad? ¿Por qué pensaba en él? «Porque no has dejado de hacerlo, idiota», le contestó una voz interior. Intentó aferrarse al desdén porque recordar los instantes pasados en brazos de Kyle la hería. Ella se le había entregado y ahora fantaseaba con un matrimonio y con tener hijos. ¡Qué estúpida era! Para ella ya no había oportunidad de encontrar un esposo después de haber perdido la virtud en la cama de McFeresson. ¿Qué hombre la llevaría al altar sabiendo que se había dejado seducir por su enemigo? Era una mujer mancillada, aunque no lamentaba en absoluto haber conocido la pasión junto a Kyle. Sin embargo, le subió un sollozo a la garganta al darse cuenta de que su falta la dejaba sin la posibilidad de casarse y tener hijos. Al menos, de casarse por amor, como Wain. Su hermano podría comprarle un marido, por supuesto, pero habría de ser uno que no buscara más que su dote, y ella prefería meterse en un convento antes que unirse a un hombre del que no estuviera enamorada. Y aunque consintiera en tomar por esposo a alguien no deseado, ¿qué podía esperar de su propia gente sino que la mirasen con desprecio después de haberse acostado con Kyle? Todo ello en el supuesto de que Wain la admitiese a su lado y no decidiera desterrarla de por vida.

Por entre los párpados entornados observó a la niña que recogía briznas de hierba y flores formando un ramillete. Josleen se recordó a sí misma cuando era una chiquilla curiosa, siempre husmeando por todos los lados, deseosa de saberlo todo, queriendo tenerlo todo.

Un jinete atravesó la explanada al galope haciendo que volviese la cabeza. Alto, rubio, musculoso y atractivo, tanto como el propio... Se le vino un taco feísimo a la boca al darse cuenta de estar comparándolo con Kyle. Resultaba francamente irritante esa obsesión por él. Aquellos días sin verle solo habían servido para angustiarla más. Reconocía que lo había echado de menos. Mucho. Y por las noches se dejaba llevar por el mundo de la fantasía imaginándose de nuevo en sus brazos. Debería odiarlo, era lo normal. Sin embargo, lo deseaba. Su solo recuerdo despertaba en ella sensaciones que la perturbaban y temía estar a un paso de enamorarse de él como una estúpida. ¡Lo último que deseaba, por cierto!

El grito le hizo dar un brinco.

Se escuchó un chapoteo y Josleen vio con horror que la pequeña por la que se interesaba antes acababa de caerse al agua. Aunque el río iba mermado debido a la estación estival, era lo bastante profundo para la chiquitina o para alguien que no supiera nadar.

Josleen actuó movida por el pánico, se levantó y echó a correr mientras el aire se poblaba de los chillidos de alarma de las mujeres. Solo pudo pensar en la niña. Al llegar a la corriente se quitó los zapatos y, sin pérdida de tiempo, se zambulló en el río. La cría había desaparecido y ella buceó tratando de encontrarla, pero las aguas discurrían turbias, arrastraban sedimentos arrancados por la tormenta de la noche anterior y era imposible ver nada. Regresó a la superficie, llenó los pulmones de aire y volvió a hundirse en su búsqueda. No cesó hasta conseguir tocar algo con la punta de los dedos.

En la orilla, la madre de la niña y las otras mujeres sollozaban y pedían ayuda a los guardias que se acercaban a la carrera.

Antes de que alguno de ellos pudiese lanzarse al río, Josleen emergió llevando sujeta de la cintura a la criatura. Varias manos se tendieron hacia ellas ayudándolas a ascender por la fangosa pendiente hasta llegar a tierra firme. Le arrebataron a la pequeña y ella se dejó caer de lado, chorreando y tosiendo. Le ardían los pulmones, pero solo se tomó unos segundos para recuperarse antes de interesarse por la niña. Uno de los guardias había conseguido que escupiera el agua y ahora berreaba, asustada y temblorosa en brazos de su madre.

Josleen también comenzó a temblar. Había estado tan cerca de perder a la cría que el espanto por lo que podía haber sucedido la conmocionaba. Se abrazó, cerró los ojos y dio gracias al cielo por haber llegado a tiempo mientras, a su alrededor, comenzaban a surgir comentarios alabando su valentía, que ella no escuchaba.

Presintió, más que vio, que alguien estaba a su lado. Se volvió, vio a Kyle y algo se rompió en ella llevada por un sentimiento de agradecimiento al encontrarle tan cerca. Sin poder evitarlo, se echó a llorar.

—Decididamente, Josleen, estás loca.

Ella lo miró entre las lágrimas. Muy propio de un McFeresson tildarla de demente cuando acababa de jugarse la vida por salvar a uno de los suyos. Se le vino una invectiva a la boca, pero la contuvo, pasó a su lado y se encaminó hacia la torre.

No había dado tres pasos cuando el brazo masculino rodeó su cintura. Se retorció contra él, irritada, pero Kyle la abrazó, tomó su rostro entre sus grandes manos y su mirada severa consiguió paralizarla. ¿Podía ser acaso reconocimiento lo que veía en sus ojos? Como respuesta, él agachó la cabeza y la besó con tanta dulzura que a Josleen se le olvidó todo y hasta perdió la noción del tiempo y el espacio. Luego, cuando él la tomó en sus brazos, no tuvo fuerzas para oponérsele. Se reclinó en su pecho y cerró los ojos, dejando que él la condujera hacia donde quisiera.

27

Kyle la dejó resbalar hasta el suelo, pero ella seguía sin poder moverse, aferrada a él, mientras a sus pies se iba formando un charco de agua.

—No vuelvas a hacer algo así, Josleen —oyó que le decía él.

¿Había miedo detrás de esa orden? Volvió a dejarse arrastrar por el llanto, sus brazos abarcaron el cuerpo masculino y fue recompensada con la protección de los de Kyle.

—No pensé... —hipó—. No lo... lamento...

La boca de él enjugó sus lágrimas, calmó su congoja y ella se sintió felizmente segura. Era tan agradable tenerlo así, abrazado a ella, sentir su fuerza. Alzó la cabeza, solicitando en silencio un beso más, y él se lo dio. Respondió con ardor a la caricia, sus manos le acariciaron los hombros y enlazó sus dedos a los de él.

Eran el centro de atención, pero Kyle no se daba cuenta, lo único que le importaba era tenerla junto a sí, calmando el temblor de su cuerpo. Le costaba respirar porque nunca antes había sentido tanto miedo cuando, desde la distancia, había visto a Josleen lanzarse al agua. Él sabía por propia experiencia lo traicioneras que podían ser las corrientes del río. Había estado observándola durante mucho tiempo, deleitándose con cada uno de sus movimientos, con sus sonrisas mientras miraba a la niña jugar. De haber estado atento a lo que debía, y no solo a ella, podría haberse dado cuenta del peligro que corría la pequeña.

Suspiró hondo y la alzó de nuevo para llevarla a la habitación. Josleen continuaba temblando como una hoja, notaba que ahora, tras su acto de heroicidad, estaba asustada. Y él tenía un dolor lacerante en la boca del estómago pensando que podía haberla perdido. Para él, el miedo siempre había sido algo inmaterial, era un guerrero y lo controlaba, así le enseñaron a hacerlo desde pequeño. Sin embargo, viéndola tirarse al agua, lo había sentido como algo real.

Apenas entraron en el cuarto, comenzó a quitarle la ropa empapada tirándola al suelo. Ella no hacía nada por ayudarlo, solo le miraba e intentaba controlar los escalofríos dejándole que le frotara los brazos para hacerla entrar en calor. A pesar de la buena temperatura, estaba helada.

—Nunca, nunca más hagas algo así, Josleen.

A los labios de ella afloró una media sonrisa. Era gratificante saber que él estaba preocupado, el modo en que la mimaba y le devolvía el calor con sus manos que, vagando por su cuerpo, comenzaban a reconfortarla y a excitarla a la vez. Dejó luego que él le diera friegas con un paño, que secara su cabello y que la metiera en la cama como si fuera una niña. Se encogió agradeciendo el calor de las mantas hasta que vio que él comenzaba a quitarse sus propias ropas, empapadas también por haberla llevado en brazos.

—¿Me dejarías que lo hiciera yo? —le preguntó olvidándose de la vergüenza que ponía tintes rosados en sus mejillas.

Los músculos de Kyle se endurecieron escuchando su petición. Ninguna mujer le había insinuado algo semejante, ni siquiera la descarada Evelyna. ¿Dejarse desnudar por ella? Dudaba poder soportarlo. De pronto se sentía azorado, sin saber qué responder. Pero ante la mirada clara y desvergonzada de Josleen, que se había levantado de la cama y aguardaba su respuesta, desnuda como una diosa, con el cabello húmedo cayéndole sobre los hombros y cubriendo sus pechos, solo pudo asentir. Se acercó a ella y Josleen, con manos trémulas, le fue quitando una a una las prendas.

Él cerró los ojos dejándola hacer, dejándose llevar por la inigualable sensación de placer que le producían los dedos de la muchacha cada vez que rozaban su piel. Ella se tomaba su tiempo en desnudarle, le acariciaba sin pudor alguno cada trocito de piel que iba descubriendo y, mientras lo hacía, lo llevaba al desvarío.

Su voz fue un gemido agónico al decir:

—Acaba cuanto antes, Josleen, o voy a perder la cabeza.

«¿Que acabe pronto?», se preguntó ella. Ni siquiera había empezado. Ahora que lo tenía allí, entregado, todo suyo, no pensaba dejar pasar la oportunidad de gozar de ese cuerpo duro y firme. Hizo descender el pantalón y sus ojos se quedaron fijos en el vértice entre sus piernas, maravillada de su tamaño y grosor, maravillada del poder que sus manos ejercían sobre Kyle. Ese cuerpo dorado era una verdadera tentación para ella y no paraba de decirse que debía ser presa de algún sortilegio para desearlo tan fervientemente, para olvidarse de toda moralidad con tal de volver a sentirlo dentro de ella.

Kyle no podía esperar mucho más. Ardía de necesidad y era incapaz de soportar la tortura que significaba estar expuesto ante Josleen. Ella lo miraba con glotonería, pero no acertaba a dar el paso y él, adivinando sus dudas, tomó su mano y la llevó hasta su virilidad. Ella se estremeció y exhaló un suspiro entrecortado. Durante unos segundos ni se atrevió a respirar, notando el bombeo de la sangre en sus oídos y el latido doloroso de su miembro en la mano femenina.

A ella le avergonzaba pensar en hacer lo que realmente deseaba en ese instante. No era decente, no se atrevía, pero deseaba acariciar esa parte de él que notaba caliente y sedosa entre sus dedos.

Kyle estaba tan tenso que le dolía todo el cuerpo. Apretó las mandíbulas y cerró los ojos obligándose a no moverse, a dejarla inspeccionar, a descubrirle como lo que era: un hombre. Pero lenguas de fuego lo consumieron arrastrándole al delirio cuando ella empezó a frotar su miembro. Iba a matarlo.

Josleen se agachó y depositó un ligero beso en su glande.

Kyle pegó un brinco. Tan fuerte, que la mano de ella resbaló y le soltó asustada. Al instante siguiente, Kyle la tomaba en sus brazos, la tumbaba en la cama y comenzaba a besarla. Con la respiración entrecortada dejó que los labios de él se pasearan por su cuello, lisonjearan sus pechos, bajaran hasta el vientre. Dejó escapar un gritito de asombro cuando la lengua de Kyle jugó con su ombligo y elevó las caderas pidiendo sin palabras que no acabara con ese maravilloso suplicio.

No pudo ver la sonrisa de Kyle mientras se hacía dueño y señor del juego amoroso. Mucho menos adivinó el sentimiento de orgullo y amor que lo embargó. Abrió las piernas para recibirlo cuando sintió las manos de él en sus muslos, lo dejó entrar y sus brazos lo aprisionaron uniéndose a sus embestidas, saliendo a su encuentro y ascendiendo, ascendiendo, ascendiendo hasta alcanzar las puertas del cielo.

28

Los siguientes días se sucedieron lentos, tranquilos, y la estancia en Stone Tower le resultaba a Josleen cada vez menos onerosa. No dejaba de preocuparse de los hombres de su guardia, que seguían encerrados en las mazmorras, pero continuaba recibiendo noticias de ellos casi a diario, Kyle le había permitido que los visitara y había comprobado que, a falta de libertad, se encontraban bien. Le inquietaba, eso sí, lo que se desataría una vez que su madre se preocupase por no tener noticias suyas porque, tarde o temprano, acabarían por alarmarse, descubrirían su desaparición y comenzarían a buscarla. Se le encogía el corazón temiendo cómo acabaría todo aquel asunto.

Kyle le dejaba total libertad de movimientos, iba y venía por donde se le antojaba y no se sentía una prisionera, aunque apenas conversaba con la gente, prefería comer a solas en su cuarto o apartada de la mesa del laird para no soliviantar los ánimos que ya sabía alterados por su presencia. A pesar de excluirse, Josleen comenzó a notar que las mujeres no la miraban con animadversión, como cuando llegó. Eran más amistosas y hasta se las veía dispuestas a hablar con ella o a pedirle pequeños favores, todos referidos a peticiones al señor que ella trataba de conseguir de Kyle cuando estaban a solas. Otra cosa eran los hombres, al parecer deseosos de que él pidiese por fin el rescate y perderla de vista. Más pronto o más tarde debería hacerlo, la situación no se podía dilatar indefinidamente.

Pero Kyle estaba cada vez más remiso y siempre le daba excusas cuando le preguntaba si había tomado contacto con Wain.

Josleen levantó la cabeza de su costura —había vuelto a ella— justo en el momento en que Elaine McFeresson trataba de alzar un caldero lleno de agua. Dejó la labor e hizo intención de levantarse con ánimo de ayudarla, pero no hubo lugar: un hombretón de casi dos metros de altura apareció al lado de la dama izando la marmita sin esfuerzo alguno. Josleen observó detenidamente que el rostro de la madre de Kyle se iluminaba ante la cercanía del sujeto, bajaba los ojos al suelo, musitaba «gracias» y se sonrojaba.

¿Ella era tonta o acababa de conocer a la única persona que parecía sacar a la abuela de Malcom de su constante apatía? Durante los días transcurridos, Elaine no había mostrado más que un semblante taciturno, siempre se la veía pasear a solas o en compañía del pequeño Malcom. Era una mujer joven aún, hermosa, seguramente había tenido su primer parto siendo casi una niña, pero transitaba por la fortaleza como un alma en pena y se comportaba poco menos que como si fuera una anciana. Solo se unía a los demás a las horas de las comidas. Sin embargo, en ese momento, ante la presencia de aquel gigante, había en sus ojos una chispa jovial y se mostraba vergonzosa.

Josleen miró con más atención al individuo mientras él, sin disimular que estaba prendido de la dama, caminaba seguido por ella hacia el exterior de la torre. Alto, fuerte, atractivo con su larga cabellera rojiza, sus ojos claros y su poblada y cuidada barba, no pudo precisar la edad. Era todo músculo, todo un guerrero que, por lo que ella veía, hacía sentir algo a la madre de Kyle. No le cupo duda de que esos dos se atraían.

Josleen regresó la atención a su costura cuando ellos salieron, pero no pudo dejar de pensar en la escena de la que había sido testigo. Aunque había hablado con Elaine McFeresson solo en un par de ocasiones, la dama le caía bien por el cariño que demostraba a Malcom. Y ella, a la que desde siempre le gustaron las intrigas amorosas, empezó a idear qué podía hacer para remediar la apatía de la dama que, como había oído, llevaba demasiado tiempo viuda. Le afloró una pícara sonrisa pensando que, tal vez, podría remediarse.

Entretenida en sus pensamientos y afanándose en dar las puntadas correctas, aunque el paño que cosía estaba quedando hecho un desastre, no vio entrar en el salón a un hombre alto y delgado.

Él, por el contrario, sí fue consciente de la presencia de la muchacha, se paró en seco y, como si le persiguiese alguien, dio media vuelta y escapó, pálido como un muerto.

Moretland se paseaba, comido por los nervios, bajo la atenta mirada de su anfitrión. No le gustaba el cariz que estaba tomando su visita a Stone Tower. Cuando le habló a Kyle lo hizo en tono recriminatorio.

—¿Cómo demonios se te ha ocurrido traer a Josleen McDurney aquí?

Las doradas cejas de Kyle describieron un arco perfecto, dejó lo que estaba haciendo y le encaró.

—No creo que sea asunto tuyo.

—¡No puedo dejar que me vea!

—Entonces, no lo hagas, mantente alejado de ella y lárgate cuanto antes.

—McFeresson, si ella descubre mi presencia tendré problemas. Muchos. ¿Qué pensaría? No es lógico que alguien que debe lealtad a los McDurney se encuentre en tu fortaleza.

—¿Lealtad? ¿Así llamas a lo que haces? —Movió la mano obviando sus protestas—. Por descontado que tendrías problemas si te cruzas con ella. Y yo también. Sería complicado explicar a la muchacha qué diablos haces en mis tierras. Y más complicado aún que no imagine los motivos por los que eres un asqueroso traidor a los tuyos.

Barry Moretland se irguió ante el insulto y sus ojos relampaguearon. Sabía que no era bien recibido allí, que el maldito McFeresson no disimulaba su inquina hacia él. Pero también sabía que sus informaciones le habían proporcionado ganancias sustanciosas y lo necesitaba. Era un acuerdo que duraba ya un largo año, desde el verano anterior en que él le había ofrecido sus servicios y estos fueron aceptados.

—Debería decirle a Wain que la tienes prisionera —dijo a modo de amenaza.

Kyle se encogió de hombros y sonrió irónico.

—Deberías, sí. Sería interesante ver qué le argumentas para haber dado con su paradero.

—Su hermano piensa que está en... El mensajero...

—Ese sujeto, como ya habrás comprendido, era uno de mis hombres.

—Entonces, piensas pedir un rescate.

—Efectivamente.

—Traerá consecuencias. ¿Cuándo piensas hacerlo?

—Aún no lo he decidido —repuso levantándose y yendo a apoyarse en la ventana. Al asomarse, descubrió a Josleen, que en ese momento atravesaba el patio central.

Moretland se puso a su lado, siguió la línea invisible de su mirada y luego le observó con interés. ¿De modo que así estaban las cosas? El maldito McFeresson estaba disfrutando de aquella zorra que tantas veces le había despreciado a él y, al parecer, no tenía muchas ganas de devolverla a los suyos. Estuvo a punto de soltar una carcajada. Las cosas empezaban a arreglarse. Wain recuperaría a su hermana, desde luego, tras pagar lo que le pidiesen, pero Josleen ya no sería moneda de cambio para negociar una unión con otro clan amigo porque nadie creería, aunque lo jurase, que no había sido mancillada. La locura de McFeresson haciéndola su prisionera acarrearía la guerra, conocía a Wain lo suficiente como para saber que no dejaría sin castigo tamaño ultraje. Y él, entonces, jugaría sus propias cartas. Era lo que había estado deseando desde hacía años y Kyle se lo había puesto en bandeja. McFeresson no volvería a dejarse humillar por Wain, trataría de matarlo cuando se enfrentasen y, si el laird de los McDurney moría, él encontraría el camino libre, se haría con el clan; llevara o no el apellido del hombre que lo engendró, era el único que podía hacerlo. Sheena no le había dado ningún heredero aún a Wain.

Sonrió ladinamente, se apartó de la ventana y se sirvió un poco más de whisky.

—¿La chica es buena en la cama?

El trago le supo a hiel cuando los ojos de Kyle se clavaron en él como puñales. Si una mirada pudiera matar, Barry Moretland habría caído fulminado allí mismo.

—Quiero decir que... —intentó rectificar—. Durante mi visita anterior, parecías estar bastante interesado en esa otra joven, Evelyna Megan.

—¡Por todos los dioses celtas! —estalló Kyle—. Que me pases información sobre tu clan, que te lleves una buena ganancia de nuestros hurtos, que te aproveches de mi nombre para robar a Wain... —alzó la mano para pedir silencio cuando vio el gesto de protesta que iniciaba— no te da derecho a meterte en mi vida. ¿Crees que no sé que muchos de los robos de ganado que perpetras por tu cuenta me los endilgas a mí? ¿Qué me dices de esos malditos caballos por los que fui interrogado y golpeado cuando caí prisionero en vuestras manos?

Barry encajó los dientes y bajó la mirada.

—No pretendía...

—Pásate un poco más de la raya, Moretland, y me importará muy poco poner tu cabeza cortada colgando de las murallas de Stone Tower. Créeme, aún me escuecen los golpes.

—No pude hacer otra cosa. ¡No pude hacerlo! —gritó—. Si hubiera estado solo cuando te descubrí te habría dejado marchar, pero estaban los otros. Me fue imposible actuar de otro modo, tenía que disimular que no nos conocíamos, entiéndelo. Si no hubieras estado borracho como una cuba no te habríamos descubierto, o podrías haberte escapado. ¿Qué hubieras querido que hiciera? No me quedaba otra que hacerles ver que deseaba sacarte la información.

—Lo hiciste a la perfección —barruntó Kyle.

—Afortunadamente no llevabas tus colores, de otro modo puede que alguno de ellos te hubiese matado allí mismo.

—De todos modos, yo debería matarte a ti por lo que me hiciste.

Barry se puso lívido y dejó la bebida sin tocar. Le quedó claro que la visita debía concluir antes de que su anfitrión acabara por perder la calma.

—Debo regresar ya a Durney Tower.

—Te deseo buen viaje. Dejaré tu parte de la próxima avanzadilla donde siempre, en la abadía.

Kyle le vio partir con un sabor amargo en la boca. El tipo era un asqueroso traidor, pero a él le suministraba información apetitosa a cambio de una comisión y no pensaba desestimar su colaboración interesada. Sabía que no diría nada de la presencia de Josleen allí porque sería tanto como descubrirse. De todos modos, era consciente de que tenía un escorpión debajo de su trasero y no le agradaba en absoluto tratar con Moretland.

29

Barry, sin embargo, no salió de inmediato de las tierras de los McFeresson. Nadie, a excepción de Kyle, sabía su verdadera identidad ya que se hacía pasar por un hombre del clan Moogan y utilizaba sus colores cuando iba a Stone Tower. Podía pasear libremente por el territorio sin miedo a ser detenido, eso no le preocupaba. Pero sí lo hacía que Josleen estuviese allí, porque si, como temía, McFeresson se había encaprichado de ella, no le convenía que se estuviera planteando un pacto con el hermano de la joven. Tampoco estaba dispuesto a que aquella perra pudiese estropearlo todo intercediendo, en última instancia, para evitar una guerra que él deseaba fervientemente. Debía librarse de ella culpando a los McFeresson, lo que emponzoñaría más la rivalidad que ya existía entre ambos clanes. Acercarse a ella no era factible, Kyle la vigilaba como un lobo, pero encontraría el modo de que otra persona le hiciera el trabajo. ¿Y quién mejor podría ser que la despechada y olvidada amante del maldito Kyle? No es que hubiera conseguido ganarse la amistad de la muchacha, que no tenía ojos más que para el laird, pero conocía lo que sentía por él y los celos eran siempre un acicate que la pondría de su lado.

Buscó a un chicuelo para que le diera un mensaje y luego esperó, cerca del acantilado.

Evelyna Megan se encontraba en la torre, haciendo como siempre la vida imposible a los criados y tratando de mostrarse agradable a los ojos de Elaine, a fin de cuentas la quería como suegra. Kyle amaba a los suyos, aun cuando no fuese un hombre demasiado dado a mostrar sus sentimientos, y ella sabía que si conseguía ser aceptada por la dama, sería pan comido llegar al corazón del laird.

Hacía más de dos años que su padre, James Megan, había tratado de conseguir una alianza con un clan poderoso, pasando esa misma iniciativa a su tío cuando falleció. Pero ningún candidato de los que le fue presentado era digno a los ojos de Eve; quería solamente a Kyle y no cesaba en artimañas para conseguirlo. Desde el mismo instante en que lo conoció, había decidido que sería para ella. Hubo de hacer concesiones, desde luego, porque Kyle no estaba dispuesto a compartir su vida con una mujer así como así, después de la nefasta experiencia con la difunta Muriel. Se había entregado a él sin pensarlo demasiado, pero ¿qué importaba si acababa por convertirse en su esposa y en la señora de Stone Tower?

El chico que llegó buscándola le dio el recado al oído y se marchó a la carrera. Eve se preguntó quién era la persona que la esperaba y qué pediría a cambio, porque el mensaje enviado por medio del crío estaba muy claro para ella: «Si quieres recuperar lo que tenías y deseas, te espero en el acantilado», había recitado el pequeño. Dudó un momento, imaginando quién podía querer ayudarla, pero no tardó en decidirse: nada perdía por acudir a la cita, y haría cualquier cosa por casarse con Kyle.

Se ocultaba ya el sol en el horizonte cuando llegó al acantilado. Barry admiró, aún sin desearlo, el sensual contoneo de sus caderas, pensando que McFeresson era un desgraciado con mucha suerte.

Evelyna se le acercó con cierta cautela, extrañada de que fuera él quien aguardaba. Ese individuo nunca le había caído excesivamente bien, había algo insano en su mirada cuando la observaba, un deje de maldad que la incomodaba y hacía que se sintiera molesta cuando lo tenía cerca. Sus ojos se convirtieron en dos rendijas cuando él le hizo una ligera reverencia como saludo.

—¿Eres tú quien me ha mandado aviso?

—Tenemos un asunto que tratar.

—¿Qué asunto?

—Uno que nos interesa a ambos. Hasta hace poco compartías la cama del McFeresson y, según he escuchado por ahí, has perdido ese privilegio.

Evelyna irguió la cabeza. Le desagradó el tono insidioso que él utilizaba para recordarle que ahora era la McDurney la que ocupaba la habitación de Kyle.

—He visto a la nueva adquisición —continuó él, y ella hizo un gesto despectivo—. Sí, ya sé que los hombres a veces perdemos la cabeza por una cara bonita,

aunque si he serte sincero creo que Kyle ha salido mal-
parado con el cambio, porque eres la mujer más hermosa que he visto nunca, Evelyna.

—Tengo cosas que hacer —le cortó—. Adulándome
no conseguirás nada. ¿Qué es lo que quieres?

—Ayudarte.

—¿A cambio de qué?

—La ramera McDurney me estorba, como te estorba a ti. Si unimos nuestras fuerzas saldríamos ganando
ambos. Digamos que... debería tener un accidente.

Ella retrocedió un paso.

—Un accidente —repitió un poco asustada—. ¿Me
estás hablando de matarla?

—Llámalo así, si te place.

—¿Por qué quieres que desaparezca?

—Yo me vengaría de una antigua deuda y tú volve-
rías a tener a Kyle para ti sola.

Durante un momento Eve no dijo nada, solamente
le miró con intensidad sopesando la descabellada propuesta.

—Podría delatarte a Kyle.

—No llegarías a él. —Barry miró significativamen-
te el precipicio, pero luego sonrió—. No seas estúpida.
La única opción que tienes es unirte a mí, de lo contrario serás tú la que acabará muerta y yo siempre puedo
encontrar a otro que haga el trabajo.

Eve se echó a reír, buscó un lugar en el que sentarse
y se cruzó de brazos.

—No te tengo miedo. En realidad, encuentro tu
propuesta interesante, también a mí se me ha pasado
por la cabeza quitarla de en medio. Pero no estoy tan

loca como para arriesgarme, mi vida vale más que cualquier otra cosa y ella está siempre vigilada.

—Imaginaba que lo habías pensado —asintió Moretland—. Vigilada o no, no sería difícil hacerla caer en una trampa.

—Lo dudo. Aunque la dejan deambular por todos los lados, como si fuera la señora del lugar, siempre tiene alguien a su espalda, cuando no es Kyle es uno de sus hombres.

—Estoy seguro de que podrás encontrar un modo de hacer que se quede a solas.

Por la cabeza de Evelyna pasó entonces la visión de la torre que estaban remodelando. Andamios, cuerdas, piedras sueltas. Un lugar más que adecuado para provocar un accidente; otra cosa era conseguir que la McDurney subiera allí.

—En caso de que decidiera hacerlo —dijo con precaución, sin comprometerse—, ¿qué ganarías tú?

—Ya te lo he dicho, cobrarme una antigua deuda.

—¿Por qué no haces entonces el trabajo? ¿Por qué debo arriesgarme yo? Puedo esperar para conseguir lo que quiero, Kyle acabará entregándola a su hermano y yo estaré entonces allí, a su lado.

Barry Moretland soltó una larga carcajada.

—Me asombras, Eve. Te creía una mujer con más inteligencia y también con más agallas. Nunca pensé de ti que te conformarías con ser el segundo plato.

—¡Y qué importa eso! Por la vida de Kyle ya han pasado otras mujeres y ninguna lo ha conseguido. Esperar mi oportunidad es lo mejor que puedo hacer. Esperar, y convertirme en su dama. Odio a esa maldita muchacha, pero ya te digo que no estoy loca, Barry, y atentar contra ella es jugarme la cabeza. Kyle la entregará pronto a su hermano.

—Si es que él se decide a pedir un rescate.

—Lo hará.

—¿Estás segura?

En el ánimo de la joven campeó la duda.

—¿Crees acaso que quiere quedarse con ella? ¡Es una McDurney!

Moretland se encogió de hombros, silbó a su caballo, esperó a que la montura se acercase obediente, tomó las riendas y se volvió hacia ella.

—He visto cómo la mira. Recapacita. Observa a Kyle y luego piénsatelo. No tienes ni una oportunidad para reconquistarlo mientras ella esté viva, Evelyna. Yo sí puedo esperar a mejor ocasión, llevo tiempo haciéndolo, pero ¿cuánto estás dispuesta a esperar tú hasta que McFeresson vuelva a prestarte atención? Es posible que acabes siendo una vieja arrugada antes de que lo haga.

Eve se quedó sin respuesta viéndole alejarse hacia las colinas. Lo maldijo. Lo maldijo porque el muy bastardo tenía razón, no podía aguardar toda una vida a que Kyle abandonara su nuevo juguete. Le irritaba que Barry pretendiera sacar provecho cuando era ella la que se jugaría el cuello si decidía hacerle caso, pero, a la vez, se daba cuenta de que no soportaría mucho más el desdén con que la trataba Kyle.

Tendría que pensarse muy seriamente lo que haría. De momento, buscaría un modo de atraer a Josleen a la torre y luego... Luego ya vería si le convenía que sufriera ese accidente.

30

Serman Dooley.

Ese era el nombre del guerrero que bebía los vientos por Elaine McFeresson y por el que la dama parecía sentirse atraída.

Josleen lo observó críticamente mientras se encargaba de dirigir a una cuadrilla que trabajaba en las caballerizas. Al levantar la cabeza hacia la torre, la silueta de la madre de Kyle se escabulló de inmediato tras uno de los ventanales.

Sonrió para sí porque ya no le cupo duda de que la señora del bastión estaba bastante interesada en Serman. Y a ella le parecía que el sujeto, a pesar de su rudeza, que se evaporaba como la niebla cuando estaba cerca de Elaine, era un hombre de nobles sentimientos.

Kyle estaba ciego a las perentorias necesidades de su madre. Y ella podría hacer algo al respecto poniendo unas gotitas de romanticismo al asunto. Escuchando quejarse a Liria de sus dolores de espalda, le vino una idea a la cabeza: ¿por qué no provocar una cita entre ambos?

Le hizo gracia ver a Elaine pasar cerca de las caballerizas tratando de aparentar que no veía a Serman, que al descubrirla estuvo a punto de caerse de la escalera en la que se encontraba subido. ¿Cómo era posible que nadie se hubiese percatado aún de la atracción que existía entre esos dos? Ellos apenas intercambiaban una palabra cuando se cruzaban, pero sus miradas lo decían todo, les delataban.

Dispuesta a salirse con la suya, se acercó a Serman. Le saludó con una sonrisa y el hombretón bajó de la escalera prestándole atención al instante.

—Esta tarde necesitaría la escolta de un hombre para acercarme al bosque. He de recoger algunas hierbas.

Dooley, pendiente aún de la madre de Kyle, que regresaba a la torre cargando en la cadera una vasija de agua, volvió a distraerse y apenas escuchó lo que le decía.

—¿Hierbas?

—Como ya sabe, y lo he demostrado desde que estoy aquí, sé sacar buen provecho de mi conocimiento de las plantas —continuó Josleen mordiéndose los labios para no echarse a reír—. Liria, la cocinera, está sufriendo terribles dolores de espalda y quiero prepararle un ungüento que le alivie.

—Ungüento —dijo Serman sin mirarla, sus ojos clavados en Elaine.

—Me han dicho que en el bosque puedo encontrar lo que necesito, pero no puedo ir sola, no se me permite ir más allá de las murallas.

—Entiendo —asintió Dooley frunciendo el entrecejo tras dejar escapar un suspiro cuando la madre de Kyle desapareció en el interior de la torre.

Josleen no pudo contenerse por más tiempo y soltó una carcajada.

—Las hierbas medicinales no tienen nada que ver con la brujería, Serman.

—No seré yo quien os lleve la contraria, señora. Imagino que Liria os agradecerá el detalle; es verdad que no para de quejarse y todo es poco para poder seguir disfrutando de sus excelentes guisos. —Acabó por sonreír—. Pondré un par de hombres a vuestra disposición.

—Preferiría que me acompañéis vos, Serman. —Ella hizo un mohín poniendo la mano en el pecho del guerrero—. Algunos de los vuestros siguen mirándome con malos ojos.

—Si así lo queréis, estoy a vuestro servicio.

—Os quedo agradecida, Serman. ¿Tras el cambio de guardia, entonces? Os esperaré junto a la entrada norte.

Animada por haber conseguido sin más problemas la primera parte de su objetivo, Josleen se alejó y él regresó a sus quehaceres. Seguidamente, entró en la torre en busca de la madre de Kyle, encontrándola en las cocinas. Elaine estaba indicando a un par de criadas el modo de confeccionar velas. Las velas eran escasas y resultaban muy caras si habían de comprarse. Cualquier dama que se preciara debía conocer la técnica para hacerlas en su propio hogar a fin de tener iluminación en los aposentos. Ella aún recordaba las largas tardes de invierno que había pasado junto a su madre aprendiendo el procedimiento.

Elaine, pacientemente, iba desgranando sus conocimientos mostrando a las otras dos cómo debían mezclar el extracto de azahar con la cera de manera que, cuando se encendiesen los cirios, desprendieran un olor agradable. No se trataba de velas corrientes, en esas no se utilizaba perfume, así que Josleen pensó que se trataba de velas para ocasiones especiales.

Acercó la nariz al recipiente del azahar y aspiró la fragancia que despedía.

—Huele de maravilla.

—Será aún mejor cuando ardan lo cirios —asintió la dama.

Josleen aguardó a que ella acabase de dar instrucciones a las criadas y luego le preguntó:

—¿Podría acompañarme esta tarde al bosque, señora? Necesitaría recoger algunas hierbas y me han dicho que conocéis los mejores lugares para buscarlas.

—Y yo he oído que eres una experta mezclándolas y haciendo pomadas medicinales.

—Mi madre me enseñó todo lo que sé —asintió la joven—. No os lo pediría, ya sé que estáis muy ocupada, pero no conozco los alrededores y no querría estar mucho tiempo fuera, a vuestro hijo no le hace gracia perderme de vista.

—No me molesta en absoluto acompañarte, incluso me vendrá bien alejarme por un rato de la rutina. ¿He de suponer que las hierbas son para Liria?

—Así es, señora.

—La pobre empeora por días, sobre todo durante

los meses de invierno, a ninguno nos perdona el paso del tiempo.

—¿Os vendría bien tras el cambio de guardia, junto a la torre norte?

—Allí estaré.

Josleen se despidió de ella volviendo a agradecer su comprensión y salió de las cocinas frotándose las manos mentalmente.

«O acaban hablándose, o dejo de llamarme McDurney», se dijo.

Apenas pudo probar bocado durante la comida, nerviosa como una adolescente a punto de cometer una travesura. Como si fuera ella misma la que iba a acudir a una cita amorosa con Dooley. Tan ensimismada estaba en sus pensamientos que ni se dio cuenta de las constantes y furiosas miradas de Evelyna Megan hacia ella hasta que alzó la cabeza y sus ojos se enfrentaron. Josleen centró la atención en su plato sin querer entrar en una guerra silenciosa. Lo cierto era que le importaba un comino la ira que desprendía siempre Eve, ella simplemente la obviaba. Pero reconocía que no dejaba de ser un incordio estar constantemente bajo el escrutinio de la otra.

Liria le había comentado esa misma mañana que el laird había instado a Eve a regresar a casa de su tío, pero que ella le había montado un escándalo negándose. Todos sabían que intentaba recuperar el favor de McFeresson, Josleen estaba en medio y la animadversión entre ellas era patente, saltaban chispas cada vez que coincidían en la misma sala.

Kyle apenas habló con Eve durante la comida, a pesar de que ella se esforzaba por mantener una conversación, pendiente como estaba de Josleen, que, como era habitual en ella, prefería sentarse a la mesa lo más alejada posible de él.

La muchacha agradeció que el pequeño Malcom tomara su banqueta y se acercara hasta donde ella estaba. Empezaba a ser habitual que el crío prefiriera comer junto a la forzada invitada de su padre en lugar de hacerlo en el lugar que le correspondía como heredero, a la cabecera de la mesa. El niño y ella solían charlar entre bocado y bocado, juntaban las cabezas para contarse secretos, se reían y, sobre todo, la compañía de Malcom hacía que Josleen se olvidase de las dagas que le lanzaban los ojos de su rival.

Habían cambiado muchas cosas en el tiempo que Josleen llevaba en Stone Tower. La principal: James y Duncan, con tal de disfrutar de su compañía, se portaba debidamente e imitaban los buenos modos de su hermano mayor.

Acabada la comida, Josleen se apresuró a ayudar a los demás criados a retirar los restos y recoger las mesas. Kyle le había dejado claro que ella no debía llevar a cabo ese tipo de trabajo, como tampoco tenía que ayudar a lavar o prestar sus servicios en la cocina, pero a la muchacha no solo no le importaba ocupar su tiempo en esos menesteres, sino que le servían para que el tiempo se le hiciera más corto. No estaba acostumbrada a holgazanear; cuando su madre volvió a casarse alejándose de Durney Tower y hasta que Wain contrajo matrimonio, había sido ella la que se encargara de gobernar su casa. Incluso más tarde, con su cuñada como señora del clan, había continuado ayudando en los quehaceres diarios. Mataba, por tanto, dos pájaros de un tiro: se sentía útil y no se limitaba a ser el entretenimiento de Kyle McFeresson.

Chocó contra un muro cuando, tras sacar agua del pozo, cubo y cepillo en ristre, con la intención de limpiar los restos de grasa que habían quedado en la madera de las mesas, quiso entrar en la torre. Retrocedió propulsada por el encontronazo, salpicando agua por todos lados. El muro no era otro que un Kyle ceñudo con los brazos en jarras.

Sacudiéndose el agua derramada sobre su falda, Josleen le espetó:

—¡Podrías mirar por dónde andas!

—¿Cuántas veces he de decirte que no tienes que hacer este tipo de trabajos?

—Es un modo de entretenerme.

—Puedes encontrar otras ocupaciones. Pinta.

—No me gusta. ¿Me dejarías entrenar con el arco?

—Evidentemente, no.

—¿Practicar con la espada? —Señaló la que él llevaba—. Con Wain lo hago a veces.

—Tu hermano siempre ha estado loco. —Se acercó a ella y le quitó el cubo de las manos. Nada de este mundo ni del otro iba a conseguir que él dejara a Josleen llevar a cabo semejante adiestramiento. Sujetándola de la cintura la acercó a él, le robó un beso y su voz fue un susurro tan carnal que a Josleen se le puso el vello de punta—. No es exactamente con esa espada con la que me gustaría verte practicar.

Apoyó ella sus manos en el pecho masculino para

separarse, alzar la cabeza y mirarle a la cara. A desvergonzado no le ganaba nadie. Hizo como que no había captado la insolente insinuación.

—Ni arco ni acero entonces.

—Puedes coser.

—¡Cose tú! —estalló Josleen.

—O venir conmigo a la cama...

—Para ese tipo de entretenimiento puedes buscar a Evelyna.

Que sacara el nombre de la otra en la conversación no le hizo la menor gracia a Kyle. ¿Por qué estaba enfadada? Él solo quería evitarle tareas pesadas que no le correspondían, aunque tal vez se lo había dicho de un modo autoritario que le había molestado.

—No quiero a Eve, te quiero a ti.

—Ahora no estoy de humor. —Hizo ademán de recoger el cubo, pero él se interpuso. Se cruzó de brazos y su pie derecho comenzó a golpear el suelo, como siempre que se impacientaba.

—¿Vas a contarme lo que pasa?

—Nada en absoluto.

—Josleen...

—Nada.

Todo hombre que se preciara de serlo sabía que cuando una mujer dice que no le pasa nada, es que le pasa. Otra cosa era conseguir que ella le contase sus cuitas.

—Sé escuchar, muchacha.

—Sí, como un búho de madera. Mejor me escucharía una de las reses. O tu amante.

—Yo no tengo amante, salvo tú.

—Pues parece que la otra no acaba de enterarse, y es muy posible que me encuentre con una daga entre las costillas un día de estos.

—Olvídala.

—No puedo hacerlo cuando su mirada de inquina me persigue de la mañana a la noche. Y ahora, si me permites... —Le hizo a un lado y agarró el asa del cubo.

De pronto, se encontró con la espalda pegada al muro. Kyle la retuvo allí con su cuerpo, sus manos modelando sus pechos, su boca arrasando la suya. El balde acabó volcado en el suelo y olvidado; Josleen McDurney tenía cosas más importantes de que ocuparse, como devolver sus besos.

Kyle había salido para interesarse por no sabía qué desperfectos en unas cabañas, y a Josleen se le hizo eterno el tiempo hasta las seis de la tarde. No tenía ganas de volver a dedicarle ni un minuto a la odiosa costura, así que subió a lo más alto de la muralla para disfrutar de la relajante visión de la campiña escocesa, dejando vagar su mirada por los verdes lujuriosos del valle y la culebrilla plateada de la corriente del río.

A la hora prevista, se encontraba apostada donde nadie podía verla, tras unas pacas de paja. No hubo de aguardar demasiado hasta ver aparecer a Serman, que, buscándola con la mirada por todos lados sin encontrarla, se sentó dispuesto a esperar. Elaine McFeresson hizo acto de presencia poco después y Josleen se tapó la boca con las manos, ahogando una risita, al ver las prisas con las que el guerrero se levantaba y su azoramiento.

Dooley y la madre de Kyle se miraron sin decirse nada. Ella parecía no saber dónde poner las manos y tenía encendidas las mejillas; él cambiaba el peso de su cuerpo de un pie a otro.

«Mira que son tercos», pensaba Josleen, aguardando con impaciencia a que uno de los diera el primer paso. Esperó con el alma en vilo, pero los minutos pasaban y ellos seguían mudos. Comenzó a sentirse fastidiada; tampoco era plan pasarse toda la tarde allí vigilándoles porque, realmente, quería ir a por las hierbas. A punto estuvo de gritar de impotencia cuando vio a Serman cambiar, por milésima vez, de postura, y a Elaine volver a sacudirse mecánicamente con la mano el vestido. Pero la espera de la joven acabó dando sus frutos: Serman acortó la distancia que le separaba de la dama, haciendo que Josleen soltara un suspiro de tranquilidad, carraspeó y dijo:

—Señora.

—Dooley.

Otro largo silencio. A Josleen empezaban a llevársela los demonios. ¿Eso era todo lo que iban a decirse? ¡Menudos asnos! Pero repentinamente vio que él estiraba el brazo hacia Elaine y se le paró el corazón.

—Tenéis una brizna de paja en el cabello.

Elaine echó mano a su pelo y enrojeció aún más.

—Estuve en la bodega... —repuso en un susurro que a Josleen le costó escuchar—. Hacía falta vino para la cena y...

Serman sonrió y Josleen, desde su escondite, observó cómo su rostro se dulcificaba haciéndole parecer más joven y atractivo.

«¡Alabado sea Dios!», rezó casi en voz alta.

Ese hombre no podía disimular el placer que representaba para él estar al lado de Elaine. Le vio retirar la brizna y la dama se removió, azorada como una jovencita.

—¿No es un poco tarde ya? —escuchó Josleen que preguntaba ella.

—Eso creo.

—¿No tenéis nada que hacer?

—Prometí a la joven McDurney darle escolta para ir al bosque, creo que quiere preparar algo para...

—Para Liria —acabó la frase Elaine.

Serman Dooley alzó una ceja.

—¿Os lo dijo también a vos?

Elaine miró su gesto, súbitamente huraño de nuevo, y acabó por echarse a reír.

—¿Qué resulta tan gracioso, mi señora? —se enfurruñó más Serman mientras la madre de Kyle se limpiaba las lágrimas.

—Me parece que hemos caído en una trampa.

—No os comprendo.

—Bueno, no es tan complicado de ver: Josleen McDurney nos ha citado aquí a los dos, y yo no la veo por ninguna parte.

—Empieza a tardar, es verdad —gruñó él.

—No sé yo si vendrá. —La dama volvió a reírse con ganas—. Esa chiquilla es un verdadero diablo. ¿No os dais cuenta de lo que pretende?

—Tal vez se le olvidó que tenía una cita.

—Es posible, aunque lo dudo.

—Entonces, tal vez debamos seguir con nuestros quehaceres, señora.

—Tal vez —sonrió ella sin apartar los ojos de los suyos.

Serman la imitó. Había rezado para poder volver a verla gozosa, animada, como siempre lo había sido. Se tomó su tiempo para mirarla a placer, para recrearse en ese rostro que lo fascinaba, y no disimuló que ella le parecía hermosa. La amaba desde hacía mucho, en silencio, en la distancia. La amaba desde que ella llegó a Stone Tower para casarse con el antiguo laird. Pero, sobre todo, la respetaba. Nunca se había atrevido a acercarse a ella más de lo necesario por miedo a ser rechazado, pero ahora se había roto por fin el hielo, y el destino —y la joven McDurney— les estaba dando una oportunidad.

—O tal vez —dijo con voz ronca— deberíamos aprovechar este fortuito encuentro para dar un paseo y traerle esas hierbas que necesita. ¿Os ha dicho cuáles son?

—No tengo la menor idea. Pero lo del paseo me parece bien —repuso ella notando que el corazón le latía desenfrenado.

—Sois tan hermosa cuando os sonrojáis —le dijo él—. Sobre todo cuando reís y aparece esa chispa de picardía en vuestros ojos.

—¡Qué cosas se os ocurren, Dooley!

—Elaine... —Se atrevió a llamarla por su nombre de pila—. ¿Puedo creer que no os desagrada mi compañía?

En su escondite, Josleen dejó salir de golpe el aire que retenía en los pulmones.

—No me desagrada en absoluto estar aquí, Serman.

Josleen se permitió dar unos pasos de baile, besarse la punta de los dedos y llevárselos a la mejilla.

—Si mi posición fuera otra —dudaba él, fija su mirada en la de la mujer a la que amaba—, acaso me atrevería a...

—Pensaba que hablaba con un valiente guerrero —bromeó ella.

—No os burléis de mí, señora. Tengo algunas tierras, lo sabéis, pero son propiedades pequeñas, apenas unos pocos acres. Vuestro esposo fue generoso conmigo y vuestro hijo ha pagado mis servicios con creces, no puedo negarlo. También tengo caballos, ovejas... algunas reses...

—¿Por qué me enumeráis ahora vuestras posesiones, Serman? ¿Qué es lo que queréis decirme?

Dooley volvió a carraspear y se calló.

Josleen puso los ojos en blanco. «Continúa, hombre de Dios, continúa», le rogó mentalmente.

—Quiero saber si mi escasa fortuna y mi humilde persona son suficientes para una dama de vuestro linaje, mi señora.

—Aunque no poseyeras nada, Serman, serías suficiente para mí —le tuteó ella.

—Elaine...

Josleen se atrevió a asomar la cabeza un poco más cuando se hizo el silencio entre ellos, muerta de curiosidad. Se le puso una sonrisa boba en los labios: Serman Dooley tenía abrazada a Elaine McFeresson, acariciaba su rostro y ella no parecía sentir deseo alguno de apartarse. Contempló, llena de felicidad, cómo el guerrero agachaba la cabeza y besaba a su dama vehementemente.

—Hablaré con vuestro hijo —le oyó decir tras el interludio apasionado.

—Cuanto antes, Serman —suplicó ella.

Josleen se frotó las manos y a punto estuvo de besarse de nuevo. Una voz a su espalda la sobresaltó. Era Duncan. La había estado observando desde hacía rato preguntándose a qué jugaba ella o de qué se escondía.

—¿Se puede saber qué estás haciendo, Josleen? —le preguntó, muy bajito, al oído.

—Shhhhhh. Ahora no tengo tiempo de explicarte. Vamos, lárgate o lo estropearás todo. Por favor.

El joven se encogió de hombros y se marchó por donde había llegado, rascándose la cabeza, sin descubrir afortunadamente la presencia de su madre y de Serman, y ella vio el momento más que oportuno para dejarse ver.

—Buenas tardes —saludó a ambos jovialmente. Ellos se ssepararon de inmediato, Elaine con las mejillas arrobadas y él pálido—. Siento llegar tarde, pero me quedé dormida. ¿Nos vamos? —preguntó tomándose del brazo de Serman.

Ninguno de los dos creyó su excusa, pero, divertidos por su treta y agradecidos, la siguieron. Durante más de una hora, estuvieron recogiendo aquí y allá lo que Josleen necesitaba y ella disfrutó lo suyo observando con disimulo cómo procuraban ellos que sus manos se rozasen continuamente mientras arrancaban las hierbas.

31

La alegría con la que Josleen acabó la tarde no le duró demasiado.

Kyle regresó malhumorado acompañado por cuatro de sus guerreros. Según escuchó comentar a uno de ellos, alguien se había despistado permitiendo que se les escapara un venado que les hubiera proporcionado carne para una semana.

Aquella noche, Josleen decidió no bajar a cenar al salón y hacerlo a solas en su cuarto. El estado de ánimo del joven laird había hecho que Elaine le rogara a Serman aguardar una mejor ocasión para hablar con su hijo sobre sus intenciones, y Josleen prefería mantenerse alejada de Kyle o acabaría por tirarle algo a la cabeza. Además, las constantes atenciones de Evelyna para con él comenzaban a ponerla enferma.

Juguetéo distraídamente con la carne que le sirvieron, sin ganas de tragarla, mientras daba vueltas y vueltas a los acontecimientos. El trozo de pastel, sin embargo, se veía bastante apetitoso y a ella le gustaba el dulce.

Sonrió, porque en Stone Tower solamente se servía pastel los fines de semana, siempre para contentar a Malcom, y agradeció mentalmente a Liria aquella pequeña muestra de gratitud hacia ella. En el poco tiempo que llevaba recluida allí, había conseguido hacer algunos amigos, entre ellos la cocinera. En realidad, todo era distinto desde el episodio del río. Todo, salvo el resentimiento que Eve mostraba hacia ella. Aquella muchacha se le atragantaba cada vez más, pero si se ponía en su lugar comprendía que estuviera celosa y la odiara por arrebatarle la atención de Kyle.

Recordando los momentos disfrutados junto a él, se le frunció el ceño. ¿Qué extraña enfermedad la había atacado para perder la cabeza así? Era algo que se preguntaba a cada instante y para lo que no tenía respuesta. ¿Por qué se había dejado seducir y hasta había tomado parte activa en el juego? Al no resistirse a la atracción que Kyle ejerció desde el primer momento sobre ella, lo había liado todo y se daba cuenta de que las consecuencias podían ser funestas. Pero es que no había podido evitar enamorarse de Kyle. Había intentado no hacerlo con todas sus fuerzas, y había fracasado estrepitosamente.

Con una imprecación en los labios dejó la bandeja a un lado, se levantó y caminó hacia la ventana. Abajo, en el patio, los hombres que montaban guardia parecían estatuas, aunque ella sabía que estaban atentos a cualquier amenaza. Tal vez debería intentar escapar ya que, por mucho que McFeresson la hubiese amenazado, había conseguido conocerle lo suficiente como para estar segura de que no tomaría represalias contra los hombres de su hermano. La estúpida idea de huir de Stone Tower se fue igual que vino. No veía tan difícil salir de la fortaleza, pero sin ayuda nunca conseguiría atravesar las tierras de los McFeresson antes de que los guerreros de Kyle volvieran a atraparla. Entre ellos existía una atracción peligrosa. Ella lo amaba, negarlo a esas alturas era una tontería, y estaba segura de que Kyle sentía algo por ella, al menos cariño, se lo demostraba constantemente. Pero también sabía que él no dejaría escapar un sustancioso rescate. Aunque Kyle la quisiera un poquito y la deseara, no era suficiente como para renunciar a lo que podía paliar las necesidades de los suyos. No quería engañarse, seguramente para Kyle no era otra cosa que una prisionera con la que se había encaprichado y a la que dejaría en el olvido cuando consiguiera el dinero y las cabezas de ganado de Wain.

—¿Por qué cedí? ¿Por qué dejé que me hiciera el amor? —se preguntó en voz alta, cada vez más angustiada.

Una repentina zozobra hizo que sus ojos se cubrieran de lágrimas. Se limpió las mejillas de un manotazo furioso. No iba a llorar. No por él. Kyle la había seducido, ella lo había permitido y ahora debería enfrentarse a las consecuencias de sus actos. Las mujeres siempre llevaban las de perder y ella había echado al traste la oportunidad de ser feliz porque, cuando se marchara, su corazón quedaría encerrado en Stone Tower para siempre.

—¡Nada me importa perderte de vista, McFeresson, y quedarme soltera!

Se echó a reír histéricamente, llorando a la vez. Empezaba a volverse loca, hablaba consigo misma y hasta esperaba respuestas. Pero era cierto, le importaba muy poco si ningún hombre deseaba desposarla después de haber compartido el lecho de Kyle. Porque si deseaba casarse, era con él. Si deseaba engendrar hijos, eran los suyos. Después de estar entre sus brazos no podía imaginar soportar las caricias de otro hombre.

Comenzó a caminar de un lado a otro de la habitación a grandes pasos, volcando su irritación hacia el hombre que la hacía suspirar. De haberlo tenido enfrente en ese momento, le hubiera arrancado los ojos. ¿Qué otro sino Kyle tenía la culpa de todos sus problemas? La había apresado, la mantenía allí y había hecho que se enamorase de él como una idiota. Se le escapó un sollozo, se tumbó en el lecho y se dejó arrastrar por la lástima hacia ella misma.

Cuando la puerta se abrió, mucho más tarde, Josleen se había quedado dormida en posición fetal.

Kyle se quedó en el umbral, mirándola. La luz de la luna que penetraba por el ventanal hacía que su rostro pareciese de alabastro. Aunque cerró con sumo cuidado, ella se despertó. Sin preocuparse ya de si hacía o no ruido, atravesó la pieza y encendió las velas del único candelabro, frunciendo el ceño al ver los ojos femeninos enrojecidos. Comprobar que había estado llorando fue como si le hubieran golpeado en pleno tórax. Se fijó también en que ella apenas había probado bocado, ni siquiera había catado el pastel que Liria horneó especialmente para ella. Tampoco él hizo gala de apetito durante la cena pensando en otro tipo de manjares. Se sentó en un lado del colchón y tomó un mechón del cabello dorado de Josleen entre sus dedos, frotándolo, maravillado de su suavidad y de ese aroma a brezo que desprendía siempre.

Josleen reaccionó como si le hubiera picado una serpiente: apartó su mano y puso distancia entre ambos saltando de la cama.

Asombrado por su reacción, Kyle enarcó las cejas. ¿Por qué estaba furiosa? Concedía que había tardado en subir al cuarto que ahora compartían, aunque su deseo más ferviente había pasado por dejarlo todo e ir a hacerle compañía, tenerla desnuda entre sus brazos. Le había sido imposible escabullirse del salón por culpa de la inesperada llegada de dos emisarios de los Galligan. Josleen podría estar enfurruñada por haberla dejado sola, pero él tenía obligaciones que cumplir y estas primaban ante sus apetencias personales; ella debería asumirlo.

—¿Me has echado de menos? —preguntó de todos modos en tono conciliador.

—¡Ojalá te hubiera tragado la tierra! —estalló ella, dejándole perplejo.

—¿Qué diablos te pasa?

—Quiero dormir en otro cuarto.

—¿Qué?

—Ya me has oído: no pienso compartir este contigo por más tiempo.

—¡Y un cuerno!

—Insisto, McFeresson.

Que ella utilizase su apellido no era buena señal, y así lo entendió Kyle. Se preguntó si no sería uno de los muchos juegos de la muchacha. No era la primera vez que discutían y después caían uno en brazos del otro para amarse apasionadamente. A él no acababan de agradarle esas reyertas por mucho que terminaran haciendo el amor, la prefería juguetona y animosa.

—No hay habitaciones libres.

—Ocupa entonces la de James, como ya hiciste.

Su empecinamiento lo enojó. Se levantó y comenzó a desvestirse. Iba a quedarse allí aunque Josleen se desgañitara gritándole, no estaba dispuesto a volver a compartir cama con su hermano y, mucho menos, a hacer más concesiones a la muchacha. A modo de burla le dijo:

—Yo no voy a trasladarme, pero quedan libres algunas mazmorras, si es que te empeñas en dejar mi cuarto.

—Una mazmorra, entonces —pidió Josleen—, hasta que Wain venga a por nosotros.

Kyle se volvió a mirarla creyendo que le seguía la chanza, pero al ver su expresión glacial fue como si le acabaran de decir que no volvería a lucir el sol al día siguiente.

—¿Se puede saber qué mosca te ha picado esta noche, muchacha?

Ella se cruzó de brazos y su pie derecho comenzó a golpear el suelo nerviosamente.

—Quiero salir de aquí, McFeresson, eso es todo.

—¿Se te ha olvidado mi nombre acaso? Esta mañana lo pronunciabas con entusiasmo, preciosa.

—Esta mañana —dijo ella entre dientes, procurando que no se le notara la turbación al recordar los momentos sublimes haciendo el amor al amanecer— no tenía las ideas claras.

—¿Y ahora sí? —se desesperó Kyle—. ¿Pedirme una celda por habitación es tenerlas claras?

—Cualquier sitio en el que no estés tú.

Kyle no entendía qué diablos le pasaba a Josleen. Había estado exquisitamente seductora horas antes y ahora parecía una bruja furiosa. ¿Cómo era posible un cambio tan radical? ¿Qué había sucedido que a él se le escapaba? ¿Había pasado algo mientras él estaba de caza?

—Te quedarás aquí, y no se hable más.

—¿Quiere eso decir que te marchas tú?

—Quiere decir lo que he dicho. La torre es mía, el cuarto es mío y mío lo que hay en él, incluida tú. Punto y final.

Viendo que no había modo de convencerlo, asintió.

—Ocupa entonces «tu cama», McFeresson. Yo dormiré en el suelo.

Kyle tiró la camisa a un lado y apretó los puños tratando de recobrar una serenidad que se esfumaba por segundos.

—Estás llevando esto demasiado lejos.

—¿Eso crees? Pues lamento discrepar contigo. No te pertenezco, como acabas de decir lleno de ego masculino. Y no pienso rebajarme a tus caprichos. En todo caso, me debes la mínima atención que ha de prestarse a una prisionera.

—No te he tratado como una prisionera ni te has mostrado como tal cuando te he hecho el amor.

La joven le miró fijamente a los ojos. Luego, se echó a reír.

—¿Amor? ¿Qué puede saber un hombre como tú

de amor? Alguien que no se preocupa de las necesidades de su madre, que no atiende a su hijo cuando este desea más que nada en el mundo estar a su lado. Y dices que a mí me haces el amor. —Quiso soltar otra carcajada, pero le salió un gemido que a punto estuvo de convertirse en sollozo—. Eres como un pavo real, orgulloso de sus plumas, pero al que no le importa si el suelo que pisa está lleno de excrementos. No, McFeresson. Tú no me haces el amor, solamente me utilizas para que caliente tu cama y sacie tu verga, por eso prefiero una pestilente mazmorra a seguir en este cuarto soportándote.

Una nube roja arrasó la cordura de Kyle. El insano deseo de zarandearla para hacerla entrar en razón fue tan fuerte que incluso dio un paso hacia ella. Pero el resentimiento que Josleen le lanzaba con sus ojos lo derrotó. Ya había pasado por eso otra vez. Ya había probado el sabor de la hostilidad de Muriel y no tenía fuerzas para volver a enfrentar algo así. Verse despreciado por Josleen, cuando él solo respiraba por ella, hizo que estallara su furia.

—¡Sea, entonces! —gritó—. Tendrás lo que quieres, ¡y que el diablo te lleve a ti y a todos los de tu calaña, condenada seas! —De dos zancadas llegó a la puerta abriéndola con tanta fuerza que la madera golpeó el muro—. ¡¡Seil!!

A la carrera, llegó hasta allí uno de sus hombres.

—Lleva a la prisionera McDurney a las mazmorras. —La orden lo dejó perplejo, clavado en el sitio—. ¿Acaso no me has oído?

—Sí, laird, pero...

—Que ocupe la celda que está al lado de la de su escolta. —Echó un vistazo a Josleen, flagelándola con su frialdad—. Imagino que te gustará tenerlos cerca.

Ella sintió el sabor amargo de la hiel en su garganta. Si le quedaba alguna duda acerca de los verdaderos sentimientos de Kyle hacia ella, ahora desaparecía. Se había enamorado de aquel zoquete como una tonta, había intentado limar asperezas, llevarse bien con los suyos y hasta soportar el cautiverio mientras buscaba una solución para evitar el enfrentamiento entre sus clanes. ¿Qué hacía él cuando le hostigaba? Aceptar sin más su estúpida petición de trasladarse a una mazmorra. Se le estaba partiendo el corazón en pedazos y las lágrimas pugnaban por escapársele. De acuerdo, sí, reconocía que lo había puesto entre la espada y la pared, que le había insultado y dicho palabras hirientes, pero si la quisiera aunque solo fuese un poquito habría intentado persuadirla, darle una muestra de que la estimaba, de que no era para él una vulgar distracción. Solo había hecho falta una discusión para alejarla de su lado. ¡Qué ilusa había sido creyendo que lo que habían compartido significaba algo para el maldito McFeresson!

Su cólera se había apagado viéndole tan enfadado, hasta sintió deseos de pedirle excusas, de retirar lo que le había dicho sobre su madre y su hijo. Quería acabar con la disputa, conseguir que él volviera a mirarla como cuando la regañó por haberse arriesgado salvando a la pequeña. Quería abrazarlo y llevarlo a la cama, disfrutar otra vez de sus caricias.

Sí, quería ponerse a bien con Kyle, pero nunca a cambio de dejar que él pisoteara su orgullo y su apellido, demasiado había claudicado ya llevada por el amor que sentía. Asintió pues con gesto seco y pasó a su lado muy tiesa, sin dedicarle una sola mirada.

—Seil, cuando la dejes «instalada» en su nuevo aposento, manda a alguien para que bajen su baúl. Seguramente nuestra invitada deseará tenerlo consigo, aunque no pueda lucir demasiado sus vestidos entre las paredes de una celda.

Josleen estuvo a punto de volverse, pero se aguantó y siguió caminando llevando tras ella a un Seil abrumado, confundido y hasta abochornado por la decisión de su laird.

32

—¡¿Que has hecho qué?!

El grito de Duncan dirigiéndose a él, cuando James le susurró al oído lo que ya se rumoreaba por toda la fortaleza, hizo dar un respingo a uno de los criados que, como consecuencia, dejó caer la bandeja con los cuencos de avena del desayuno montando un estropicio. Kyle miró a su hermano pequeño como si deseara asesinarlo.

—Modera tus berridos o vete, Duncan.

—¡Por el amor de Dios! ¿Es cierto? ¿De verdad has hecho encerrar a Josleen en los calabozos, hermano?

—Me molestan tus rebuznos. Si no puedes estarte callado, mejor te marchas.

—De acuerdo, te fastidian mis rebuznos. Pero no me has contestado. ¿Josleen ha pasado toda la noche en una celda o no?

Evelyna miraba a Kyle con verdadera adoración. Los comentarios acerca de la nueva situación de la prisionera habían empezado a correr de boca en boca desde que amaneció, nadie era ajeno a los cuchicheos y, a pesar de no acabar de creerse su buena suerte cuando bajó a desayunar, el gesto pétreo de Kyle y el malhumorado de James parecían confirmar que la McDurney había perdido sus privilegios. Lo que a ella le venía de maravilla, por descontado, puesto que su problema quedaba así solucionado de un plumazo. Mientras aquella perra que había acaparado la atención de Kyle durante esas semanas estuviera a buen recaudo, ella no tenía nada que temer, volvería a ocupar su cama y su corazón sin necesidad de verse involucrada en las oscuras intenciones de Barry. Josleen estaba en el lugar que le correspondía, así de sencillo.

Malcom, con el ceño fruncido, lanzaba siniestras miradas hacia la posición que ocupaba su padre. Sabía que él debía hacer a veces cosas que desagradaban a los demás, como cuando se veía obligado a ordenar algún castigo, pero en su mente infantil no acababa de ver claro qué era lo que podía haber hecho Josleen para ser encerrada en los calabozos.

En cuanto a Elaine, no levantaba la vista de su cuenco, pero apretaba con tanta fuerza el trozo de pan que tenía en las manos que este acabó convirtiéndose en migajas. Cierto era que, desde un principio, no comprendió las concesiones de su hijo hacia la muchacha, enemiga de su clan y hermana del hombre que estuvo a punto de matarlo hacía tiempo. Pero había llegado a sentir afecto por la joven. Josleen McDurney no se había comportado con nadie de modo altanero, había colaborado en las labores diarias ayudando a las criadas sin que se lo hubiera exigido, había curado las heridas de su gente, se había preocupado por las dolencias de muchos de ellos paliándolas con sus conocimientos... Demostraba cariño a Malcom, y bien sabía Dios que el crío necesitaba un hombro amigo. Incluso consiguió, con sus artimañas, que Serman y ella acabaran por decirse lo que realmente sentían el uno por el otro. No, Kyle no estaba actuando ahora correctamente y denostaba su proceder.

Desde que supiera la noticia del encarcelamiento de Josleen, no había dejado de preguntarse qué podía haber ocurrido entre la muchacha y su hijo para que él tomase una decisión con la que ninguno, y lo demostraban, estaba de acuerdo.

—Es cierto —acabó asintiendo Kyle cuando Duncan insistió en su porfía—. He enviado a la muchacha McDurney junto a sus camaradas.

—¿Por qué? Imagino que tendrás una explicación.

—Ahora era James el que le incordiaba con sus preguntas.

—Ella lo pidió.

—¿Lo pidió? —Su hermano palmeó la mesa—. Kyle, serás el jefe del clan, pero también un completo idiota.

—Nadie en su sano juicio pediría una celda cuando ocupa la mejor habitación y puede ir y venir cuando le plazca —le apoyó Duncan.

—¿Puedo ir a visitarla, padre? —interfirió el pequeño Malcom.

—Sea lo que sea lo que haya sucedido entre vosotros, creo que te has precipitado, hijo —susurró seguidamente Elaine.

Kyle apretó los dientes. Sus hermanos le miraban como si le hubieran salido dos cabezas, su hijo no disimulaba su disgusto hacia él, su madre otro tanto, y los pocos guerreros que les acompañaban en ese momento desviaban sus ojos y callaban. Todos le censuraban de un modo u otro. Y él, estúpido mezquino donde lo hubiese, era el primero en amonestarse. Había lamentado mil veces la orden dada a Seil, mil veces había estado a punto de bajar a las mazmorras, cargarse a Josleen sobre el hombro y volver a llevarla a su habitación. Se lo impidió su orgullo herido, el recuerdo del odio de otra mujer. Josleen le había dicho lo que realmente pensaba de él sin tapujos ni ambages y llevaba buena parte de razón: se había preocupado poco de su madre, y menos de Malcom, salvo para procurarle alimento y enseñanza. A pesar de reconocer que no se había volcado sobre los suyos como se merecían, dolía que fuese una mujer de un clan rival la que se lo hiciera ver y, más si cabía, ser ahora el centro de los sermones de quienes le debían obediencia.

La gota que colmó el vaso de su paciencia fue el comentario de Duncan asegurando:

—Puede que Wain McDurney pase por alto que la tengamos prisionera, pero querrá tu sangre por esto, Kyle. Más valdría que la sacaras de la celda.

Se levantó con furia y golpeó la mesa con el puño cerrado.

—¡Basta ya! Josleen está donde debe estar.

—Hasta ahora, era en tu cuarto —dijo Malcom arropado por su lógica infantil.

—Vamos, cariño —intervino Evelyna, tan pagada de sí misma que a nadie se le escapó su sonrisa triunfante—. Tu padre ha hecho lo correcto y no debemos poner en tela de juicio sus decisiones. —Se acercó a Kyle para acariciarle un brazo, bajando la voz para que solo la escuchase él—. Ya sabes que estoy dispuesta a volver contigo cuando me lo pidas.

Kyle asintió porque en esos momentos necesitaba que alguien, aunque se tratara de Eve, se pusiera a su lado. Sin embargo, se dirigió a todos y a nadie en particular diciendo a modo de excusa:

—Josleen ha preferido una celda a mi cuarto. Yo solamente he accedido a sus peticiones.

Luego, sin dar opción a que nadie le respondiese, salió del salón.

—Va a coger una curda de campeonato —dijo James viéndole partir.

—Yo en su lugar, haría lo mismo —opinó Duncan.

—¿Josleen ha hecho algo malo, abuela? —quiso saber Malcom.

Elaine puso al niño sobre sus rodillas mientras observaba a Evelyna salir en pos de su hijo. No le gustaba esa muchacha, pero sentía lástima por ella. Realmente, la sentía. Estaba enamoriscada de Kyle, se humillaba para conseguir sus favores, pero no acertaba en el modo de hacerlo. Kyle nunca la amaría como ella deseaba porque, mucho se temía, ya le habían robado el corazón. Y cuando un McFeresson se enamoraba de verdad, nada en el mundo podía apartarlo de conseguir a la mujer elegida. Rezó fervorosamente para que lo que había surgido entre su hijo y aquella díscola muchacha de ojos azules llamada McDurney no acabara destrozándoles a ambos.

—Cielo —le contestó al pequeño, que esperaba una respuesta—, ella no ha hecho nada reprobable. Te falta mucho aún para entender las tonterías que hacemos a veces los adultos. Hasta yo, con lo vieja que soy, aún no las comprendo.

—Tú no eres vieja, abuela. Eres la mujer más guapa del mundo, Serman lo dice.

Elaine cubrió con su mano la boca del chiquillo.

Pero James y Duncan vieron el sonrojo que cubría las mejillas de su madre.

Josleen había lamentado ya un millón de veces su terquedad. Perder los nervios ante Kyle solo le había acarreado pasar una noche infernal en una celda. Aunque era amplia y no excesivamente sucia, no dejaba de ser una triste mazmorra, la primera vez que se encontraba en un lugar semejante. Estaba allí por voluntad propia, y tal vez en el lugar adecuado porque, si sus hombres estaban encerrados, ¿quién era ella para gozar de una relativa libertad? De haber sido recluida allí nada más apresarlos, no habría caído bajo el influjo de las caricias y los besos de Kyle y su corazón estaría libre.

Oyendo hablar y moverse a los hombres en la celda contigua se dijo que, por lo menos, su encierro se le haría más soportable teniéndoles cerca. Habían pasado mucho tiempo charlando cuando la bajaron allí y resultaron agradables esos momentos de camaradería, aunque tuviera que soportar durante un buen rato los gritos desaforados de Verter amenazando al McFeresson con sacarle las tripas en cuanto tuviese la mínima oportunidad. Sí, era preferible estar encerrada que volver a dejarse seducir por Kyle.

Pero no quería engañarse a sí misma. Cuando se hizo el silencio en las galerías, las paredes de su celda se le habían caído encima. Echaba de menos el calor de la cama de Kyle, y echaba de menos el calor de su cuerpo. Después de haber compartido momentos de pasión, Kyle solía dormirse abrazándola por la espalda, poniendo una de sus musculosas piernas sobre las de ella y dejándole sentir su aliento en la nuca.

Recordar los labios de Kyle, sus caricias, la ternura con la que la trataba, su cuerpo cálido y dorado, hizo que los ojos se le llenaran de lágrimas. Porque había fantaseado, desde que se supo enamorada de él, con tenerlo a su lado cada noche.

—Josleen.

La voz de Verter la obligó a dejar de soñar y volver a la cruda realidad.

—Sigo aquí —contestó.

—¿Has podido descansar, muchacha?

—Como un bebé —mintió con total descaro.

Verter guardó un profundo silencio.

—Voy a arrancar al maldito McFeresson lo que tiene de hombre —gruñó al cabo de un momento.

—Verter, ya os expliqué que no fue una decisión suya, le obligué a hacerlo.

—Aunque sea realmente así, cosa que dudo, ¿qué hombre que se precie encierra a la hermana de Wain McDurney en una condenada mazmorra? Lo mataré.

—No insistas, por favor —pidió ella con voz cansada—. ¿A qué hora traen el desayuno?

—¿Tienes hambre?

—Anoche apenas probé bocado.

—¿No te dio de cenar el muy desgraciado? —gritó Verter sacudiendo los barrotes de su puerta—. ¡Le voy a...!

Josleen estalló en nerviosas carcajadas al escucharle repetir una amenaza que empezaba a resultarle agobiante.

—Déjalo ya, amigo mío. Lo vas a matar tantas veces que no podrás hacerlo con una sola existencia y tendrás que vivir varias para poder cumplirlo.

Verter se calló, pero luego le escuchó reír bajito.

La puerta que accedía a la galería en la que se encontraban chirrió y Josleen se aupó para mirar por entre los barrotes de la celda: un par de individuos portaban cuencos, hogazas de pan y jarras. Estaba famélica.

Uno de los guardias le ordenó alejarse de la puerta, manejó una llave en la cerradura, abrió y depositó su ración en el suelo. Justo entonces una voz resonó en la galería.

—¡Aparta esa bazofia de ahí, Segmun!

Josleen identificó a James y se atrevió a acercarse de nuevo a la puerta.

—Buenos días, princesa —saludó él sonriendo de oreja a oreja—. Duncan y yo hemos pensado que no te agradaría el desayuno de los reclusos y hemos robado algo de las cocinas.

En efecto, el menor llevaba una fuente en las manos cubierta por un lienzo blanco, que retiró de inmediato mostrándole orgulloso lo que había debajo: un ave asada. James, tan ufano o más que el otro, entró en la celda enseñándole una jarra de vino y un plato con un buen trozo de pastel de manzana.

La joven se echó a reír con los ojos nublados por lágrimas de agradecimiento.

—Mis ángeles custodios —les dijo besándoles en la mejilla, haciéndose luego a un lado y permitiendo que ellos depositaran los suculentos manjares sobre la mesa, único mobiliario junto con un banco y el estrecho jergón en el que había pasado la noche—. ¿Vuestro hermano os ha dado permiso para traer todo esto?

—¡Ese botarate! —gruñó Duncan—. Olvidémonos de él y a desayunar. Liria preparó el pastel anoche mismo, cuando se enteró de lo que pasaba. Y vosotros ¿a qué esperáis? —increpó a los carceleros, que tras otra mirada de sorpresa dieron la vuelta y comenzaron a pasar las bandejas a la otra celda.

Los hermanos se sentaron en el borde del camastro.

—Poneros cómodos, por favor —bromeó Josleen con bastante buen humor.

—No seas irónica, princesa. Anda, siéntate y come, estás flaca como un hueso de pollo y esto se enfría.

—¿Me acompañáis? —preguntó arrimando el banco.

—Ya hemos desayunado.

—Pero si insistes —sonrió Duncan arrancando un muslo doradito y aplicándose a él.

Divertida por las chanzas de aquellos dos tunantes, Josleen se dispuso a disfrutar del inesperado desayuno y de su compañía. Los hermanos de Kyle no eran tan obtusos como le habían parecido en un principio, y le estaban dando muestras del buen corazón que tenían. Lamentó haberlos catalogado erróneamente. No había engullido el primer bocado cuando otra voz, esta vez de mujer, proveniente de la galería, les hizo volverse a los tres.

—Malcom, cariño, no corras; el suelo está resbaladizo y puedes caerte.

¿La señora de Stone Tower allí, acompañada por el hijo del jefe del clan?, se preguntó Josleen, totalmente anonadada. ¿Qué era lo que estaba pasando? ¿Se habían puesto todos de acuerdo? Un segundo después, Elaine asomaba por la puerta con el niño agarrado a su falda. Se quedó confundida viendo a sus otros dos hijos.

—James, Duncan... ¿Qué estáis haciendo aquí?

—Se nos han adelantado, abuela —rezongó el crío haciendo un gesto de fastidio tan idéntico al de su padre que a Josleen se le encogió el corazón.

—Ya lo veo. Ave, vino y pastel —dijo echando un ojo a las viandas y depositando su propia bandeja junto a la otra—. Nosotros hemos traído leche en lugar de vino.

Se escucharon risas en la celda de Verter y Josleen intentó mostrarse seria, sin conseguirlo. Se le venían las carcajadas a la boca por lo absurdo de la situación. Kyle debería replantearse su modo de dirigir su casa porque allí todos se saltaban las normas a su conveniencia.

—Es mucho para mí sola —dijo, secándose las lágrimas de risa—, de modo que... ¿qué os parece si hacemos algo así como un desayuno campestre?

—¿Campestre? ¡Pero si no estamos en el campo!

—Calla, mocoso —rio James—, y busca algo donde sentarte. Este va a resultar el desayuno más entretenido de toda mi vida.

Entre risas y bromas, dieron buena cuenta hasta de la última miga. Al acabar, todos parecían remisos a marcharse. Elaine puso su mano en el hombro de la joven apretándolo con cariño.

—¿De veras no te gustaría salir de aquí, niña?

—Creo que no —mintió—. Estoy mejor lejos de vuestro hijo, señora.

—Josleen...

—No insista, milady, se lo ruego, me lo pondría más difícil y ya he tomado una decisión.

—Como quieras —suspiró la otra levantándose—. Pero no podrás evitar que te proporcione una comida decente y algo más confortable que este apestoso camastro.

Josleen asintió sin decir palabra por miedo a prorrumpir al final en sollozos. Nunca hubiera esperado tantas atenciones por parte de personas que, hasta hacía poco, la consideraban solamente una enemiga. Estrechó entre sus brazos a Malcom y le dio un beso en la coronilla.

—¿Y nosotros? —protestó Duncan.

—¿No merecemos otro, princesa? —apoyó James.

Les sonrió con dulzura y les dio otro beso en la mejilla. De repente, teniendo a todos ante ella, se dio cuenta de hasta dónde llegaba su cariño hacia ellos. Algo se rompió en su interior, porque había llegado a quererlos de verdad y tal vez dentro de poco no volvería a ver a ninguno.

Cuando ya se marchaban, entre promesas de regresar después, se escuchó el bramido de Verter:

—¡Milady! Diga al condenado de su hijo que

voy a arrancarle los intestinos en cuanto me tropiece con él.

Tanto a Verter como a Josleen les asombró la apagada respuesta de la dama.

—Y le estaría bien empleado, por idiota.

33

Kyle dio una vuelta en el lecho, calculó mal y acabó en el suelo. Se levantó soltando una retahíla de obscenidades en voz baja y, cegado por el sol que ya entraba a raudales por la ventana, se cubrió los ojos con un gesto de dolor volviendo a maldecir.

La noche anterior, después de soportar todo el día las miradas airadas de su propia gente, sintiéndose como un apestado, había buscado una jarra de whisky y se había largado de Stone Tower, deseoso de perderse. Había vuelto a beber como el condenado imbécil que era. Ni siquiera recordaba cómo había conseguido regresar a su cuarto y a su cama.

Lo que sí recordaba con nitidez era que la había encontrado vacía, que se le había caído el alma al suelo porque Josleen, en lugar de ocuparla, se encontraba encerrada por propia voluntad en una celda, y se había sentido como un náufrago sin ella. Y que ante la desolación de su cama vacía había gritado como un poseso, pidiendo más bebida.

No sabía si alguien se la había llevado o fue él mismo el que la consiguió, pero a los pies de la cama había una jarra vacía, le estallaba la cabeza, tenía la boca como estropajo y había dormido vestido.

No se había emborrachado desde aquel día en que su hijo le preguntó por Muriel y su vergonzosa cobardía le hizo alejarse, acabando preso de los condenados hombres de McDurney... y conocido a Josleen.

Con las manos oprimiéndose la cabeza y caminando muy despacio, salió a la galería. El grito de James llamándole le hizo soltar un gemido y encogerse. Se apoyó en la barandilla de piedra mientras veía a su hermano llegar hasta él corriendo.

—Kyle, un grupo de...

—Habla bajo, por el amor de Dios —le suplicó apretándose las sienes.

El otro le miró un tanto escamado. Kyle era su hermano mayor, el laird, el hombre capaz de arrancarle la cabeza a cualquier guerrero en batalla. Por todo eso, le debía respeto. Pero se le escapó una sonrisa irónica por su lamentable estado. Lejos de sentir lástima por él, le asestó una fuerte palmada en la espalda y se felicitó al escucharle quejarse de nuevo.

—¿Dormiste bien?

Kyle tenía revuelto el estómago, el dolor de cabeza no se le iba y la sacudida de su hermano acrecentó su malestar.

—Dios...

—Ya veo que no.

—Por tu vida, James, guarda silencio.

—Un grupo de mujeres quiere hablar contigo.

—No puedo recibir ahora a nadie —susurró—. Tráeme algo de beber, tengo una resaca de mil diablos.

—Tu deber como laird es atender a esas mujeres.

—¡Por todos los infiernos, no estoy para...! —Su propia exclamación le hizo encogerse y se dejó caer de rodillas—. ¡Mierda!

No, desde luego que no estaba en condiciones de atender a nadie. Miró a su hermano con la esperanza de que le quitase de encima el problema, solo el diablo sabía qué querrían pedirle ahora, pero el otro parecía estar pasándoselo en grande viendo su rostro macilento y poco dispuesto a hacerle el favor.

—¿Qué les digo? —insistía.

—Dame tiempo para reponerme. O atiéndelas tú mismo.

—No creo que aguanten mucho rato, vienen levantiscas, y ni por asomo pienso hablar con ellas.

—Por favor.

—Nadie te obligó a que accedieses a la estúpida petición, según tú, de Josleen. Nadie, a meterla en un calabozo. Por tanto, ninguno de nosotros es culpable de que te hayas emborrachado dándote cuenta de la idiotez cometida. No, hermano, no voy a darte todo el tiempo que necesitarías; esas mujeres quieren verte y yo tengo otras cosas que hacer.

Lo hubiera matado. Pero tenía razón, solo a él podía achacársele encontrarse ahora a las puertas de la muerte, o casi. Si algo tenía de bueno, era reconocer sus propios errores.

—Pide al menos que me preparen un baño.

—Eso está hecho.

James se alejó y Kyle regresó a la habitación. Al primer criado que apareció le pidió que le proporcionara una jarra de cerveza y, mientras llenaban la tina de madera la ingirió entera. Por propia experiencia sabía que era lo mejor para quitarse la resaca y el revoltijo que tenía en el estómago.

Al principio no pareció causarle efecto pero, un minuto después, hubo de buscar con prisas la bacinilla para vomitar. Poco después se sintió mejor, aunque el dolor de cabeza no remitía en absoluto. Se desnudó, tomó un baño, se puso ropa limpia y bajó al salón. James aguardaba ya charlando animadamente con la comitiva.

Kyle hubiera preferido que desaparecieran, que lo dejaran solo, pero no tenía otra opción que atenderlas.

Eran diez mujeres. Conocía muy bien a la que tomó la palabra: Helen Garren, la esposa del herrero.

—Laird, venimos a pediros un favor. —Él asintió, sin ánimo para abrir la boca—. Nos gustaría que la muchacha McDurney enseñara a nadar a nuestros pequeños.

La extraña demanda lo pilló por sorpresa.

—Cualquiera de los hombres puede hacerlo.

—No muchos saben, laird, y tienen otras tareas de las que ocuparse o no están por la labor.

—Ya.

—La laguna sería un lugar perfecto.

Kyle meditó con calma, pero solamente para guardar las apariencias, porque hubiera besado a aquellas mujeres que, sin ellas saberlo, acababan de darle una magnífica excusa para poder sacar a Josleen de la mazmorra. Aunque, desde luego, pensaba hacerle pagar su altanería y una noche más confinada no le haría ningún daño.

—¿Qué pasa si ella no acepta, Helen?

—Estamos seguras de que sí lo hará, laird. No la he perdido de vista durante este tiempo y le agradan los niños. Aceptará porque enseñándoles a nadar evitará que pueda volver a repetirse lo de la pequeña Sussy.

—Hablaré con ella, es todo lo que os prometo.

Helen hizo una ligera inclinación de cabeza y, con gesto autoritario, indicó a las demás que la audiencia había finalizado. James se aproximó a él tras la salida de las mujeres y se sentó a su lado.

—¿De verdad vas a hablar con Josleen a este respecto? Porque, si es así, y ella acepta, que estoy seguro que lo hará, no parece muy lógico que siga durmiendo en los calabozos.

—Púdrete, James.

A pesar de estar deseando volver a tenerla a su vera, el laird de Stone Tower cumplió la palabra que se había dado a sí mismo y no mandó buscar a Josleen ese día. Fue una dura batalla la que hubo de librar, contra sus propios deseos y contra los demás, porque aquella noche, durante la cena, le hicieron el vacío: James y Duncan buscaron una excusa para no estar en el salón, igual que su madre, que dijo encontrarse algo indispuesta y se llevó con ella a un Malcom que parecía deseoso de alejarse de él. Los pocos guerreros que compartieron su mesa durante la cena, ni siquiera se dignaron dirigirle la palabra. Kyle se sentía desplazado, pero no pensaba ceder porque doblegarse en esos momentos era tanto como poner en tela de juicio su autoridad como jefe del clan. Hubiera aceptado esa noche incluso la compañía de Eve, pero tampoco ella apareció en el salón, dolida seguramente por su negativa a que compartiera la noche anterior su lecho.

Por si el manifiesto desprecio de su familia y sus hombres fuera poco, los criados se sumaron a la silenciosa rebelión sirviéndole una cena fría e insípida y un vino aguado. Le hincó el diente a un trozo de carne y lo devolvió a la bandeja con creciente malhumor.

Sin apetito ya, se recostó en el asiento y trató de entablar conversación con alguno de los guerreros. Le respondieron con monosílabos y tan pronto pudieron se retiraron dejándole más solo que la una. Kyle no pudo más que volver a maldecir y preguntarse seriamente qué era lo que estaba pasando en su casa. Todo se había vuelto patas arriba desde que apareciera con la hermana de Wain. La muchacha había conseguido en poco tiempo, y sin esfuerzo alguno, meterse a la mayoría de su clan en el bolsillo. Hubiese sido un gran líder de haber nacido varón; tenía el coraje de un guerrero, la mirada de una ninfa y la sensibilidad suficiente como para ablandar a cualquiera en su beneficio. Una combinación francamente diabólica para alguien como él, acostumbrado a hacerse obedecer desde que era un muchacho.

Reconocía que Josleen había hecho que la vida fuera distinta en Stone Tower: James y Duncan habían suavizado sus malas costumbres, Malcom parecía más dicharachero y animado, casi ilusionado, sobre todo cuando estaba con ella. Y lo más importante: la McDurney había hecho que su madre volviera a sonreír. Amén de todo eso, las mujeres del clan le demostraban su estima incondicional hasta el punto de confiarle a sus retoños, los criados comenzaban a obedecer con diligencia la menor de sus indicaciones y los guerreros le sonreían cuando pasaba a su lado.

Retiraron su bandeja intacta y Kyle decidió bajar a las cocinas, por ver si pillaba algo más suculento que la desabrida comida que le habían servido. Liria le lanzó una mirada airada cuando entró y se guardó mucho de dirigirle la palabra, cuando normalmente lo trataba con respeto y hasta con cariño. Enojado, se olvidó de la comida y se hizo con una jarra de whisky. Nadie quería su compañía, y la persona a la que él deseaba tener a su lado estaba en una celda. ¿Qué otra cosa podía hacer un hombre en aquella situación, sino emborracharse?

34

No pudo pegar ojo, pasó la noche en blanco dando vueltas en la cama, y al alba se dijo que su testarudez había durado demasiado. Bajaría a buscar a Josleen y fin del asunto. Si ella se empecinaba en seguir en las mazmorras, no pensaba consentírselo, tenía que acabar con el desdén que le habían demostrado todos el día anterior y, lo que era más importante, con la soledad que lo agobiaba. Lo primero, era la armonía de su casa. Además, él la necesitaba en su habitación y en su cama, negárselo a sí mismo a esas alturas era de necios.

La sorpresa que se llevó cuando abrió la puerta de la celda de Josleen fue mayúscula.

Observó todo con ojos abiertos de par en par, sin poder creer lo que estaba viendo. Si el reducto que tenía ante él era un simple calabozo, él era el rey de Inglaterra: había desaparecido el raído colchón del camastro y lo habían sustituido por uno limpio; había mantas, una palangana, una jofaina y velas; sobre la mesa estaban depositadas dos fuentes con comida, una jarra de leche y otra de vino. Bastante más, al parecer, que lo que le habían servido a él la noche anterior.

Soltó un taco entre dientes.

Ella, que no esperaba la visita, continuó cosiendo —porque también tenía su bastidor— como si tal cosa, disimulando el repentino ataque de felicidad. Dudaba, sin embargo, que se tratara de una visita de cortesía. ¿Quién le aseguraba que Kyle no mandaría retirarlo todo? Muy bien podría hacerlo, puesto que estaba en un calabozo y no en un palacete. Bueno, tampoco le importaba demasiado si decidía devolver al lugar la triste estampa que tenía cuando la metieron allí, sería otra cosa más que podría ayudarla a odiarle. Esperaba al menos que James, Duncan y Elaine no sufrieran las consecuencias de haberle proporcionado ciertas comodidades.

Kyle estaba lejos de maquinar nada semejante. Estaba pasmado, sí, e irritado, pero no por el hecho de que se hubiesen volcado en atenderla, sino porque no podía apartar su mirada de ella y le agradaban los cambios. ¡Dónde se había visto que una mujer luciera tan hermosa después de pasar dos días en un calabozo! Había imaginado que la encontraría triste, desesperada por recuperar la libertad. Cualquier otra mujer lo habría estado, le habría rogado que la sacara de allí. Cualquiera, menos Josleen McDurney.

—¡¡McFeresson!! —se escuchó el bramido de Verter desde la celda contigua—. ¡Si estás ahí, acércate a vernos el culo!

Kyle agrió el gesto y empezó a pensar en serio en sacar a aquel jodido tipo para colgarlo de la rama de un árbol. Olvidándose de la muchacha se acercó a las rejas del otro calabozo.

—¿Qué quieres, escoria?

—Ver frente a frente al desgraciado que se ha atrevido a encerrar a mi señora —repuso el otro—. Para que no se me olvide tu fea cara cuando te mande al infierno.

Kyle agachó la cabeza para que los prisioneros no le viesen sonreír. En realidad, ese bravucón le hacía gracia con sus constantes amenazas. Era tan cabezota como la propia Josleen.

—¿Me has escuchado? —tronó de nuevo Verter.

—Te he escuchado, sí. Hasta un sordo lo haría.

—Entonces quedas avisado, McFeresson.

Kyle suspiró y se apartó de allí.

—¡¡Si te acercas a ella, demonio, voy a...!!

—Si sigues gritando, Verter, acabarás con mi paciencia.

—¿Y qué harás, jodido bastardo? ¿Matarme?

Ya en la puerta de Josleen, Kyle sacudió la cabeza y contestó:

—Mandaré que te corten la lengua.

La amenaza cayó como un jarro de agua fría y Verter guardó silencio.

Josleen no pudo reprimir ya su risa y Kyle vio, como en un sueño, transfigurarse su rostro. Sus iris, convertidos en dos lagos azules, acabaron cuajados de lágrimas de diversión. Cuando ella consiguió calmarse lo miró a los ojos y él solo pudo devolverle la sonrisa.

—De verás que le corto la lengua, me tiene harto.

Josleen se enjugó las mejillas, se levantó y se mantuvo a distancia de él. El trozo de cielo que se veía desde el ventanuco abierto en el techo la hizo desear estar fuera de esos muros, poder sentir el sol y el aire sobre su piel.

—Josleen, esta tontería ha durado demasiado, ¿no te parece?

Ella se volvió, observó el rostro masculino y supo que hablaba en serio. Se preguntó qué habría estado haciendo para tener tan mal aspecto, con pronunciadas ojeras alrededor de sus ojos y mejillas sin rasurar. Parecía haber dormido con la ropa puesta.

—¿Eso te parece a ti, McFeresson? —preguntó a su vez.

Como respuesta, Kyle acabó por entrar en la celda, se aproximó a ella y, antes de que pudiera evitarlo, la atrapó entre sus brazos. Josleen se resistió y él acabó por cargársela al hombro como si fuera un saco, encaminándose acto seguido a la salida de la galería.

—¡Suéltame!

—Ni lo sueñes, señora mía.

—¡Suéltame, te digo, Kyle! —Se retorcía intentando liberarse.

Escucharon el revuelo general en el calabozo que ocupaban los hombres de su guardia cuando ellos se dieron cuenta de lo que estaba sucediendo, y se escucharon voces airadas.

—¡Maldito cabrón!

—¡Deja a la muchacha!

—¡McFeresson, voy a matarte! —repitió otra vez la inconfundible y potente voz de Verter.

Kyle frenó sus largos pasos y se giró, acomodando

mejor su preciado cargamento sobre el hombro. Su mirada se cruzó con la del otro, que agarrado como un simio a las rejas las sacudía con ímpetu, como si quisiera arrancarlas de cuajo.

—Primero gritas porque la dejo en una celda y ahora porque la saco. ¡Quién te entiende, hombre!

—¡Ella no quiere ir contigo!

—¡Me importa un bledo lo que ella quiera y dos lo que queráis vosotros! Recordad que sois mis prisioneros y que aún puedo decidir prescindir de un buen rescate mandando que os cuelguen a todos. Josleen se viene conmigo.

—¡Acabaré contigo! ¡Lo juro, aunque sea lo último que haga en esta vida, McFeresson!

—Verter, piérdete en un agujero —le deseó Kyle antes de desaparecer definitivamente con la muchacha.

Hubo de luchar a brazo partido con ella cuando la dejó en el suelo porque parecía obsesionada en arrancarle los ojos, defendiéndose como una posesa, arreándole puñetazos y patadas en las espinillas. Kyle no pudo librarse de un par de mamporros y solo después de sujetarla de los hombros, zarandearla y gritarle dos veces que algunas mujeres habían pedido su ayuda, consiguió que se calmara un poco. Estaba despeinada, tenía el rostro enrojecido por la pelea y su pecho subía y bajaba al ritmo de la acelerada respiración, atrayendo la hambrienta mirada de él.

Kyle hubo de hacer un esfuerzo para quitar sus ojos del escote.

—¿Mi ayuda? —preguntó por fin Josleen.

—Quieren que... Preguntaron si... —Carraspeó, un tanto incómodo—. Decidieron que podías ser una excelente maestra para niños.

—¿Maestra?

—Enseñarles a nadar.

—¡Oh! —Se le encendieron más las mejillas y él estuvo a punto de dejarse ir y besarla, pero algunos ya les estaban rodeando alertados por la discusión.

Pelear con Josleen parecía haberse convertido en algo habitual, y Kyle hubiese jurado que aquellas escaramuzas incluso divertían a los suyos. Acaso porque nunca antes conocieron a nadie que se hubiera atrevido a enfrentarse con él.

—Así que quieren que enseñe a nadar a los niños.

—Eso es.

Josleen suspiró, tan profundamente, que su pecho casi escapó de los confines del corpiño y Kyle volvió a tener que rogar a Dios que le diera fuerzas para mantenerse apartado de ella. ¡Santísima Virgen! Nunca una mujer le había hecho sentirse así: embrujado.

—El río es peligroso —la escuchó decir al cabo de un momento—. Hay corrientes.

—Hay una laguna, a poco menos de media milla. Las mujeres dijeron que no te negarías a ayudarlas.

—¿De veras? ¿Por eso has ido a buscarme a los calabozos? ¿Qué argumentos tienes para que acepte una petición tan absurda?

—Yo no tengo argumento alguno, pero sí ellas: evitar lo que le pasó a la pequeña Sussy.

A Josleen le recorrió un escalofrío recordando el

episodio y el cuerpecito exánime de la criatura cuando consiguió sacarla del agua. Por nada del mundo querría que se repitiese algo así. Fijó sus ojos en Kyle, intentando confirmar si solo se trataba de una burla. Y a pesar de las ojeras, de su desaliño y de la crecida barba de dos días, tuvo que admitir que era el hombre más atractivo que había conocido nunca. Su estatura le hacía sentirse pequeña y frágil, la anchura de sus hombros delimitaba su horizonte, su cabello dorado desprendía reflejos bajo los rayos del sol. La tela de sus pantalones se adhería a sus piernas, la camisa abierta en el cuello le permitía acariciar mentalmente su piel tostada y el vello dorado del tórax fuerte que ella suspiraba por volver a besar. Sintió cosquillas en las palmas de las manos recordando su tacto y se pasó la punta de la lengua por los labios, repentinamente resecos.

Acabó, cómo no, aceptando la petición de las mujeres McFeresson. No porque no pudiese negarles nada a ellas, sino porque no se sentía capaz de negárselo a él, y la seguridad de los niños le importaba demasiado.

Para Kyle supuso un respiro que accediera, aunque lo primero que exigió ella a cambio fue tener un cuarto independiente. No tuvo más remedio que asentir, pero juró por la memoria de todos sus antepasados que Josleen no dormiría aquella noche lejos de él. Ni esa ni ninguna otra. Y cuando un McFeresson juraba algo, ni el cielo ni el infierno conseguían que incumpliese su palabra.

35

Sheena caminó con paso elegante, como todo lo que hacía, hacia el hombre con el que ahora compartía su existencia. En realidad, con el hombre con el que había comenzado a vivir de veras, porque se sentía así, viva, cuando estaba a su lado, aunque las circunstancias que les habían rodeado al conocerse no hubieran augurado ese final.

Wain la había raptado para conseguir un rescate y el sometimiento de su clan después de seis meses de constantes escaramuzas. Pero se habían enamorado y todo finalizó en una boda y una alianza que beneficiaba a ambas partes.

El laird del clan McDurney la vio acercarse mientras entrenaba con sus hombres. Sonrió a su esposa y el contoneo de sus caderas le distrajo lo justo como para perder su espada ante el ataque inesperado del rival con el que contendía, y acabó con el trasero en tierra. Sus hombres prorrumpieron en carcajadas divertidas, pero él, lejos de enfadarse, se levantó, se sacudió las ropas y abarcó a la muchacha por la cintura para besarla en la boca. Se oyeron algunos comentarios picantes que sonrojaron a la joven, aunque, encantada por las atenciones de su marido, le puso una mano en el pecho sonriéndole con ternura y obviando al resto.

—Acaba de llegar un hombre de McCallister, mi amor.

La mirada de Wain se dulcificó más. ¿Y qué le importaba a él quién hubiese llegado? Solo después de otro largo beso se hizo eco de la noticia. Si McCallister había enviado un mensajero era que traía nuevas, posiblemente del nacimiento.

—¿Le atendiste debidamente?

Ella, riendo por la broma, puesto que de todos era conocida como una anfitriona inmejorable a pesar de su juventud, amagó con golpearle en el mentón.

—Como si fuera un rey.

—Es suficiente por hoy, muchachos —les dijo Wain a sus hombres.

Atrayendo a Sheena por los hombros, se encaminaron ambos hacia la torre sin dejar de dedicarse miradas ardientes. Wain se admiraba de encontrar a su esposa más bonita a cada día que pasaba. Sus mejillas habían adquirido un tono rosado, sus ojos eran más luminosos y su piel se había tornado más suave, como si toda ella estuviese sufriendo una transformación. Ufano como solo un varón puede serlo, se dijo que era su amor por ella lo que le hacía estar tan hermosa. Poco se imaginaba que la pócima no era otra que la llegaba de un bebé. Ella aguardaba la mejor ocasión para darle la noticia porque, ante todo, estaban los deberes de Wain como laird. La joven sabía que, como todos los años por esas fechas, debería ausentarse para reunirse con clanes afines al suyo a fin de reforzar las alianzas y los juramentos de cooperación. No quería, por tanto, distraerle de sus ocupaciones, ya habría tiempo de darle la sorpresa cuando regresara a Durney Tower. Apenas estaba de tres meses, no había engordado casi y ya soñaba con ver la carita de su hijo y ver la de Wain cuando supiera que iba a darle un heredero.

Wain saludó efusivamente al hombre del laird con el que su madre había decidido compartir su vida. El recién llegado les transmitió los saludos de su jefe y de lady Alien, su madre, y aceptó unirse a ellos durante la comida.

—¿Cómo está Helen? ¿Warren tiene un nieto por fin? ¿Y mi hermana? —preguntó Wain mientras se sentaban a la mesa sobre la que los criados iban colocando bandejas de comida y jarras de vino—. ¿Tan pronto se ha olvidado de nosotros desde que se cobija bajo las faldas de mi padrastro que ni nos manda saludos?

El gesto de estupor del otro llamó la atención de Sheena, que se olvidó de la comida, aunque en los últimos días devoraba cuanto le ponían delante.

—¿Vuestra hermana, laird? Casualmente lady Alien me rogó que la apurase. Lady Helen se encuentra a punto de dar a luz y lady Josleen prometió estar a su lado.

—¿Qué? —Wain se quedó lívido.

Pocas explicaciones le fueron precisas para enterarse de que su hermana no había llegado nunca al castillo de los McCallister y que nada sabían de ella. Alterado, con el corazón galopando desenfrenado en el pecho, intuyendo un peligro para el que no estaba preparado, supo también que su padrastro no le había hecho llegar mensajero alguno para confirmarle la llegada de Josleen. No hacía falta mucho más para que Wain sacara conclusiones. Dos días después de marcharse Josleen había recibido noticias de un robo de ganado cerca de una de las aldeas por la que ella y su guardia debían pasar, y los lugareños habían jurado que el grito de guerra y el color de los tartanes eran de los McFeresson. No le había dado más importancia que la que tenía: un robo. Pero tras las funestas noticias, comprendía el motivo por el que no habían recibido más mensajes de Josleen: la habían raptado.

Durney Tower al completo se puso en pie de guerra y la noticia de que Josleen había sido hecha prisionera por los McFeresson corrió de boca en boca. Fueron muchos los labradores que se llegaron a las puertas del castillo, armados con rastrillos y palas, pidiendo unirse a su laird en la búsqueda.

Por fortuna, Sheena hizo entrar en razón a Wain haciéndole ver que aquellos hombres carecían de conocimientos bélicos, que no estaban preparados para una confrontación, haciendo que les diera orden de regresar a sus casas.

Antes del anochecer Wain estaba listo para partir, dejando solamente un pequeño destacamento para proteger la fortaleza.

Montado sobre su caballo, sintió la mano de su esposa que se posaba en su pierna y sus ojos llorosos le conmovieron. Acabó de impartir instrucciones y luego, tomándola de la cintura, la alzó hasta él para robarle un beso de despedida.

—Seca esas lágrimas, mujer, porque voy a traer a Josleen sana y salva —le juró.

—Tráela a ella, Wain, pero cuídate, no hagas locuras y regresa a mi lado. No quiero que nuestro hijo crezca sin un padre.

Se la quedó mirando unos segundos sin entender. ¡Un hijo! La inesperada y placentera nueva detuvo los latidos del corazón del joven laird. No sabía qué decir, su pecho estallaba de alegría y, por un instante, se le olvidó todo. Asimilando después que iba a ser padre, sonrió de oreja a oreja, la abrazó con fuerza y volvió a besarla. La dejó resbalar con mucho cuidado, como si de pronto ella fuese de cristal y pudiera romperse. Hubiera deseado quedarse junto a ella, pero no era posible.

—Mi hijo tendrá a su padre y a su tía, mi amor. Te lo juro por el honor de los McDurney.

Sheena se hizo a un lado para dejarle partir mientras se le desgarraba el alma temiendo que le pudieran herir. Quisiera Dios que regresara a ella de una pieza y que no le hubiera pasado nada malo a su cuñada. Para no estorbar a los que partían, se apartó, escuchando a su esposo dar órdenes a dos de sus hombres para que recabaran ayuda a McCallister y a Gowan.

—Que se reúnan con nosotros en el río que marca la frontera con las tierras de los McFeresson lo antes posible.

Sheena les vio salir a galope tendido sabiendo que unos y otros acudirían a la llamada de Wain. Constituirían una fuerza suficiente como para empezar una guerra. Rezó nuevamente por su esposo y alzó la mano para despedirle cuando él se volvió a mirarla antes de atravesar el portón. En todo momento sostuvo la sonrisa en los labios, aunque deseaba echarse a llorar. Saludó también al hombre que iba la derecha de Wain: Barry Moretland.

Barry le hizo una inclinación de cabeza y luego siguió a su jefe con el entrecejo fruncido. Había alcanzado a oír las palabras de la muchacha anunciando a Wain la llegada de un heredero y le hervía la sangre. Era un inconveniente, pero tampoco importaba demasiado: Wain no regresaría de la contienda con los McFeresson, él se encargaría personalmente de que así fuera. Llevaba tiempo aguardando su oportunidad y solo le restaba esperar que Evelyna hubiera llevado a cabo su cometido y que Josleen estuviera dos palmos bajo tierra. Entonces, no quedaría nadie que pudiera impedirle hacerse con los mandos, salvo Sheena, y a la joven esposa del laird no sería difícil quitarla del medio. O, tal vez, no. Puede que decidiese quedarse con ella, era hermosa y no tan arisca como la hermana de Wain. Podría llegar a ser la perfecta esposa para él. Desde luego, debería olvidarse del bastardo que esperaba, él no pensaba hacerse cargo del crío, tendría que morir.

36

Kyle se daba cuenta de cuánto disfrutaba ella enseñando a los niños y de cuánto disfrutaba él mirándola hacerlo. Había dejado de lado todos sus compromisos para poder ver a Josleen instruyendo a los pequeños.

Josleen había conseguido hacer de aquella primera reunión una fiesta para los críos, que entre gritos y risas, guiados por ella, se zambullían en el agua y daban inexpertas brazadas bajo la atenta mirada de algunas madres, que no cesaban de vigilarlos. Realmente, Josleen tenía un don especial para tratar con los muchachos: regalaba su atención a cada uno de ellos, los animaba, rectificaba sus movimientos, calmaba con mimos al que era más remiso a lanzarse al agua y, entre caricias y bromas, lograba que todos siguieran sus mandatos. A Kyle le parecía un hada con el cabello y la ropa chorreando agua.

Cuando dieron los ejercicios por finalizados, él presintió que las mujeres de su clan irían a la guerra si Josleen se lo pedía. Se había ganado a todas y a cada una de ellas. No le sorprendía la facilidad con que la hermana de Wain conseguía llegar al corazón de las personas, era su mayor virtud. ¿Acaso no había entrado en el suyo, haciéndose dueña y señora de él?

Lo que sí le pilló por sorpresa fue que ella le diera un beso en la mejilla cuando se le acercó. Se la veía empapada, pero feliz. Mucho más le turbó encontrar a toda su familia reunida en el salón, cuando ellos bajaron tras haberse tomado unos minutos para subir a la habitación a cambiarse de ropa.

James y Duncan le sonreían como dos memos, su madre se había acicalado como hacía mucho tiempo que no lo hacía y le miraba radiante. Y Malcom... Malcom le dio un abrazo al entrar, comportándose después como un auténtico caballero ofreciéndole un banco a Josleen, sin apartar los ojos de él como solía ser su costumbre. Incluso los hombres que les acompañaban esa noche se mostraban más dicharacheros. Para su total regocijo, y una vez acomodada Josleen, Malcom decidió que su sitio estaba junto a él. Le enterneció el gesto porque, hasta entonces, siempre se sentaba al lado de su abuela, lo más lejos posible.

La cena —aquella noche caliente y jugosa— transcurrió entre comentarios y bromas sobre lo acontecido. Cuando surgió en la conversación el nombre de Wain, Josleen tuvo la prudencia de guardar silencio. Kyle estaba fascinado por el cambio de actitud de todos y dejó aflorar el buen humor. La presencia de Josleen apartaba las nubes de tormenta, creaba un ambiente distendido y hogareño allá donde iba, y él le estaba profundamente agradecido.

No. No era una atracción transitoria la que sentía hacia ella, se dijo mientras la miraba departir con Duncan: estaba enamorado de Josleen como un pollino.

En silencio, subieron las escaleras sin tocarse, casi como dos extraños, aunque permanecía entre ellos el humor compartido durante la velada.

Kyle rabiaba por estar a solas con ella, por estrecharla entre sus brazos y hacer que olvidara el amargo episodio de la mazmorra. No cesaba de fustigarse por haberla mantenido en una celda, ni paraba de preguntarse si ella insistiría en ocupar definitivamente otra habitación.

Josleen daba vueltas en su cabeza al mismo dilema porque, por un lado, su cerebro le decía que lo mejor era mantener las distancias y, por otro, su corazón insistía en limar asperezas y entregarse a sus besos. ¡Qué complicado le resultaba decidirse! La mirada se le iba una y otra vez hacía Kyle y no era capaz de dejar de admirar ese aire gatuno con el que caminaba, su inmejorable estampa, el poder innato que despedía en cada gesto y palabra sin proponérselo. ¿Qué le costaba ceder y decirle que se había equivocado? No quería más cuarto que el de él ni una cama que no fuera la suya. ¿Cómo podría dormir sola después de haberlo hecho tantos días al abrigo de sus brazos? Le deseaba de un modo irracional, ya había perdido la honra en su lecho, así que ¿qué importancia podía tener volver a dejarse seducir? Cuando se amaba del modo en que ella amaba a ese hombre, las normas morales carecían de importancia y el orgullo era barrido por la pasión.

Kyle hizo honor a su palabra, para desconsuelo de

ella, conduciéndola hasta una habitación al final de la galería, lejos de la suya. Tomó una de las antorchas que colgaban del muro, le abrió la puerta y le cedió caballeroso el paso, entrando luego tras ella para enganchar la luz en una de las argollas. A Josleen se le cayó el alma a los pies. No era un cuarto demasiado grande, pero sí parecía cómodo: una cama amplia, un bonito arcón a los pies de la misma y una mesa con dos sillones cerca de la chimenea. La ventana estaba entreabierta y una suave brisa entraba en la recámara haciendo titilar la llama de la antorcha. Sí, era un lugar agradable, pero así y todo no era el de Kyle. Vio que sus propias pertenencias habían sido colocadas a un lado.

—Gracias por haber hecho traer mis cosas —musitó.

Se volvió hacia él y el corazón le dio un vuelco. Kyle se la comía con los ojos cargados de deseo. El mismo que la atormentaba a ella. Se le secó la boca imaginando poder volver a acariciar ese cuerpo granítico, pasar sus dedos por el oro de su cabello largo, besar esos labios que la volvían loca. Recordó cada una de las caricias que se habían prodigado y sintió que se excitaba. Él era la viva imagen de la vitalidad y la virilidad, puro sexo. Y ella, vulnerable a sus encantos.

Kyle fue consciente del modo ansioso en que lo observaba y se le formó una sonrisa en los labios.

«Es una aberración que un hombre pueda ser tan atractivo», pensó Josleen. Volvió a disculpar los celos de Evelyna Megan, porque ella misma había sentido su mordedura cuando Kyle sonreía a otras mujeres, poco importaba si eran gordas, casadas o feas. A todas las veía como contrincantes. Era una estupidez, lo sabía, pero no podía remediarlo.

—¿Me darías un beso de buenas noches, muchacha?

Su voz, aterciopelada y sensual, y la inesperada petición, la dejaron sin habla, vibrando de anticipación. Besarle. ¡Dios bendito, si no deseaba otra cosa!

—Mejor que no —respondió de todos modos, tratando de controlar su creciente nerviosismo.

Kyle suspiró hondo. Danzarinas mariposas revolotearon en el estómago de ella viendo cómo se le hinchaba el pecho. Se recriminó por mantener una actitud distante cuando estaba deseando lanzarse sobre él y comérselo a besos.

—Que descanses entonces, Josleen. Gracias por este día y por hacer felices a los pequeños.

Ella asintió con un gesto y caminó tras él para cerrar la puerta. Kyle traspasó el umbral y ella sujetó la madera mientras aguantaba las lágrimas. ¿Realmente iba a dejarle marchar? ¿Dónde quedaba eso de que el orgullo podía ser vencido por la pasión?

A pesar de mostrar indiferencia, Kyle bramaba por dentro. Qué iluso había sido pensando que ella, por el hecho de haber recobrado su libertad, iba a volver a prodigarle su cariño. Veía el deseo en sus ojos y, aun así, no cedía un palmo. No, Josleen no pediría disculpas por haberle obligado a encerrarla. ¿Y él? ¿Era tan majadero como para permitir que su ego le impidiese volver a estar al lado de esa mujer? ¿Tan mezquino como para no ser él quien claudicase? Cualquier humillación era poca con tal de volver a tenerla en su lecho.

Josleen volvió la cabeza para esconder la lágrima

que se le escapaba, pero no con la suficiente rapidez como para que Kyle no la viese. Fue el detonante que le hizo recapacitar: no quería perderla. La tomó de la cintura, la pegó a él y bajó la cabeza para poseer su boca. Como una brasa ardiente, el beso incendió cada terminación nerviosa de Josleen que, al igual que él, derrumbó sus defensas y se entregó a la caricia.

Se besaron como dos locos, enardecidos por una pasión que los consumía, que los embriagaba y los cegaba. Para ellos no existía ya otra cosa que la boca del otro, sus manos buscando el cuerpo amado: se acariciaron, se deleitaron con el contacto de la otra piel. Ambicionaban poseer y ser poseídos, dejarse arrastrar por el empeño común de amarse.

Las manos de Kyle estaban en todos los lados: en el rostro de Josleen, en su cuello, en sus hombros. Le hizo sentir su excitación apretándose contra ella sin dejar de besarla. Las de Josleen le acariciaban los brazos, la espalda, apretando sus nalgas, buscando su hombría.

Kyle cerró la puerta con el tacón de su bota, la cogió en brazos y la llevó a la cama.

Ella se colgó de su cuello, buscó su boca sin dejar de prodigarle ardientes y descaradas caricias. Solo quería ser suya, sentirlo otra vez en su interior. Aunque hubieran de separarse después, aunque sus mundos los llevasen por distintos caminos, la dicha de esos maravillosos momentos perduraría en ella hasta la muerte. Ahora Kyle le pertenecía y no había nada más que pensar.

El lecho los recibió como un nido confortable y ella se abandonó por entero mientras, en loco afán, empezaba a tirar de la camisa de Kyle, posando sus labios en la piel que iba desnudando.

Él hacía otro tanto, recorriendo su boca el cuerpo de Josleen sin dejar una sola pulgada por besar, descargando regueros de fuego a su paso, haciéndola gemir y retorcerse mientras pronunciaba su nombre. Kyle deseaba alargar el momento de la unión, quería que esa noche fuera eterna, que no acabase nunca. Ella lo incitaba a poseerla, hundía los dedos en su carne, se retorcía y suplicaba llevándolo a la locura.

Porque amar a esa McDurney era enloquecer.

Josleen no pudo acallar un grito cuando se unieron por fin y el orgasmo la alcanzó como un rayo. Se abrazó a él mientras los espasmos de placer la estremecían y escuchaba el gemido de Kyle entregándose a ella.

Unidos sus cuerpos y sus almas, regresaron al mundo real momentos después y, mirándose a los ojos, se dijeron en silencio cuánto se amaban.

37

Ella se tapaba recatadamente con las mantas.

Él, por el contrario, yacía descaradamente desnudo.

Josleen sonrió y aceptó el trocito de fruta que Kyle le puso en la boca, sintiendo que el corazón se le derretía de amor por aquel hombre.

—De modo —dijo él, como si lo hubiera recordado de repente— que, según tú, tengo desatendidos a los míos. —Ella se sonrojó hasta la raíz del cabello. No podía decir, ciertamente, que a ella la tuviese muy desatendida—. ¿Podrías explicarte mejor?

Recordó Josleen las amargas palabras que le dijera y desvió la mirada. ¿Quién era ella para recriminarle su proceder? Que se hubiera convertido en su amante no conllevaba que pudiera dirigir su vida, lo reconocía. Tampoco a su hermano le gustaba que le dijesen a la cara lo que hacía mal, en eso eran muy parecidos. Pero si ella podía poner su granito de arena, aunque volviese a enfadarlo, no iba a esconder la cabeza bajo tierra.

—Tu madre debería casarse de nuevo.

Kyle enarcó las cejas, se apoyó sobre un codo y buscó sus ojos.

—¿Casarse? Ni siquiera parecía interesarle seguir viviendo a veces... Lo cierto es que en los últimos días está diferente, no sé, más animada, hasta ha recobrado su sonrisa y esta noche la he visto tan hermosa como antes.

—Tu madre es aún una mujer preciosa y joven. Ha podido estar sumida en la tristeza desde que murió tu padre, pero no tendría nada de extraño que quisiera rehacer su vida buscando a un buen hombre. El dolor se mitiga con el tiempo, Kyle. Al igual que mi madre, cuando quedó viuda se refugió en la soledad hasta que conoció a Warren McCallister.

—Nada me gustaría más que volviera a ser como era antes, echo de menos su sentido del humor y sus risas.

—Pues por lo que he podido observar, hay un guerrero con el que parece sentirse muy cómoda.

McFeresson elevó más las cejas en un gesto de incredulidad y ella le golpeó en el hombro.

—¿De quién se trata?

—Serman Dooley.

—¡Serman! —Se sentó de golpe.

—No sé de qué te extrañas. ¿Por qué gritas su nombre como si te desagradara? Es un tipo bien parecido, no irás a negármelo. Les he visto juntos y bueno... —Se le escapó una risita—. Lo cierto es que me las apañé para que tuvieran un encuentro y les estuve espiando.

Kyle se acomodó en el cabecero de la cama y cruzó los brazos sobre su poderoso pecho.

—Así que les estuviste espiando —dijo, cada vez más interesado—. ¿Y...?

—Se aman. Sí, Kyle, no pongas esa cara, se aman. Es un sentimiento que no se puede ocultar. Serman es uno de tus mejores hombres, no está en la indigencia. ¿Qué tendría de malo entonces que se convirtiera en el nuevo esposo de tu madre?

—Que sería mi padrastro, ¡por los clavos de Cristo!

—Yo no puedo quejarme del mío, aunque tampoco me hizo mucha gracia cuando le conocí. Ahora me alegro de que mi madre lo pusiera en nuestras vidas.

—Serman nunca ha dado muestras de... Nunca me ha dicho palabra de que sienta algo por mi madre.

—Seguramente no se atrevió porque desconocía si Elaine le correspondía. Pero la cosa ha cambiado y, si yo no escuché mal, tiene intenciones de pedirte la mano de tu madre.

Kyle se quedó callado bastante tiempo y ella temió que la idea le desagradase tanto como para oponerse. Como laird del clan, estaba en su derecho negarse a esa unión. A Josleen se le iluminó la mirada cuando, por fin, le escuchó reír bajito.

—Serman es un buen sujeto y tiene mi respeto. Lo que lamento es no haberme dado cuenta hasta ahora de lo que ocurría en mi propia casa.

—Tú y tus hermanos veis a Elaine como una madre devota, como una abuela que se desvive por Malcom, pero no como una mujer en lo mejor de la vida. —Le acariciaba el pecho mientras hablaba—. Debe de amarla desde hace mucho, por eso tal vez nunca se ha casado. Porque no se ha casado, ¿verdad? —Kyle negó—. Ahí lo tienes. Tenías que haber visto como yo el modo en que mira a tu madre, la ternura que desprende cuando está a su lado. Parece un corderito.

—¿Serman un corderito? —Se echó a reír.

—¿Consentirás si te pide hacerla su esposa?

—Si mi madre acepta, nada tengo yo que objetar. Dooley es un hombre íntegro y un inmejorable guerrero al que debo mucho.

Josleen se inclinó hacia él para besarlo en los labios. Sabían a fruta y a deseo.

—No esperaba menos de ti. Gracias en nombre de ambos.

—¿Qué pasa con Malcom?

Ella jugueteó un momento con el vello que le cubría el pecho, remisa a atacar por ese flanco. Porque una cosa era interceder por Elaine y Serman y otra, bien distinta, decirle que no lo veía como un buen padre. Sin embargo, en los días que llevaba en Stone Tower había llegado a sentir auténtico cariño por el pequeño, y se lo debía.

—Malcom sueña con convertirse en un guerrero como tú. Para eso necesita una mano firme que le enseñe, que le guíe, que le explique las cosas.

—¡Por Dios, Josleen, es un niño!

—Es un niño, sí, pero no un bebé de pañales. Tiene edad suficiente para que se le empiecen a dar oportunidades y, sobre todo, necesita estar a tu lado y que le demuestres que te importa.

—Me importa y le quiero, que no te quepa duda.

—Si al menos le dejases acompañarte alguna vez, cuando sales de caza...

—Una partida de caza no es un juego, mi preciosa gata. No es lugar para un crío.

—Estar contigo es su lugar.

Kyle la tomó en sus brazos e hizo que se recostase contra su pecho.

—Puede que dé la impresión de que lo mantengo alejado, lo admito. Mis múltiples obligaciones apenas me dejan tiempo que dedicarle, Josleen, pero es mi hijo y no deseo que le suceda nada malo. Tal vez cuando tenga un par de años más lo lleve conmigo.

—Y tal vez puede que, para entonces, sea demasiado tarde. Kyle, Malcom te admira como si fueras un dios. Trata de imitarte en todo. Te copia en el modo de hablar, de caminar, de fruncir el ceño. He hablado con él y he visto cuánto te necesita. Si dejas que pase el tiempo es posible que acabe encerrándose en una concha de la que después le será difícil salir.

Kyle acariciaba su cabello y callaba. Ella no quiso seguir insistiendo, había hecho lo que había podido por ayudar al pequeño y esperaba que sus palabras dieran fruto.

Al cabo de unos minutos él se levantó de la cama y empezó a vestirse. Los ojos de Josleen no se perdieron ni uno de sus movimientos, pendiente de su reacción.

—He de encargarme de un par de cosas —dijo Kyle enfundándose una daga corta en la bota derecha—. No me esperes despierta.

Le dio un beso rápido y abrió la puerta. A ella le quedó la amarga sensación de haber fracasado. La alegría por haberle arrancado la promesa de permitir que Elaine rehiciera su vida le sabía a poco, y la enojaba en grado sumo que Kyle no quisiera compartir con ella lo que pensaba hacer con el niño. ¡Era un zoquete!

—¿Una de esas cosas no será pedir de una vez el rescate a mi hermano?

A Kyle le dolió su tono malhumorado recordándole el motivo por el que se encontraba allí. Reprimió un taco. Entendía que ella deseara regresar a su casa, pero después de aquella noche, después de todas las noches que habían pasado juntos, se lo llevaban los demonios viendo que ella parecía deseosa de abandonarle. Desde un principio había sabido que el romance entre ellos llegaría a su fin, pero ahora le angustiaba pensar en perderla. ¿Y quién le decía a él que Josleen no tenía a algún otro hombre esperándola? No sabía mucho de su anterior vida. Los celos se lo comían y no refrenó una respuesta brusca.

—Es muy posible que sea uno de mis objetivos, señora.

Cuando la puerta se cerró con estruendo tras sus anchas espaldas, Josleen reprimió un sollozo. ¿Por qué siempre tenían que acabar discutiendo? ¿Por qué hubo de mencionar el rescate? Pues porque era perentorio que se llevara a cabo, no podía estar indefinidamente en Stone Tower, alejada de los suyos, sin darles razones de dónde y cómo se encontraba. Una persona no desaparece así como así, en la nada. Se debatía entre la añoranza de sus gentes y el profundo amor que sentía por Kyle, y eso la estaba destrozando porque regresar con su familia significaba perderlo a él.

Aprovechó la mañana para pasear a solas y para pensar seriamente en su situación. Con la excusa de un terrible dolor de cabeza, se refugió en la habitación de

Kyle, donde habían vuelto a llevar sus cosas, y no bajó siquiera a comer. Él no fue a verla durante todo el día y Josleen solo habló unos minutos con Elaine, que subió a interesarse por su teórico malestar. Sin embargo, a la hora de la cena dejó de lamentarse y decidió bajar al salón a presentar batalla. Exigiría a Kyle, de una vez por todas, que contactara con su hermano. No podía pelear por más tiempo con sus sentimientos, era necesario que se marchara de Stone Tower cuanto antes; solo en la distancia podría aclarar sus ideas y buscar una solución.

Sonrió a James y a Duncan, guiñó un ojo a Elaine y acarició el cabello dorado de Malcom cuando el niño se acercó a saludarla ocupando luego su lugar en la mesa. No se molestó en mirar a Kyle, ocupado cuando ella llegó hablando con uno de sus hombres. Cuando comenzaron a servir la comida, Josleen volcó su atención en el modo en que Elaine y Serman cruzaban miradas, cada uno a un extremo de la mesa, y se alegró por ellos: al menos el condenado McFeresson había cedido en ese punto.

—¡Serman!

La voz del laird hizo levantar la mirada a todos y Dooley dejó de comer haciendo intención de levantarse. Kyle le indicó con la mano que volviera a sentarse.

—Me han dicho por ahí que tienes algo que decirme.

El corazón de Josleen dio un salto. A pesar de ser un hombre hecho y derecho, en ese momento le pareció que Serman se encogía. Rezó para que Kyle no le intimidase lo suficiente como para callar.

Lentamente, Dooley se puso en pie sin dejar de mirar a su joven jefe.

—En efecto, laird.

—Bien, ¿qué es?

—Quiero pediros, humildemente, la mano de lady Elaine.

Un murmullo de asombro recorrió el salón de lado a lado.

Kyle asintió, tomó un poco de pan y se entretuvo en masticar el bocado tranquilamente mientras los cuchicheos iban en aumento y todos estaban pendientes de una respuesta. Josleen, viendo que guardaba silencio, empezó a golpear el suelo con el pie y a mirarlo de malos modos.

—¿A qué estabas esperando para proponérmelo, Serman? ¿A que llegaran las lluvias? —Dirigió la atención a su madre—. Señora, ¿vos estáis de acuerdo?

Elaine se levantó también. Tenía las mejillas de alabastro y no se atrevía a mirar de frente a su hijo.

—Lo estoy, Kyle —contestó tan bajito que algunos se preguntaron qué había dicho.

—Entonces no hay más que hablar, ¿no es cierto? La boda se celebrará dentro de un mes.

Se armó un revuelo descomunal. Todos abandonaron sus puestos para felicitar a la dama y a Serman, James y Duncan aprovecharon para gastar bromas al guerrero, que las aceptó de buen grado, y hasta se atrevieron a dar consejos pícaros y jocosos a su madre, que se sonrojó echándose a reír. Malcom se abrazaba a su abuela sonriendo de oreja a oreja.

Mientras dejaba que los presentes disfrutaran, Kyle

permanecía con una media sonrisa en los labios observándoles. Cruzó su mirada con la de Josleen, se encogió de hombros y le lanzó un beso con la mano.

Ella rebosaba de felicidad viendo a Serman tomando de las manos a la madre de Kyle, adorándola sin palabras, y se le olvidó su irritación. Nunca antes una de sus argucias había dado tan buenos resultados. Kyle había cumplido la palabra dada y ella quería besarlo. Pero si creía que todo quedaría en la buena nueva, se confundió porque, cuando las chanzas remitieron y los presentes volvieron a tomar asiento para brindar por la pareja, Kyle volvió a acaparar la atención diciendo:

—Mañana saldremos de caza, la despensa empieza a resentirse de vuestra glotonería. —El comentario fue acogido con risas. Josleen esperó, con el alma en un puño viendo que Kyle dirigía sus ojos hacia el pequeño—. Malcom, ¿te gustaría acompañarnos?

El niño casi derramó su cuenco de sopa al escucharle. Lo miró arrobado, como si acabaran de hacerle el mejor de los regalos, con una expresión tan dichosa en su carita que a Josleen se le hinchó el pecho de agradecimiento.

—Por supuesto, padre —contestó después de tragar saliva, con los iris brillantes de emoción.

—Estupendo. —Kyle le dedicó una sonrisa—. Espero que puedas cazar un buen ciervo... —Josleen puso los ojos en blanco— o un jabalí.

La carita de Malcom se quedó lívida y miró a su padre con dudas. Todos estaban pendientes de él, se sentía acobardado y su voz fue apenas un susurro al preguntar:

—¿No daría igual un conejo o una liebre, padre?

Kyle, sin poder remediarlo, estalló en carcajadas y, por primera vez desde que era un bebé, se levantó para tomar a su hijo por las axilas y sentarle en su regazo. Malcom no acertaba a hablar, pero su rostro lo decía todo, y mostraba tal adoración por su padre que a Elaine se le escapó una lágrima de felicidad mirándoles.

—Ya habéis oído, caballeros: mi hijo se encargará de los conejos. Y llevando mi sangre, os juro que tendremos para todo el invierno.

Josleen no podía contener el llanto por más tiempo y, para no ponerse en evidencia, aprovechó la algarabía general para escabullirse del salón sin que repararan en ella.

Una zarpa atenazó el corazón de Kyle al verla marcharse. ¿Qué demonios había hecho mal ahora? ¿Acaso no había dado su consentimiento para la boda de su madre? ¿No acababa de hacer lo que ella le había pedido con respecto a Malcom? Deseó seguirla, pero entre todos le retuvieron en el salón.

Kyle empujó la puerta de su habitación mucho más tarde, temiendo no encontrar a Josleen en ella.

Sin embargo, lo esperaba metida en el lecho y, apenas entró, le tendió los brazos llamándolo a su lado. Se perdió en ellos sin pensarlo dos veces.

Horas después juraba que nunca antes le habían agradecido a un hombre de igual manera invitar a un mocoso a una partida de caza.

38

Josleen se pasó el cepillo por el cabello, algo descuidado desde que dejara Durney Tower puesto que solía ser Sheena la que se encargaba de cepillárselo todas las noches, porque ella no tenía paciencia. Recordar esos momentos de intimidad con su cuñada, durante los que aprovechaban para contarse confidencias, la puso triste.

Dio un brinco en la banqueta cuando escuchó un ruido al otro lado de la puerta. Se animó pensando que era Kyle, pero no entró nadie. Extrañada, dejó el cepillo, abrió y echó un vistazo. No había un alma, pero en el suelo destacaba un trozo de cordel rojo que provocó en ella un estremecimiento. Era la señal. El momento preciso para una cita de lo más extraña. Recogió el cordón, cerró, se sentó a los pies de la cama y rememoró el modo inquietante en que había sido abordada esa misma tarde.

Cerca de la torre sur, algunos hombres se entrenaban en el lanzamiento de troncos para participar en las competiciones que solían llevarse a cabo durante el verano. Josleen les observaba entre divertida y admirada cuando una gangosa voz femenina a su espalda la hizo envararse.

—No se vuelva y escuche: el laird no pedirá nunca el rescate que le ha prometido. No puedo ayudarla porque siempre está vigilada, pero conozco el modo para que sus amigos puedan escapar de aquí.

—¿Quién es usted?

—Eso no importa. Si quiere ver libres a los suyos, suba esta noche a la torre norte. Agarre esto. —Una mano cubierta de harapos le hizo llegar un cordel rojo—. Dejaré uno igual en su puerta cuando sea el momento.

Se había dado la vuelta en cuanto le fue posible, pero no pudo ver a nadie. Primero pensó que alguien intentaba burlarse de ella, luego que podía ser una trampa, después que se trataba de una persona resentida con Kyle. Fuera quien fuese, se le vinieron unas cuantas palabrotas a los labios. Así que Kyle no tenía intenciones de pedir rescate alguno. ¿Por qué? Si la mujer estaba en lo cierto lo mataría con sus propias manos. Pero ¿quién era ella, por qué la avisaba y qué interés tenía? ¿Era posible que fuese todo una maquinación de la madre de Kyle, agradecida sin duda de que hubiera intercedido por Serman? Tal vez incluso era cosa de él mismo.

Comenzó a pasearse por el cuarto cambiando el cordel de una mano a otra sumamente nerviosa. Ella deseaba estar junto a Kyle porque lo amaba, pero no consentiría que la estuviera engañando, no podía permitir que la apartase de su familia como si nunca hubieran existido. Mucho menos admitiría que los hombres de su escolta permanecieran durante más tiempo privados de libertad. ¿Qué pensaba Kyle hacer con ellos? Si era cierto que alguien podía ayudarla a que salieran de Stone Tower y regresaran con Wain, ella tenía que actuar sin demora.

Salió del cuarto y se encaminó con paso decidido hacia la torre norte sin dejar de darle vueltas a la cabeza a la posible identidad de su benefactora. Bueno, pronto sabría de quién se trataba.

39

En las márgenes del río que hacía frontera con las tierras de los McFeresson, las botas de Wain empezaban a formar un surco de tanta ida y venida.

Uno de sus lugartenientes se le acercó y le tendió un pellejo de whisky que él aceptó agradecido.

—Debemos esperar un poco más —le dijo el otro viendo la mirada vidriosa del joven fija en la otra orilla de la corriente.

—Si no llegan pronto marcharemos en solitario.

—Somos un buen número de hombres, pero los McFeresson no carecen de guerreros y sería una locura enfrentarnos a ellos sin la ayuda de nuestros aliados.

—Lo sé —gruñó Wain, bebiendo largamente—. ¡Maldita sea, lo sé!

—Los McCallister y los Gowan estarán aquí seguramente mañana, entonces contaremos con hombres suficientes como para atacar Stone Tower y rescatar a lady Josleen.

—¡Pasaré a todos por las armas, Teddy, lo juro! —se

encolerizó el joven—. ¡No dejaré una piedra sobre otra!

—Que así sea.

Wain asintió agradeciendo su lealtad. Desde que descubriese la desaparición de Josleen y de los hombres que la custodiaban, le carcomía una rabia sorda que iba en aumento según pasaban las horas sin noticias de sus aliados.

—Esta enemistad ha durado ya demasiado —le dijo a su lugarteniente—. Desde que el bisabuelo de ese jodido McFeresson asesinó al mío. Desde entonces no hemos tenido paz, nunca la tendremos y ya va siendo hora de cobrarnos la afrenta.

—El rey no estará de acuerdo con lo que pensáis hacer.

—Este asunto no le concierne. Jacobo quiere acabar con los enfrentamientos entre nuestros clanes, ¿verdad? Pues no veo mejor modo que aniquilando a los McFeresson de una vez por todas. Muerto el perro, se acabó la rabia.

—Deberías haberlo matado cuando te enfrentaste a él hace tiempo —le dijo.

—Debería, sí. Casi acabé con su asquerosa vida, pero ese desgraciado tiene más vidas que un gato. Esta vez no fallaré y te aseguro que pondré su dorada cabeza clavada en la puerta de Durney Tower.

Josleen ascendió con cuidado las escaleras que daban acceso a la torre sin dejar de preguntarse qué era lo que movía a Kyle para no querer pedir el rescate por ella. No acababa de encontrar la lógica a una idea tan descabellada porque Wain, más pronto que tarde, acabaría por saber dónde se encontraba y, cuanto más tiempo pasara, mayor sería su cólera.

Cuando llegó arriba, le asaltaron las dudas. La almena de la torre era un lugar peligroso, estaban remodelándola, por todos lados había maderas y el suelo estaba cubierto de tablones que se adivinaban poco seguros. No era el mejor sitio para una cita, aunque reconocía que si la persona que quería hablar con ella no deseaba ser vista, había elegido el lugar adecuado. Por lo que ella sabía, las obras se habían paralizado por falta de medios y nadie subía allí.

Tratando de fijarse dónde pisaba, avanzó unos metros.

Llamó sin que nadie contestara. Tropezó con una viga que sobresalía y sofocó un grito de alarma echándose hacia atrás y buscando apoyo. Justo en ese momento, el inestable suelo cedió bajo sus pies. Las tablas, seguramente podridas, se partieron debido a su peso y Josleen se precipitó al vacío mientras llegaba a ver, por el rabillo del ojo, unos cabellos largos que identificó con Evelyna Megan.

Liria la incorporó ligeramente para obligarla a beber, haciendo que se recostara de nuevo sobre los almohadones. Luego, en silencio, recogió sus cosas y cruzó el cuarto. Antes de salir echó una mirada a su laird: nunca le había visto tan hundido y desolado. Ni siquiera cuando su esposa, Muriel, lo maldijo y maldijo a Malcom recién nacido. Tampoco cuando había estado a un paso de la muerte por la herida infligida por Wain Durney. Ahora, con la mirada angustiada, sin querer separarse del lecho en el que Josleen seguía inerte, parecía a punto de enloquecer.

Kyle había permanecido junto a la cabecera de la cama desde que llegó de la partida de caza y le informaron del terrible accidente. No había podido dormir ni comer, devorado por la angustia y el terror más absoluto.

¿Qué diablos estaba haciendo ella en la torre en obras? Había sufrido una caída desde una altura considerable y, por si fuera poco, una viga la había golpeado después multiplicando sus heridas. Tenía cardenales por todo el cuerpo y arañazos en una mejilla pero, por fortuna, y según Liria, no había huesos rotos. Entonces, ¿por qué no despertaba? ¿Por qué seguía allí, con los ojos cerrados y sin contestarle?

—No sentirá dolor —le dijo la cocinera antes de salir—. La pócima que acabo de administrarle hará que duerma, es la misma que ella hizo para mí. Y vos, mi señor, deberíais descansar.

Kyle miró a la mujer sin verla y asintió mecánicamente. Cuando se cerró la puerta volvió a acariciar el rostro de Josleen. Le dolía el pecho y la garganta de contener las ganas de llorar. Tenía la barba crecida, las ropas arrugadas y no había probado bocado desde hacía horas, pero se negaba a separarse de ella. No podía dejarla, tenía miedo a abandonar el cuarto por si, al regresar, Josleen hubiera empeorado.

Cerró los ojos y se le escapó un gemido de abatimiento.

No dejaba de repetirse que ella, aunque de apariencia frágil, era una muchacha sana y que se recuperaría, pero sus ansias por verla restablecida reñían con el pánico que lo atenazaba. Josleen había despertado solo para mirarle con sus ojos cargados de dolor, volviendo de inmediato a caer en brazos del desmayo. Y él estaba destrozado, aterrado, vapuleado por un mar de emociones, sin poder apartar la mirada de ella. Quería a esa mujer, la necesitaba a su lado. No le importaba quién era su familia, qué apellido llevase, solo sabía que era suya, que le pertenecía en cuerpo y alma de igual modo en que él le pertenecía a ella, y que daría su vida por Josleen.

Algo húmedo le resbalaba por las mejillas y se dio cuenta de que estaba llorando. No recordaba cuándo había llorado por última vez. Ni siquiera si lo había hecho siendo ya adulto, guardando siempre a buen recaudo sus emociones.

Josleen se removió en el lecho dejando en el aire un quejido y Kyle se apresuró a tomar una de sus manos entre las suyas. Le habló en susurros, le rogó que despertara, pero ella seguía inerte, sin reaccionar al sonido de su voz.

Se sentía miserable porque él tenía la culpa de lo sucedido, él era el causante de que esa mujer que lo había hechizado estuviera ahora, tal vez, a las puertas de la muerte. Si no la hubiera raptado, si le hubiera dejado seguir su camino, si no...

—¿Papá?

Kyle alzó la cabeza y miró a su hijo sin importarle presentarse ante él con el rostro surcado de lágrimas. El niño se acercó despacio y pasó un dedo por su mejilla. Su carita reflejaba la misma congoja que lo martirizaba a él.

—¿Josleen está peor? —le preguntó intentando controlar un puchero que hacía temblar su barbilla.

Kyle no pudo responder, se le atascaban las palabras en la garganta.

—No quiero que se muera. No quiero que ella se vaya como se marchó mi mamá.

—No lo hará, Malcom —le aseguró Kyle con un hilo de voz—. Te lo prometo.

—Tú no lo permitirás, ¿verdad? —Esa vocecita esperanzada le hizo más daño que si le hubieran atravesado el pecho con una daga—. Eres el jefe del clan. El laird. No puedes dejar que muera.

¡Por Dios! Si pudiera cambiarse por Josleen lo haría sin pensarlo dos veces. ¿Qué podía decirle a Malcom? En su inocencia, le atribuía un poder que no tenía, todo estaba en manos del destino y ellos solamente podían esperar y rezar. Sin separarse del cabecero de la cama, estiró el brazo y abrazó con fuerza al pequeño contra su pecho. Teniéndole así, a su lado, compartiendo la tribulación por la suerte de Josleen, se sentía reconfortado. Ella había tenido razón al decirle que había desatendido a Malcom, que le había dado poco de sí mismo, y escudarse en el recuerdo de Muriel era una cobardía total.

—No lo permitiré, hijo —le prometió aun sabiendo que esa potestad era solo de Dios—. Te lo juro.

En ese momento se abrió la puerta y el corpachón de Serman ocupó el vano obligándoles a volverse. Llegaba con el rostro lívido por la furia.

—Una trampa —dijo aproximándose a Kyle—. Josleen no ha sido sino la víctima de un intento de asesinato, laird. He comprobado el estado de la torre porque me extrañaba que las tablas del suelo hubieran cedido, yo mismo las mandé cambiar hace días para evitar un accidente. Alguien las ha serrado por la mitad.

40

A una señal de Wain McDurney, los hombres a los que comandaba comenzaron a cruzar la corriente del río, adentrándose en las tierras de los McFeresson. Nadie puso reparos a que fuera el joven el que dirigiera a las fuerzas que se habían congregado allí.

Guerreros a caballo, a pie, carros cargados de alimentos y armas, máquinas para el asalto. Los estandartes de los clanes Gowan, McCallister y McDurney se mezclaron mientras avanzaban, dispuestos a poner sitio a Stone Tower.

Había pasado mucho tiempo desde que los clanes de Wain y Kyle se enfrentaron abiertamente por última vez; a veces por las presiones en contra del rey, a veces por la de las mujeres de ambos bandos, deseosas de acabar con las hostilidades. Las escaramuzas y los robos, sin embargo, no habían cesado durante aquellos años, aunque por fortuna no había bajas personales.

Ahora, iba a ser distinto.

Jacobo I, tras ser coronado formalmente como rey

de Escocia en la Abadía de Scone, se había encontrado un reino dominado por el caos y había tomado medidas inmediatas, acciones que no gustaron a muchos y que acabaron con la vida de unos cuantos e, incluso, con la ejecución de algunos personajes de relevancia. Desde que había tomado el poder no cesó de llevar a cabo reformas financieras y legales, pero, sobre todo, no dejaba de instar a los clanes enemistados a que acabasen con sus rivalidades. Ni los McFeresson ni los McDurney escucharon sus alegatos y sus órdenes y permanecían enfrentados; no se aunaron siquiera para hacer frente común contra los ingleses, yendo cada uno por su lado.

Wain sabía que su rey podía acabar por perder la paciencia con ellos cuando le llegaran noticias de lo que se avecinaba, pero no le importaba. Él tenía argumentos con los que defender su postura. ¿Acaso el maldito McFeresson no había raptado a su hermana? ¿Acaso no la había deshonrado ya, con total seguridad? ¡Por los colmillos de Satanás! Estaba seguro de que Josleen ya no era virgen, conocía de sobra lo que se decía de Kyle. No era dado a escuchar habladurías, pero la leyenda en torno a él decía que el McFeresson había dado muerte a su esposa apenas nació su heredero. Los rumores del populacho aumentaban y aumentaban con el tiempo y, aun sin creerse del todo las historias que se contaban sobre su rival, le carcomía la duda. Si Josleen había sufrido malos tratos a manos de Kyle, no habría fuerza humana o divina que le impidiese matarlo, aunque cayera sobre él todo el peso de la cólera del rey. Haría pagar la ofensa a él y a todo su clan.

Conocía Stone Tower, una fortificación inmejorable de altos muros, custodiada por cuatro torres que circundaban la principal, y sabía que los hombres de McFeresson eran valientes y aguerridos. Pero él contaba con las fuerzas de sus aliados. Su enemigo se hallaría en desventaja y, antes de darse cuenta, estarían rodeados y sin poder pedir ayuda. Estarían a las puertas de Stone Tower en poco tiempo. Entonces, que todos los malditos McFeresson rezasen, porque pensaba pasarles a cuchillo.

Tenía calor y el dolor persistente en un costado la obligó a abrir los ojos. Las imágenes borrosas se fueron aclarando poco a poco.

—¿Qué me ha pasado?

Kyle acudió raudo a su lado y tomó el rostro amado entre sus manos temblorosas, atrapando la boca de Josleen en un beso apasionado hasta que ella le empujó, falta de aire.

—Vas a ahogarme, condenado seas —protestó al verse libre.

La carcajada de Kyle inundó el cuarto y ella lo miró como si estuviera demente. Pero era tan gratificante escucharle reír... Se acurrucó contra él cuando Kyle se sentó a su lado.

—¿Cómo te encuentras?

—Como si me hubiese pasado una reata de caballos por encima.

—No fue exactamente eso lo que te ocurrió, Josleen.

—Lo sé. —Alzó un poco la cabeza para mirarlo a

los ojos—. El golpe no me ha dejado tonta, aunque me duelen hasta las pestañas.

—Liria te ha estado administrando brebajes, pero estás llena de cardenales. Dijo que si despertabas...

—¿Si despertaba?

Kyle tragó saliva y ella vio un relámpago de agonía atravesar por sus ojos.

—Los cardenales desaparecerán y, por fortuna, no te has roto ningún hueso. Un milagro, dada la altura desde la que caíste, podrías haberte matado.

—¿Cuánto tiempo he estado durmiendo?

—Más de veinticuatro horas.

—¿Y no se te ha ocurrido despertarme?

Kyle la miró con ternura. ¡Mira que era terca! Tenía ganas de echarse a reír viéndola recuperada y recriminándole, pero las palabras de Serman resonaban en sus oídos como una letanía que lo desesperaba y, pensando en quién podría desear la muerte de Josleen, se le cambió el gesto.

Ella le acarició la mejilla notando bajo las yemas de sus dedos la crecida barba.

—Estás hecho un asco. ¿No sabes que el agua sirve para asearse?

Kyle obvió su burla y la besó otra vez. A pesar del dolor que la traspasaba, Josleen elevó el cuerpo hacia él para corresponder a la caricia, deseosa de más, notando que lava encendida recorría de nuevo sus venas bajo el sabor de sus labios. ¿Siempre sería así? ¿Perdería la cabeza cada vez que él la besara?

Dos dedos aparecieron delante de su nariz, haciéndola bizquear.

—¿Cuántos hay?

—¿Qué?

—¿Cuántos dedos hay?

La voz de Kyle dejaba traslucir cierta alarma viendo que ella no le respondía de inmediato. Tanto su madre como Liria le habían dicho que lo primero, cuando recobrase la conciencia, era comprobar que no veía doble o triple, ya que podría ser que el golpe en la cabeza resultara fatal.

—Qué pregunta tan tonta.

—¿Cuántos dedos ves, Josleen?

La desesperación de Kyle se hizo evidente. Así que estaba preocupado de verdad, se dijo ella. ¿Cuántas veces había pensado que, en algún momento, le haría pagar por haberla raptado, por tener prisioneros a sus hombres, por haber hecho que se enamorara de él? Ahora podía tomarse su pequeña e infantil venganza.

—¿Cuatro? —El rostro de Kyle se demudó de tal modo que ella se asustó y rectificó de inmediato—. Dos. Dos dedos, Kyle. ¡Kyle! ¿Me estás escuchando?

Kyle la apretaba con tanta fuerza que le estaba haciendo daño.

—¿Y ahora? —insistió él poniendo delante de sus ojos tres dedos.

—Tres.

Él pareció aliviado, pero volvió a apremiarla alzando el índice.

—¿Cuántos?

Josleen atrapó su mano, se llevó el dedo a la boca y lo succionó, tan eróticamente que le provocó un estremecimiento.

—¿No podríamos jugar a otra cosa? —le preguntó, melosa, arrimándose a él—. Te estás poniendo muy pesado.

Kyle suspiró, más tranquilo. Ella parecía completamente recuperada y hasta se permitía bromear. Al final acabaría creyendo que era cierto lo que se decía de los McDurney: que habían sido tocados por los ángeles al principio de la Creación.

Se recreó en la hermosura de ese rostro magullado, en el azul de su mirada, y dio gracias a Dios por habérsela devuelto. Era preciosa.

—Me temo, cariño, que van a pasar unos cuantos días antes de que usted y yo podamos jugar a otra cosa que no sea la de cuidarte —repuso.

—¡Oh, vamos!

—Ahora sé buena y duerme. Debes reponerte del todo. Mis hermanos, mi madre y Malcom se han pasado estas horas discutiendo por ver quién te cuidaba, así que haré venir a alguno de ellos mientras me tomo unos instantes para adecentarme. —Le hizo recostarse en los almohadones, la besó en la frente y, tras volver a arroparla como a una criatura, se dirigió a la salida. Antes de abrir la puerta frenó sus pasos y se volvió hacia ella—. Una pregunta, Josleen: ¿pudiste ver a alguien en la torre?

Ella estuvo a punto de asentir, de decirle que sí, pero guardó silencio. Evelyna Megan tenía mucho que ver con su accidente, había intentado matarla, pero era incapaz de sentir animadversión hacia ella. Si ella tuviera que luchar con una rival por el amor de Kyle, no sabía de qué podría ser capaz. Y, a fin de cuentas, no tenían que lamentar más que unos cuantos cardenales. Negó pues con la cabeza, pero desvió los ojos hacia la ventana.

En Kyle, sin embargo, subyacía la duda.

—¿Fue Eve?

El nombre de la otra le hizo tragar saliva.

—No vi a nadie.

—Josleen, acabaré sabiendo quién te tendió esa trampa. Serman comprobó la torre y los tablones del suelo han sido serrados, no se rompieron por accidente.

—Deja las cosas como están, por favor.

—Ni lo sueñes.

—Hazlo por mí, Kyle.

La miró largamente. Su negativa a contarle la verdad solo afianzaba su desconfianza hacia Evelyna. Ella y nadie más había demostrado inquina hacia Josleen. La furia lo consumía, deseaba encontrar a esa muchacha y apretarle el cuello hasta que la muy zorra sacase dos palmos de lengua. No entendía el motivo por el que Josleen callaba. Asintió de mala gana, pero se negó a prometer dejar las cosas como Josleen le pedía. Eve saldría de sus vidas, la desterraría aunque le implorara de rodillas. No quería a esa serpiente en su casa ni un día más.

—Todos celebrarán tu recuperación, mi amor.

El corazón de Josleen brincó al oírle.

Mi amor. Porque lo había dicho. No había escuchado mal, no, como tampoco lo había hecho cuando se había dirigido a ella llamándola cariño. Lo miró con lágrimas en los ojos y atrapó en el aire el beso que él le tiraba con los labios.

James la encontró minutos después riendo y llorando a la vez.

41

Las pezuñas de los caballos hollaban las tierras de los McFeresson levantando nubes de polvo y terrones de hierba a su paso. La venganza estaba muy cerca. Tan cerca, que Wain ya saboreaba su victoria y hasta le parecía oler el hedor de la sangre de Kyle pudriéndose al sol.

—¡Se acercan jinetes!

McDurney se aupó sobre los estribos rumiando que, de ser aliados de su rival, acabaría con ellos. Pero el color del estandarte y de los tartanes de quienes se aproximaban le dejó tan perplejo como al propio Warren McCallister, que se encontraba a su lado: naranja y negro.

—¡Por los cuernos de Satanás! —exclamó Warren.

—¿Diste orden de que acudiesen más de tus hombres? —se interesó Neil Gowan, el suegro de Wain, controlando a su montura. El aludido negó—. Entonces me temo que son voluntarios. ¿O sería mejor decir voluntaria? Juraría que la que cabalga a la cabeza del grupo es una mujer.

Tanto Wain como Warren entornaron los ojos para confirmar las palabras de Gowan porque el sol les cegaba. No es que no se fiaran de su inmejorable vista, es que no podían creer lo que estaban viendo. Ciertamente, era una mujer la que iba al frente de los jinetes, y ambos la conocían muy bien.

El joven McDurney lanzó un juramento al que siguió otra blasfemia de su padrastro.

¿Qué diablos hacía ella allí? Fuera o no parte interesada en aquel conflicto, era una locura.

—¿Qué diablos pretende, Wain?

El joven se volvió ceñudo hacia el otro.

—¿Me lo preguntas a mí? Si no recuerdo mal, ella es tu mujer y, por tanto, tu responsabilidad.

Alien McCallister azuzó a su caballo seguida de cerca por los hombres que la escoltaban. Se les veía a todos sudorosos y cubiertos de polvo, como si no hubiesen descansado un minuto durante el trayecto. Al llegar a la altura de ellos, Warren aproximó su caballo al de su esposa.

—Ya estás volviendo por donde has venido, Alien.

Los ojos de la dama, azules y chispeantes, lo miraron con indignación.

—Yo también estoy encantada de verte —ironizó, sin intención alguna de acatar sus órdenes.

—¡Por todos los infiernos, mujer! —elevó la voz él—. Regresa de inmediato, ya hablaremos tú y yo.

Ella inhaló todo el aire que sus pulmones le permitían llamándose a la calma. Había salido en persecución de su esposo tan pronto supo la verdad acerca de sus planes, con ánimo de patearle el trasero, pero no quería enfrentarse a él en presencia de todos. Bajó la voz para que no escucharan lo que le decía, aunque fue imposible evitar que tanto su hijo como Gowan lo hicieran estando tan próximos a ellos.

—Por descontado que habremos de hablar, Warren. Y me tendrás que explicar el motivo por el que he tenido que enterarme del rapto de Josleen por boca de un criado.

—Al que haré cortar la lengua.

—Por si no te has dado cuenta, ella es mi hija, y yo tengo todo el derecho del mundo a estar aquí para recuperarla.

—Vamos a una confrontación armada, por si tú no te has dado cuenta.

—No, si yo puedo evitarlo. Los hombres resolvéis todo peleando, sin medir las consecuencias de vuestros actos. ¿Alguno ha preguntado a su mujer qué opina de iniciar una guerra? ¿Es que estáis buscando que Jacobo acabe por cortaros a todos la cabeza?

El tono de la discusión subía a medida que ambos alternaban razones. Warren buscaba las palabras para hacerle comprender por qué temía por ella, porque aquella mujer que ahora se le oponía tercamente, de mediana estatura, rubia y hermosa como ninguna otra, era la razón de su vida.

—Alien...

—No insistas, me quedo. En cuanto a ti, Wain —se dirigió a su hijo—, no se me va a olvidar tan fácilmente que también has querido dejarme al margen.

—Madre, no seas obtusa y vuelve a casa.

—Llevabas pañales cuando yo defendía nuestras

tierras con una espada, muchacho, así que no me digas lo que tengo o no tengo que hacer. Por muy laird que ahora seas, aún puedo calentarte las orejas.

—Lo quieras o no, habrá pelea, Alien —insistía Warren—, y puedes acabar herida, no eres más que una mujer.

—Lo queráis vosotros o no, procuraré que esto no acabe en un baño de sangre. Y si así fuese, sé defenderme. ¿O tengo que recordarte que fue esta débil mujer la que te hizo morder el polvo cuando nos enfrentamos?

Warren apretó los dientes y Wain volvió la cabeza para ocultar una sonrisa. Gowan no fue tan discreto y soltó una carcajada. De todos era sabido el modo en que se habían conocido aquellos dos, causa de regocijo durante mucho tiempo. Los McDurney y los McCallister estaban enfrentados y, durante una incursión de los segundos para robar ganado, fue la propia Alien la que defendió las reses porque Wain estaba recuperándose de una herida. Ella, consumada amazona, no había dudado en reunir a los hombres, montar sobre su caballo y salir en persecución de los ladrones. Sabía manejar una espada, no con la pericia de un guerrero, pero sí con la suficiente preparación como para defenderse. Por desgracia para Warren McCallister, se enfrentó a ella sin saber que se trataba de una mujer, y cuando se dio cuenta del error bajó la guardia, recibió un mandoble y acabó en el suelo con un buen corte en un brazo. Después de eso, y hechizado por ella, no se le ocurrió otra cosa para bajar los humos a Alien McDurney que pedírsela a Wain en matrimonio. Nunca una burla le había reportado tantos beneficios, porque ella había conseguido enamorarlo completamente, y le correspondía. Pero la amase o no, no podía permitir que lo dejara en evidencia, una vez más, delante de todos.

—Vas a pagar tu insolencia, cariño —le dijo entre dientes.

—¿Qué vas a hacer? —le incitó ella risueña, sabedora de que había ganado la porfía—. ¿Calentarme el trasero?

Warren acabó por sonreír escuchando las risas de los otros dos. Se ladeó sobre el caballo, enlazó el talle de su esposa y casi la hizo caer de su montura al pegarla a su cuerpo. La besó con toda la pasión que ella le despertaba, estremeciéndose cuando ella correspondió abiertamente a la caricia.

—Voy a calentarte más cosas además del trasero, señora mía —susurró sobre su boca.

Las groseras burlas de Gowan, que no se perdía una palabra de la batalla verbal, la hicieron sonrojarse, pero si hacía lo que había ido a hacer y, además, Warren le calentaba... cualquier parte del cuerpo, ¿qué más se podía pedir?

—De todos modos —dijo él, ya en tono serio—, te quedarás en la retaguardia. No pienses que voy a dejarte ir a mi lado en primera fila.

—Como tú digas, mi vida —asintió ella con una mansedumbre fingida.

Wain palmeó con fuerza la espalda de su padrastro antes de decirle:

—Si mi madre acata tu decisión sin protestar, Warren, yo luzco las alas de un ángel.

42

La llamada cortó la cómica aventura que James le estaba contando a Josleen. Dio permiso, pero cuando se abrió la puerta y vio a Evelyna Megan se irguió profiriendo un juramento.

—¿Puedo hablar un momento contigo, Josleen?

—¿Aún tienes el descaro de presentarte aquí? —la increpó el joven.

Josleen apretó su mano y, con la mirada, le pidió en silencio que las dejara a solas. No muy conforme, él acabó asintiendo.

—Un susurro que no me guste, Evelyna —advirtió de todos modos—, y entraré a retorcerte el cuello.

Cuando él salió, la aparente serenidad de Eve desapareció y se echó a llorar desconsoladamente.

—¿Qué es lo que quieres? —le preguntó Josleen sin permitirse sentir lástima por sus lágrimas.

Eve parecía remisa a acercarse. Estaba muy pálida, tenía los ojos rojos por el llanto y se retorcía las manos como si no supiera qué hacer con ellas.

—Kyle me ha echado —confesó al fin entre hipos—. Podría haber mandado que me colgasen, incluso haberme matado con sus propias manos, pero solo me ha echado de Stone Tower y de sus tierras.

—Dudo mucho que se hubiese manchado las manos con tu sangre, las historias que corren sobre él no son más que patrañas y tú lo sabes. Dista mucho de ser el carnicero que pintan algunos.

—Lo sé. Kyle es un hombre de honor. Cuando me interrogó y me dijo que tú me habías visto en la torre, me derrumbé y lo confesé todo, y aun así, no me ha golpeado. ¡Josleen, yo no quería matarte, solo intentaba asustarte! —Se aproximó—. Quería que te marcharas de aquí, que Kyle pidiera de una vez el rescate a tu hermano y que me dejaras el camino libre hacia su corazón.

El llanto de la muchacha desgarraba el corazón de Josleen, demasiado tierno para ver sufrir a otra persona sin intentar aliviarla.

—Lo amas, ¿verdad?

—Desde que era una niña. —Eve se limpió las mejillas—. Desde que tengo uso de razón. Lo amo, sí. Por eso hice algo tan horrible contra ti. Me guiaba la envidia, saber que se había enamorado de ti, y el miedo a no poder recuperar su cariño. Aunque ahora me doy cuenta de que nunca me quiso de verdad.

—Lamento por lo que estás pasando, Eve, de veras, pero el amor no se compra, no es un juego y no puede conseguirse con artimañas, el corazón no entiende esas cosas.

—Te aseguro que solo quería darte un escarmiento,

asustarte. ¡Lo juro por la memoria de mis antepasados, Josleen! Él me dijo que si te quitaba del medio volvería a tener a Kyle y yo... Flaqueé. He hecho muchas cosas en mi vida, Josleen, pero ni siquiera por su amor fui capaz de cometer un crimen, solo serré algunas tablas para que sufrieras algunas contusiones, no pensé que podía ser tan grave.

—Contusiones sí que tengo. ¿Él? ¿A quién te refieres cuando dices él? —Josleen sintió que la piel se le erizaba porque las palabras de la muchacha significaban que, realmente, tenía un enemigo entre aquellos muros, alguien que deseaba verla muerta.

—Solo lo conozco por Barrymore.

—Descríbemelo.

—Lleva los colores de los Moogan. Es moreno, de estatura media, ojos pequeños, sin nada que lo identifique y... No, espera. Tiene una cicatriz. Una cicatriz pequeña, apenas visible, en forma de media luna debajo del mentón.

Josleen necesitó de toda su fuerza de voluntad para permanecer serena. Un escalofrío le recorría la espalda y se le aceleraba la respiración. Porque Eve acababa de describirle con todo lujo de detalles a un hombre que ella conocía perfectamente: su medio primo, Barry Moretland.

¿Barry quería su muerte? ¿Por qué motivo? ¿Qué hacía en las tierras de los McFeresson vistiendo los colores de...? Como si le hubiesen quitado una venda de los ojos vio todo con total claridad. Por supuesto. Un disfraz inmejorable ya que los Moogan tenían acuerdos con la gente de Kyle. Ahora entendía cómo era posible que a Wain le robasen las reses incluso cuando se encontraban en lugares protegidos. Tenía que haber sido Barry el que pasaba la información. Un asqueroso traidor que mordía la mano que le daba de comer.

—¿Le has dicho a Kyle algo sobre ese sujeto?

—No. Apenas confesé ser la culpable de tu accidente, me dijo que saliera de aquí, no permitió que le explicara nada más. Solo entonces me dijo que tú no me habías delatado.

—No lo hice, aunque sí te pude ver cuando caía.

—¿Por qué?

—Porque lo amo. Igual que lo amas tú. Y si una mujer intentara apartarlo de mi lado... —Dejó la frase en suspenso—. ¿Adónde irás ahora?

—Volveré a casa de mi tío. Espero que él me acoja después de lo que he hecho. Y que tú puedas perdonarme algún día, Josleen.

—Eres tú la que debes perdonarte a ti misma.

Evelyna asintió y abrió la puerta. James, que aguardaba al otro lado, le dedicó una mirada cargada de resentimiento.

—Si alguna vez, en cualquier lugar, en cualquier ocasión —le dijo a Josleen antes de salir—, necesitas algo de mí, lo que sea, házmelo saber. Nunca podré pagarte tu muestra de amistad.

Derrotada, se marchó sin volver la vista atrás y James enarcó una ceja.

—¿Qué ha pasado aquí?

—Es un asunto privado entre mujeres, no seas curioso.

—Pero ella fue la que...

—Olvídalo, James, dulzura.

—¡Eh! ¿Me has llamado dulzura? —Se echó a reír—. Cuando Kyle se entere se le van a comer los celos.

—¿De qué tengo que enterarme? —preguntó una voz a sus espaldas, haciendo que diera un bote—. ¿Has cuidado bien de mi enferma?

—Divinamente.

—¿He visto mal o Eve salía de este cuarto? —preguntó huraño.

—Pidió hablar un momento en privado con Josleen.

—¡¿Y tú las dejaste a solas?!

—Condenado seas, hermano. Trata de prohibir algo a esta deliciosa cosita que está en tu cama. Hazlo, y luego me cuentas cómo lo has conseguido —protestó al tiempo que salía y cerraba la puerta.

Kyle se acercó a la cama, se sentó en el borde y tomó las manos de Josleen para besarle los dedos, uno a uno.

—¿Qué quería esa desgraciada? —preguntó luego.

—Mi perdón. No deseaba más que asustarme.

—Ya veo. Y tú, dulce alma caritativa, te lo has creído —gruñó él.

—No solo lo creí, mi irritado guerrero, sino que estoy segura de haber ganado una amiga para toda la vida. ¡Ay, vamos!, no frunzas el ceño de ese modo, te hace parecer temible.

—Soy temible, señora.

Josleen se rio con ganas, le acarició el pecho y le ofreció los labios para recibir un beso.

—¿Te encuentras mejor?

—Me encuentro perfectamente. Un poco magulla-da. —Los dedos masculinos trazaban círculos sobre uno de sus hombros—. Pero no tanto como para per-manecer más tiempo en esta cama... a solas.

—Desvergonzada.

—Solo contigo —sonrió ella—. Por cierto... ¿cono-ces a Barry Moretland?

La pregunta le hizo ponerse tenso, pero disimuló la sorpresa.

—¿Moretland?

—¿Puedes colocarme los almohadones, por favor?

«Cambio de táctica», pensó él. Mal asunto cuando se trataba de Josleen. No le había soltado ese nombre porque sí, barruntaba algo. La acomodó y ella emitió un largo suspiro de placer.

—¿Mejor así?

—Mucho mejor, gracias. ¿Y bien?

—Y bien... ¿qué?

—Moretland.

Kyle simuló que intentaba recordar al sujeto, con pocos resultados.

—Te daré unas pistas —le dijo Josleen sin dejar de acariciarle—. Moreno, de mediana estatura, ojos pe-queños y pardos, con una cicatriz en forma de media luna en la barbilla. Creo que en ocasiones utiliza los colores de los Moogan. Imagino que cuando os pasa información sobre el ganado de mi hermano. —Kyle la miraba sin decir palabra—. Otra pista más: capitanea-ba mi escolta el día que te encontramos y te hicimos prisionero, y fue el que te golpeó.

Su tonillo irónico ya no le dejaba lugar a dudas:

Josleen había descubierto, no sabía cómo, que Barry era su confidente y un traidor.

—Si sabes que le conozco, ¿a qué viene preguntarme?

—Curiosidad. Las mujeres somos curiosas por naturaleza. Y para poder vengarme de ese cerdo cuando me lo encuentre. Evelyna me dijo que fue él quien la engatusó para que me matara, aunque por fortuna todo se quedó en un susto y unos cuantos cardenales.

—Casi lo consigue. —Los ojos dorados relucían de ira contenida.

—Casi, tú lo has dicho. Y ahora, ¿qué vas a hacer con Barry?

—Ir a tierras de tu hermano, buscarlo y matarlo.

Justo en ese momento un grito anunció que estandartes de los McDurney, McCallister y Gowan se acercaban.

—Me parece que no te va a hacer falta ir a buscarlo —susurró Josleen, repentinamente aterrada ante la idea de que su hermano estuviera a las puertas de Stone Tower.

43

Ante el contingente que se aproximaba, los aldeanos que vivían fuera de las murallas de Stone Tower recogieron algunos de sus pertrechos y sus animales y corrieron a refugiarse en el interior de la fortaleza.

Josleen se había tirado de la cama apenas Kyle salió del cuarto para ponerse al frente de la defensa, se vistió con lo primero que encontró, se ató el cabello en una cola de caballo y fue a buscar a Elaine. No recordaba haber rezado con tanto fervor hasta ese momento, pidiendo a Dios que Wain no atacara antes de pedir explicaciones. Ella estaba bien y sus hombres gozaban de buena salud aunque estuvieran confinados en la parte baja de la torre. Los secuestros en los tiempos en que vivían eran habituales, ninguno de los clanes se libraba de haber perpetrado o haber sufrido alguno. Por tanto, los hechos acaecidos no eran como para lanzarse a una guerra sin más. Ninguno había sufrido un daño irreparable. Salvo ella, claro estaba, que ya no era la virtuosa damita de cuando llegó allí. Pero ni siquiera eso debería servir de excusa para un enfrentamiento que podría causar la muerte de muchos valientes.

A pesar de convencerse de que pensaba correctamente, conocía a Wain y sabía que su hermano podía ser imprevisible, se encolerizaba cada vez que alguien nombraba a los McFeresson y lo sucedido sería para él un pretexto inmejorable para comenzar las hostilidades. ¡Cuántas veces le había recriminado a Wain alimentar ese odio ancestral entre los dos clanes! Un odio que duraba ya demasiado. Los hombres se enfrentaban por tonterías, y ella estaba segura de que Colman McFeresson, el bisabuelo de Kyle, no había matado al suyo a traición. Los dos viejos estaban muertos y enterrados y ella dudaba que, de poder opinar desde el Más Allá, apoyaran que sus clanes siguieran enfrentados.

A aquellas alturas, después de convivir en Stone Tower y conocer a la gente de Kyle, Josleen no albergaba ninguna duda respecto a que ocurrió algo turbio en aquel entonces. Posiblemente, nunca sabrían a ciencia cierta lo que había sucedido en aquella pelea, porque las habladurías viajaban más rápidas que un buen semental y las leyendas se agrandaban con el paso del tiempo. No todo lo que se contaba era cierto, como no era cierto lo que ella había oído hablar de Kyle. Si su bisabuelo había sido la mitad de caballeroso que era él, no pudo cometer un acto tan deleznable.

No encontró a Elaine, seguramente ocupada ya en dar instrucciones a los criados para prepararlo todo para un posible asedio. No podía hacer mucho allí, todos iban y venían con prisas, con el temor reflejado en el rostro, tratando de acomodar lo mejor posible a los aldeanos que habían buscado refugio en la fortaleza. Unos extendían colchones de paja en las galerías, junto a las cocinas y hasta en la bodega. También vio a algunos hombres cargados con balas de paja que bajaban a las mazmorras.

Resuelta, dispuesta a hacer lo que pudiera por detener lo que se avecinaba, se dirigió a las murallas.

Nadie la detuvo. Nadie se fijó en ella. En Stone Tower reinaba la confusión. Los campesinos, poniéndose a las órdenes de los guerreros, habían empezado a ayudar con las armas defensivas, arrastrándolas hasta el muro que daba al oeste, por donde llegaban los guerreros de Wain; las mujeres ponían a los niños a buen recaudo. Se le hizo un nudo en el estómago pensando que esas personas, a las que había llegado a estimar, pudieran sufrir daño alguno.

Entre aquel jaleo de idas y venidas, de voces y órdenes, Josleen consiguió ver a Malcom y corrió hacia él, llegando justo a tiempo de impedir que se encaramara por las escaleras que daban al paseo de ronda de la muralla. Parecía un pequeño guerrero, espada en mano, anudado sobre el hombro el tartán que lo cubría.

—¿Dónde crees que vas, jovencito?

El niño la miró como si ella fuera una aparición.

—¡Estás bien! —gritó alborozado.

—Más o menos, cielo. ¿Qué haces aquí? Deberías ir con los otros muchachos.

—Nos van a atacar, Josleen. ¿No has oído lo que pasa? Hay muchos guerreros.

—Casualmente por eso quiero que dejes el patio, no es lugar para ti. ¿Dónde está tu abuela?

—Creo que buscándome —confesó cabizbajo—. Me escapé de ella porque quería que permaneciera junto a Liria, en las bodegas. Y yo tengo que defender Stone Tower, igual que mi padre, los campesinos son nuestra responsabilidad.

—Malcom, cariño, no voy a negarte que el laird tiene la obligación de velar por ellos, y lo hará lo mejor que pueda y sepa, pero esos campesinos son más grandes y fuertes que tú. Busca a tu abuela y quédate con ella, tu padre se encargará de todo.

—Al menos déjame ver lo que pasa.

Josleen también quería hacerlo. Vaya si quería. No era otro sino su hermano el que asediaba la fortificación y temía por él tanto como por Kyle.

—¿Conoces algún lugar seguro desde el que ambos podamos fisgar? —El niño asintió con la cabeza y la mirada esperanzada—. Vamos entonces, muéstramelo, Malcom.

Envainó él su pequeña espada, la tomó de la mano y echó a correr. Josleen ahogó un quejido cuando el dolor por los golpes sufridos la atravesó, pero no desaceleró el paso. El niño la condujo a través de la confusión en que se había convertido el patio, se colaron por una estrecha callejuela a espaldas de la barraca del herrero y ascendieron por una escalera estrecha. Josleen se encontró entonces en la parte más alta de las murallas, a distancia de donde los hombres de Kyle tomaban posiciones.

Agazapados para no ser descubiertos, ninguno de los dos perdió detalle de lo que acontecía. A ella la embargó un sentimiento contradictorio: felicidad por ver que habían ido en su rescate los colores de los McDurney, del esposo de su madre y del padre de Sheena; angustia porque conformaban un número de guerreros abultado, habían llegado con armas de asalto y muchos de ellos lucían en sus rostros pintura azul, símbolo de la guerra.

—Guarda silencio, Malcom, y no te asustes, no pasará nada.

—No estoy asustado, estoy nervioso. Es mi primera batalla, ¿sabes?

Kyle observaba a sus enemigos. Intuía la causa por la que habían llegado hasta las mismísimas puertas de su casa y se pregunta cómo demonios se habían enterado de que retenía a Josleen y a su escolta en Stone Tower. Maldijo cien veces su mala suerte y el acto inconsciente que le había obligado a llevarse a la muchacha con él porque, aunque no lamentaba haber estado con ella y enamorarse de la hermana de su rival, se daba cuenta de que su decisión podría costar la vida ahora a muchos de los suyos. A esas posibles muertes habrían de sumarse los destrozos que causaría un ataque en firme o un asedio, amén de las represalias del rey, que seguramente volvería a poner precio a su cabeza.

Las llamas que se nutrían de los techos de paja de las cabañas daban buena muestra de que Wain McDurney no había ido a parlamentar.

Ellos contaban con un par de pozos y alimento suficientes para soportar un asedio, y sus guerreros no dudarían en enfrentarse a los de Wain, pero ese no era el caso. No, no lo era. La cuestión era cómo iba a luchar contra el hermano de la mujer de la que estaba enamorado. No podía hacerlo porque, si moría o caía herido alguien de los suyos, Josleen no se lo perdonaría nunca. Y ella había llegado a ser todo para él: la luz que le guiaba, la risa en la que refugiarse cuando estallaba su malhumor, la ternura de una mujer entregada. Amaba a esa terca escocesa más que a su propia vida y no haría nada que la alejase de él.

Pero tenía a todos sus familiares a sus puertas.

—Que saquen a los prisioneros de la celda y los dejen marchar —le dijo a James—. No quiero que esto acabe en masacre.

—¿También quieres que deje libre a Josleen?

Kyle contuvo las ganas de soltarle un puñetazo a su hermano. La idea se le había pasado por la cabeza cuando encontró su torre rodeada, pero aunque se llevara el diablo a todos, no la dejaría marchar.

—Ella se queda.

—Imagino que McDurney no se conformará con recuperar solamente a sus hombres —intervino Duncan—. No han venido a por ellos, sino a por su hermana.

—Entonces, tendrán que pasar por encima de mi cadáver.

—Parecen dispuestos a hacer casualmente eso.

Un jinete envuelto en los colores de los McCallister se separó de la primera fila de guerreros haciendo avanzar a su caballo hacia las puertas de la fortaleza, ondeando bandera blanca. Cuando estuvo a poca distancia de ellos refrenó a la montura y alzó la vista.

—¡Kyle McFeresson!

Él se asomó por encima del muro.

—Aquí estoy.

—Traigo un mensaje para ti de parte de Wain Mc-Durney: libera a lady Josleen y a los hombres que tienes retenidos y os perdonará la vida. ¿Qué respondes?

—Que es demasiado presuntuoso.

—Si nos los entregas no quemará cada poblado de tu territorio. Si te niegas a hacer lo que te pido, atacaremos, muchos de los tuyos morirán y Wain no dejará piedra sobre piedra.

—Yo tengo una oferta mucho mejor: que Wain se enfrente conmigo sin mezclar al resto. Este asunto es únicamente entre él y yo.

Kyle sabía que Wain quería su cabeza desde hacía mucho tiempo. Y ahora, más que nunca. Pero no podía hacer otra cosa si quería salvar muchas vidas. Si Wain aceptaba el reto, merecía la pena aunque él cayese, que sería lo más probable puesto que no pensaba pelear contra él.

Como el enviado a parlamentar no contestaba, le instó diciendo:

—Dejaré libres a vuestros hombres, ya he dado órdenes para que los suelten.

—¿Y lady Josleen?

—Ella se queda. No está en condiciones de emprender viaje.

El emisario de Wain se irguió como si le hubieran abofeteado, temiendo lo peor. Tiró de las riendas, hizo dar la vuelta al caballo y se alejó al galope hacia el abrigo de los suyos.

Algunos de los hombres de Kyle admitieron de buen ánimo la venidera confrontación. Poner en su sitio a los McDurney ondeaba sobre el pensamiento de casi todos. Era hora de cobrarse los robos de ganado, por mucho que ellos hubieran hecho otro tanto. Esperaban el ataque, pero no se produjo, sus enemigos se habían retirado prudentemente y no parecían dispuestos a iniciar el combate.

No tardó mucho en regresar el emisario. El trapo blanco que lucía en el asta que apoyaba con desgana sobre su muslo parecía más un símbolo de guerra que de tregua.

—McDurney está de acuerdo: no quiere un derramamiento de sangre inútil. Solo quiere una McFeresson: la tuya —gritó para que le oyesen—. Acepta una pelea entre ambos, pero antes debes dejar a lady Josleen libre.

—Te repito que ella no está en condiciones de emprender viaje ahora.

—Tus hombres y tus campesinos saldrán ganando si la sueltas. ¿Qué respondes?

—Que no hay trato.

—Tienes una hora para decidirte, soltarla y despedirte de los tuyos antes de pelear con el laird McDurney —advirtió el otro—. Pasado ese tiempo, si lady Josleen permanece retenida, que todos los tuyos empiecen a encomendarse al Altísimo.

Volvió a alejarse y Kyle se apartó del muro. Estaba entre la espada y la pared. Si no salía pero dejaba libre a Josleen salvaría la vida de muchos, mujeres y niños cuya muerte caería sobre su conciencia. Wain acabaría por pasarles por encima, carecía de hombres para enfrentarse a tantos guerreros como le seguían. La integridad de su familia y de su hijo estaba en juego. Pero es que si dejaba ir a la muchacha él se convertiría en un hombre vacío con el corazón destrozado, y sin corazón no era posible seguir viviendo. Si la perdía a ella poco le importaba que el puñetero Wain, después, lo atravesara con una espada.

Josleen había cambiado su vida entera y tantas otras cosas en Stone Tower que ya pertenecía a ese lugar. Ella había sabido ganarse el aprecio de todos y, si las cosas hubieran sucedido de otro modo, él estaba seguro de que la aceptarían como su dama. La quería como esposa, como señora de sus tierras y de su corazón. ¿Y el condenado Wain pretendía que la dejase marchar?

Duncan le dio un codazo llamando su atención. Los enemigos se movían, tomaban posiciones y grupos de hombres a pie empujaban las armas de asalto.

Kyle tomó la única decisión que le estaba permitida para no exponer a los suyos: pondría su cabeza bajo el filo de la espada de Wain, se humillaría ante él si era preciso por el amor de Josleen. Le diría lo que sentía su corazón y, si no le creía, al menos moriría con la satisfacción de no haber hecho padecer a la mujer que amaba causando la muerte de su hermano. No le importaba morir, solo sentía no poder volver a tenerla una vez más en sus brazos.

—Ondea bandera blanca, James.

Su hermano se quedó mirándole como si hubiera perdido el juicio.

—¿Qué has dicho?

—Ondea bandera blanca —repitió—. ¡Y hazlo ya!

Segundos después la camisa de Duncan, que renegaba por lo bajo, se mecía al viento. Kyle vio que Wain McDurney hacía un gesto con la mano. De inmediato, sus guerreros retrocedieron y casi al mismo tiempo las puertas de Stone Tower se abrían para dejar paso a los recién liberados prisioneros. Desde su posición, Kyle les vio apurar el paso para unirse a los suyos.

Verter se volvió hacia los muros, le buscó con la mirada y alzó el puño cerrado.

—¡¡McFeresson, te mataré!!

44

Josleen no pudo contener su alegría viéndoles marchar. Sin embargo, la agonía le traspasaba el pecho elucubrando qué haría Kyle después. ¿La dejaría ir? Si se empecinaba en no dejarla salir de Stone Tower las consecuencias serían funestas.

Deseaba volver a abrazar a Wain y a toda su familia, pero pensar que tenía que alejarse del hombre del que estaba perdidamente enamorada, se le hacía insoportable. Conteniendo el llanto para que Malcom no la viese hundida, se tomó de la mano del niño.

—Volvamos abajo.

—¿Por qué? Desde aquí podemos verlo y escucharlo todo sin ser descubiertos y ahora viene lo mejor: mi padre se enfrentará al McDurney.

—Ese McDurney, jovencito, es mi hermano, al que amo mucho. No quiero que ninguno de los dos salga herido, no puedo permitir esa locura. He de salir y conseguir que mi hermano cese en las hostilidades.

El muchachito frunció la nariz. No entendía nada.

—Papá no te dejará marchar, ya lo has oído. Además, me lo prometió cuándo le encontré llorando junto a tu cama.

Josleen parpadeó y le miró con atención preguntándose si había oído bien. ¿Kyle había llorado por ella?

—¿Te prometió que no me dejaría abandonarlo?

—Lo hizo. Creía que ibas a morirte, no despertabas. ¿Sabes?, nunca había visto llorar a papá. Él es un guerrero y los guerreros no lloran, ¿no es cierto? Yo procuro no hacerlo.

Un vahído la hizo apoyarse en la pared. Si le quedaba alguna duda del amor de Kyle, desaparecía ante la confidencia del pequeño. La felicidad la inundó, estalló dentro de ella con tanta fuerza que las piernas le temblaron.

Escuchó el retumbar de muchas voces a la vez y se asomó de nuevo para ver qué era lo que sucedía. Se quedó sin aliento advirtiendo que Kyle estaba a punto de salir de las murallas. Solo. Montado en su caballo. El pánico se apoderó de ella.

—Malcom. —Tomó al niño por los hombros con tanta fuerza que él hizo una mueca de dolor—. Malcom, cariño, escúchame. ¿Hay alguna salida al exterior que pueda utilizar sin ser vista?

—¿Para qué quieres saberlo?

—¿Conoces o no el modo de salir de las murallas sin hacerlo por la entrada principal?

—Es posible.

—Enséñame.

—No puedo, Josleen. Mi padre me mataría.

—Malcom, tesoro. —Le atusó el rubio cabello intentando buscar las palabras—. Tu papá está en peligro, se dispone a salir de Stone Tower para enfrentarse a mi hermano.

—¿Va a rendirse? —se alarmó el pequeño.

—No lo creo. Seguramente solo quiere parlamentar con Wain, pero mi hermano está muy furioso y busca pelea.

—¿Tu hermano tratará de matar a mi papá? —Ahora estaba asustado de veras.

Josleen asintió y a Malcom se le abrieron los ojos como platos.

—Mi padre le ganará —dijo con mucha fe—. ¡Le ganará!

—Pero podría salir herido, tenemos que ayudarle.

—¿Nosotros? ¿Te refieres a ti y a mí?

—Quieres ser un buen guerrero como él, ¿no es verdad? —El niño asintió—. Para ser un gran hombre hay que tomar a veces decisiones difíciles, Malcom, y esta es una de ellas. Puedes desobedecer a tu padre mostrándome la salida para que yo impida la pelea, o puedes callarte y dejar que luchen y se maten. Pero debes decidirte y debes hacerlo ahora, no tenemos mucho tiempo.

—Mi padre vencerá al McDurney —insistió tercamente.

—¿Elegirías entre tu padre y tu abuela?

—Les quiero a los dos.

—A mí me pasa lo mismo, Malcom. Quiero a mi hermano y quiero a tu padre.

—¿Y a mí? ¿Me quieres a mí, Josleen? —preguntó turbado—. ¿Me quieres como para ser mi madre?

Josleen ahogó otro sollozo, apretó su cuerpecito contra su pecho y se mordió los labios. Qué injusta era a veces la vida, se dijo. ¿Por qué sus clanes debían estar enfrentados cuando ella amaba a Kyle y sí, también a ese niño que la miraba con la expectación pintada en los ojos? Convertirse en su madre sería un regalo del cielo, pero estaba a punto de perder todo lo que había llegado a amar por el maldito orgullo de los hombres. Sabía que Wain no cesaría hasta recuperarla, no creía poder convencerle de otra cosa que no fuera sacarla de Stone Tower y a ella solo le quedaba un camino por tomar: sacrificar su felicidad con tal de parar una lucha absurda, volver a Durney Tower quedándose solo con la tranquilidad de que ellos seguirían viviendo. No se sentía con valor para asumir la posible muerte de Wain o de Kyle. Luego, ya vería el modo de conseguir sus sueños, cuando contase con el consejo de su madre.

—Me encantaría ser tu mamá, Malcom —le dijo—, porque te quiero mucho. Nada me haría más feliz que poder llamarte hijo. Pero ahora debo evitar una guerra. —Escuchó el chirrido de la enorme puerta al abrirse y el vello se le puso de punta—. ¡Por Dios, muéstrame esa salida, tesoro!

—Está justo aquí debajo —accedió el pequeño echando a correr, saltando los escalones de dos en dos.

Josleen le siguió presurosa, aunque su cuerpo magullado protestaba a cada paso que daba.

45

Kyle hizo visera con la mano cuando el sol lo cegó, escuchando cómo la puerta se cerraba a sus espaldas y la voz de James diciendo:

—El jodido McDurney no se dejará convencer. Y te apuesto tu caballo de batalla a que sé lo que vas a decirle.

Era posible, pensó Kyle, tensos los músculos.

Sí, era posible que Wain no quisiera atender a razones, pero estaba decidido a hacer todo lo que fuera posible para evitar luchar con él, incluso permitir que el otro pisoteara su orgullo delante de sus gentes. Todo, antes que ver el odio en los ojos de Josleen.

Irguió los hombros, respiró hondo y taconeó ligeramente los flancos de su semental.

Iba a disculparse con los McDurney, con los McCallister y con los Gowan. Iba a disculparse incluso con el mismísimo rey de los infiernos si era necesario.

Wain le vio avanzar despacio. ¿El McFeresson salía de la fortaleza solo, sin el respaldo de sus hombres después de mostrar bandera blanca? ¿Dónde estaba Josleen?

La vio en ese mismo instante.

Aquella muchacha delgada que acababa de salir de solo Dios sabía dónde, con el cabello rojo y oro flotando tras ella como una nube, no podía ser otra que su hermana. Se aupó sobre su montura y sonrió viéndola libre y yendo hacia él. Alzó el brazo en señal de saludo y el gesto alertó a Kyle, que se volvió para mirar tras él. Josleen, tropezando, sujetándose el costado, corría ladera abajo hacia ellos.

Wain hizo avanzar a su caballo acortando distancias y Kyle, a su vez, con el corazón encogido al ver los gestos de dolor de la muchacha, giró el suyo para adelantársele. Un grito unánime se elevó desde las filas de los McDurney y Wain desenvainó su espada dispuesto a todo.

Josleen frenó en seco cuando vio que ambos galopaban hacia ella, se sujetó el costado, que le dolía rabiosamente, y trató de recuperar el resuello. Se estaba mareando y empezaba a ver todo difuso. Al parecer no estaba tan recuperada como le había parecido. En un segundo Kyle llegó hasta ella, se tiró del caballo antes incluso de que el animal frenase su carrera y consiguió atrapar su cintura evitando que se fuera al suelo, a la vez que empuñaba su arma.

—¡Atrás, Wain!

Wain tiró de las riendas refrenando a su montura. Le hubiera costado muy poco azuzar al animal y cocearle, pero temía por su hermana.

—Entrégamela, Kyle.

—Primero habrás de escucharme —repuso poniendo a la muchacha a su espalda.

Josleen sintió que le subía la hiel a los labios. Luchando contra el mareo y el dolor que le procuraba el brazo masculino sujetándola contra él, se retorció para soltarse.

—Lo único que quiero escuchar de tus labios es una oración antes de que acabe contigo —contestó Wain.

—No te pido demasiado. Escúchame, aunque solo sea por nuestra antigua amistad, y luego decide.

Josleen se quedó muy quieta. ¿De qué hablaba? ¿Antigua amistad? Que ella recordase, Kyle y su hermano siempre habían estado enfrentados. Contorsionándose hasta asomarse por debajo del brazo armado de Kyle observó a su hermano. Wain apretaba los dientes, fijos sus ojos en su oponente, pero no parecía dispuesto a atacar y eso ya era algo. Lo vio imponente sobre su caballo, que, nervioso, oliendo seguramente la pelea, coceaba arrancando trozos de tierra.

—Te escudas en mi hermana, maldito seas. Deja que se aleje y entonces saldaremos nuestras diferencias.

Kyle sacudió la cabeza y la colocó a su costado.

—Josleen está malherida y...

Dejando escapar un grito de furia, Wain saltó a tierra.

—Si te has atrevido a maltratarla... —dio un paso hacia él.

Josleen emitió un gemido. Parecían dos lobos, cada uno de ellos a punto de saltar sobre el otro para despedazarse. Mientras, los hombres de Wain avanzaban y las puertas de Stone Tower se abrían de nuevo para dejar salir a los de Kyle. Les gritó que pararan, pero las voces de quienes se aproximaban anularon sus súplicas. ¿Qué podía hacer ella para evitar lo que se venía encima? Por más que elevaba la voz no la escuchaban, la algarabía de unos y otros la estaba mareando. Entonces, hizo lo único que se le ocurrió: acarició la espalda de Kyle, se puso de puntillas y le dio un beso en la barbilla.

De inmediato, él se olvidó de su rival, se olvidó de todo lo que no fuese ella, pasó el brazo libre por sus hombros y la miró a los ojos. Y ella descubrió tanto amor en los suyos que se le aflojaron las rodillas y hubo de agarrarse a su chaquetilla.

—¿Estás bien, mi amor?

Wain se quedó clavado en el suelo, completamente aturdido escuchando el tono suave de su voz, y Josleen aprovechó para posicionarse entre ambos.

—Si dejas la espada estaré mejor, cariño.

Kyle tardó unos instantes en empezar a bajar la suya sin perder de vista a Wain, atento a cualquier movimiento de ataque. El otro, sin embargo, permanecía rígido, aferradas ambas manos al arma, tan pasmado por la escena de la que estaba siendo testigo que parecía incapaz de hacer nada que no fuera mirar absorto a su hermana. Al fijarse en los arañazos de su mejilla y el cardenal que se le iba poniendo amarillento junto al ojo derecho, dio un paso hacia ella.

—Tuve un accidente, Wain —se apresuró a explicarle con las manos abiertas para que se detuviera—. Me caí y tengo algunas magulladuras, pero estoy bien, te lo juro.

Kyle la atrajo hacia él con más fuerza, con su arma a medio camino entre el suelo y su oponente. Atacada por un nuevo mareo, Josleen se reclinó contra él sintiendo la tibieza de su cuerpo musculoso, lo miró y él la obsequió con una sonrisa llena de ternura. Hubiera sido un inmejorable momento para que Wain lo atacara, Kyle parecía haberse olvidado de su espada y solo tenía ojos para la muchacha, que a su vez lo miraba con un brillo especial en los suyos.

—¿Josleen?

—Baja esa condenada espada de una vez, hermano —le pidió—, los problemas se solucionan mejor hablando.

—Vas a tener que explicarme muchas cosas. —Hizo lo que le pedía viendo que Kyle envainaba ya la suya.

—Y vosotros vais a tener que explicarme a mí qué es eso de una antigua amistad.

—Hace mucho tiempo, mi amor —le dijo Kyle besándola en la cabello, sin dejar de observar al otro—. Los niños no entienden de ofensas y nosotros lo éramos entonces.

—No creas que se me ha olvidado la vez en que me tiraste al río —le recriminó Wain.

—Y yo recuerdo aún que te quedaste con las truchas que pesqué.

—¡La caña era mía, qué demonios! —replicó Mc-Durney, pero con una media sonrisa en los labios que se esfumó tan rápido que Josleen se preguntó si en realidad la había visto—. Bueno, basta de tonterías: suelta a mi hermana antes de que te parta el alma y habla de una vez. ¿Qué quieres decirme?

—Posiblemente, y si dejas de amenazar, te explicará lo que ha pasado —intervino una voz de mujer a sus espaldas.

Josleen, pendiente de ellos dos, no la había visto llegar. Se apartó de Kyle con un grito de alegría en la garganta y se precipitó hacia la dama, que ya desmontaba, fundiéndose con ella en un apretado abrazo. Alien tomó el rostro lloroso de su hija entre sus manos, observando críticamente las heridas.

Tras ella, Warren, el padre de Sheena, el mismísimo Verter y el grueso de sus hombres. Protegiendo a Kyle, sus hermanos y un nutrido grupo de guerreros. Ni a unos ni a otros parecía hacerles felices tener a las dos mujeres en el medio.

—¿Cómo te encuentras, pequeña? —preguntó Alien, atenta al gesto adusto de McFeresson, que no disimulaba tampoco su incomodidad.

—Una caída inoportuna, mamá, nada serio, ya sabes que a veces soy muy patosa. Me vienes que ni pintada. —Se echó a reír—. ¿Podrías ayudarme a convencer a todos para que guarden las armas?

La segunda columna de los efectivos de Wain avanzó y sobre la muralla los hombres de Kyle se aprestaron a apuntarles con sus flechas. Alien y Josleen eran conscientes del tenso momento que vivían, un movimiento en falso y sus esfuerzos por evitar la guerra podrían irse al traste. La dama tomó, como suele decirse, el rábano por las hojas, y se volvió a los suyos.

—Caballeros, me temo que pronto comenzará una de esas incómodas tormentas de verano. No tengo intenciones de quedarme a parlamentar bajo la lluvia, de modo que —se giró entonces hacia Kyle—, si McFeresson tiene a bien invitarnos a un trago de whisky, estoy segura de que podremos aclarar todo este lío cómodamente sentados y secos.

Josleen sofocó una carcajada ante los gruñidos de protesta de ambos bandos, y se le hinchó el pecho de orgullo. Su madre era única.

—Será un honor acogeros en mi hogar, milady.

Alien asintió complacida, tomó la mano de su hija y, guiñándole un ojo, se encaminaron ambas hacia las puertas de Stone Tower.

Warren McCallister se pasó la mano por el cabello, que ya encanecía, y resopló de mala gana a la vez que cruzaba una mirada con su hijastro. Su esposa acababa de darles una lección de serenidad que, en el fondo, le hacía sentirse vanidoso por tenerla. Lo que ya no le hacía demasiada gracia era que el puñetero McFeresson pareciera estar divirtiéndose.

Los hombres de Kyle no supieron cómo reaccionar cuando las dos mujeres, altanero el gesto, pasaron entre los caballos de guerra obligándoles a abrirles paso. Alien, viendo que no las seguían, se volvió para increparles:

—¿Vais a quedaros ahí hasta que a todos se os congele el trasero en invierno? —La pulla hizo reír a Josleen—. Hija, ¿te he dicho alguna vez que todos los hombres son un poco... lentos de entendederas?

A la joven se le cortó la risa escuchando un golpe seco y una apagada maldición. Para su asombro vio a Kyle tumbado en el suelo, sacudiendo la cabeza y tocándose la mandíbula como si quisiera comprobar que la tenía en su sitio. Verter, con las piernas abiertas y casi sobre él, se frotaba el puño derecho. Josleen quiso echar a correr hacia Kyle, pero su madre la detuvo.

—Supongo que me lo merecía —dijo el joven mirando al otro con el ceño fruncido.

—Te tenía ganas, muchacho, no voy a negarlo.

Ofreció Verter su mano y Kyle la aceptó para levantarse. Josleen acudió entonces a su lado, le pasó los dedos por el mentón lastimado y se volvió hacia su amigo con una mirada irritada.

—Mira que eres bestia —le dijo—. Pegas como una mula.

—Bueno —repuso Kyle, aún atontado por el trallazo pero dichoso por tener toda la atención de la muchacha—, me han dado coces mayores. No te ofendas, Verter.

Justo en ese momento un ligero destello entre los matorrales hizo volver la cabeza a Kyle. Y solo sus buenos reflejos evitaron una tragedia. Sin explicación alguna empujó a Josleen a un lado y se lanzó de cabeza hacia Wain, derribándole e interponiéndose en la trayectoria de la flecha que le iba destinada, recibiendo el impacto de la saeta en su brazo izquierdo. Aún en el aire, se contorsionó, sacó una daga y la lanzó con todas sus fuerzas.

Un estertor de muerte los dejó paralizados a todos.

La confusión apenas duró unos segundos y fue Verter el que salió disparado hacia el lugar del que había provenido la flecha mientras Josleen y Alien se preocupaban por atender a Kyle. Cuando el guerrero regresó hasta ellos llevaba una expresión de perplejidad en la cara.

—Por el amor de Dios, es Moretland —les anunció.

Kyle rompió el astil emplumado tirándolo a un lado y movió el hombro herido.

—Me olvidé de ese mal nacido —dijo Josleen, rasgando su enagua para enjugar la sangre—. Por su culpa casi me desnuco al caerme de la torre. Quería matarme. Es un asqueroso traidor, Wain, ha estado pasando información de nuestro ganado.

—«Era» un traidor —rectificó Verter—. La daga de McFeresson le ha atravesado la garganta.

—Seguramente pensó que era el momento oportuno para acabar contigo —dijo Kyle—. Debo reconocer que usar una de nuestras flechas —señaló las plumas que distinguían la saeta—, para echarnos la culpa de tu muerte, no ha sido mala idea. Hasta podía haberle salido bien. Te odiaba, Wain. Y lamento decir que yo me aproveché de esa inquina para robarte ganado.

—Siempre le traté bien, le di mi confianza —repuso el joven, aturdido—. ¿Qué motivos iba a tener para desear mi muerte? Su objetivo debías ser tú.

—Ya has oído a tu hermana, también fue el causante del accidente que casi le cuesta el cuello. No seas terco, Wain, no necesitas más pruebas.

—¿Quieres decir que acabas de salvarme la vida? —rezongó.

Kyle se encogió de hombros y el movimiento del brazo herido le hizo estremecer.

—Hay que curar esto antes de que te quede menos sangre en el cuerpo que cerebro en la cabeza —zanjó la madre de Josleen—. En cuanto a ti, hijo, pues sí, acaba de salvarte la vida por mucho que te fastidie. Podrías empezar a pensar en que la supuesta deuda por la muerte de tu bisabuelo puede quedar zanjada aquí y ahora.

Epílogo

El tibio sol de otoño teñía de tonos cárdenos las montañas y las copas de los árboles, una mezcla de ocre, rojo y verde convertían el paisaje en un lienzo maravilloso.

Hacía frío, pero Josleen, arropada bajo gruesas mantas de piel, no lo sentía. Al contrario: estaba ardiendo.

Los labios de Kyle acariciaron su oreja y ella lo miró como hacía siempre, con infinito amor, sin acabar de creerse que aquel hombre, un dios dorado de pies a cabeza, le perteneciera por entero. Aceptó su boca, jugueteó con el labio inferior, pasó la punta de su lengua por las comisuras de los labios amados y volvió a desearlo.

—Hace apenas unos minutos, Kyle —suspiró.

—Una eternidad —dijo él, entrelazando sus piernas a las de ella y envolviéndola en sus brazos—. Una eternidad, mi amor.

Ella se acurrucó, mimosa, apoyando la mejilla en su pecho. Aún no estaba satisfecha. Nunca estaría satisfecha de él, aunque pasaran mil años, pero estaba agotada por la batalla sexual.

—Liria ha prometido hacer un pudín de frutas para el postre de mañana —dijo para distraerle.

—Odio el pudín de frutas.

—A mí me encanta.

—Por eso Liria lo hace.

—Me mima demasiado.

—Vas a tener a mi nuevo hijo y dice que debes alimentarte por dos.

—¡Qué tontería! —Se echó a reír.

—Te adora, como todos. Como te adoro yo —afirmó, acariciando el vientre, aún plano, donde crecía una nueva vida.

—Será una niña.

—Y preciosa, como su madre.

—Adulador. —Se perdieron sus dedos en el rubio cabello masculino—. Malcom dice que estará encantado de tener una hermanita a la que proteger.

—Ajá. —Kyle aspiró el maravilloso perfume a brezo que emanaba del cabello de su esposa.

—Y mamá ha prometido pasar el invierno con nosotros. No quiere estar lejos cuando nazca Yvaine.

—¿Yvaine?

—Así se llamará: Estrella de la mañana. No se admiten discusiones. —Alzó la cabeza para mirarle—. ¿Te importa tener que alojar a tu suegra una temporada?

—Sabes que no, mi amor.

—Verter la acompañará.

—¡Por Dios, mujer! —protestó él apoyándose en un codo—. Verter me tiene aún ganas. Todavía me duele el puñetazo que me soltó.

Josleen se echó a reír. Pero su risa se fue convirtiendo en gemidos de placer cuando las manos de su marido comenzaron a acariciarla bajo las mantas.

—¿Será siempre así? —ronroneó.

—He de resarcirme, señora.

—¿De qué?

—De la semana que tus parientes pasaron en Stone Tower hasta que Wain accedió a concederme tu mano. Recuerda, cariño, que no se me permitió tocarte durante todos los días que duró el... ¿Cómo lo llamó tu madre? ¿Cortejo?

Josleen volvió a estallar en carcajadas, que acabaron por provocarle hipo. Kyle la miró totalmente fascinado. Cuando su esposa reía el mundo estallaba en mil colores. La amaba más que nada y se lo dijo una vez más. Tal vez lo había repetido un millón de veces desde que pidió formalmente su mano a todo el condenado clan McDurney, al clan Gowan y también al clan McCallister, pero no se cansaría de decírselo.

Ella le besó en la barbilla. Sus ojos, más brillantes y azules que nunca, envolvieron a Kyle en una nube de ternura y pasión.

—Recuperemos entonces el tiempo perdido, mi terrible guerrero de las Highlands —susurró ella—. Hazme el amor.

—Una y mil veces, mi hermosa flor de brezo blanco. Una y mil veces.

Y Kyle cumplió su palabra.

Por descontado que lo hizo.

Vivía para ello.